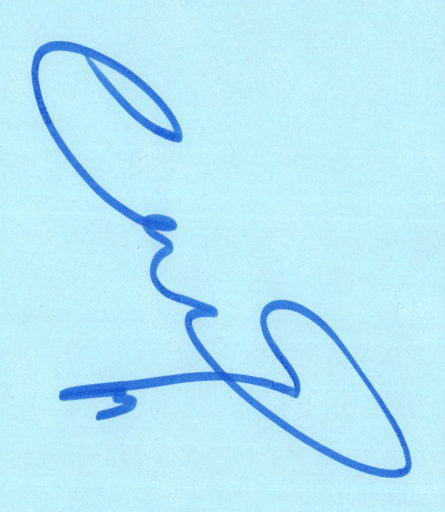

曼荼罗

〜 典藏版 〜

步非烟 作品

青岛出版社
QINGDAO PUBLISHING HOUSE

目录

❀ 楔子 ❀

石道，笔直地向下延伸，似乎能直达地底。

它仿佛是上古天战时留下的残迹，神明之剑瞬间洞穿了大地，才能在岩石间留下如此深邃的罅隙。然而，阴冷的墙壁上嶙峋的斧凿痕迹昭示着这里并非天然，而是千百年前人力凿穿地下山脉而成。

这要耗费多少人力物力？仅是想象已让人心惊。

曼陀罗手持一盏油灯，沿着隧道缓步前行。血红色的裙摆无风自动，宛如一朵暗夜的妖花。半个时辰后，石道消失了，取而代之的是数人合抱粗的雕花石柱。借着幽微的灯光，一处地下宫殿在石柱后显露出一角。

仅是微不足道的一角，已有令人叹为观止的恢宏，让人忍不住想上前一探究竟。

曼陀罗却止住了脚步。

她知道，自己不能再贸然前进了——除非得到了地宫主人的许可。

淡淡微风从她面前拂过，带来若有若无的暖意，与石道中的森寒形成了鲜明对比。地下世界也因此被分为冷暖两半，仿佛结出了一个无形的结界。

曼陀罗却知道这春风中包含着杀机。

她躬身将灯放在一旁，面向地宫中的黑暗肃然而立，小心翼翼地斟酌着，该如何称呼地宫主人。

"……拜见阵主大人。"

随即是长久的沉默，让人甚至不清楚地宫中是否有人。但曼陀罗依旧敬立着，等得越久，她脸上的敬畏就越深。

她向来不是一个守规矩的人，此刻却不得不敬畏。毕竟地宫主人是中原最值得畏惧的人之一。

良久，一个声音响起。

"你来何意？"

曼陀罗躬身道："为了让圣主获得毁灭之力，我必须将相思带回乐胜伦宫。但她身边绝顶高手太多，若无阵主协助，万难完成此事……"

那个声音淡淡打断："圣主？"

曼陀罗迟疑了片刻："就是……教主大人。"

那人沉吟片刻："是他。我和他曾约定，严守边界，互不干涉，已有数年。又何须在此破例？"

曼陀罗道："在下也知道，自从阵主大人接掌云南曼荼罗教以来，就已自立门户，不再受总教节制。但此事关系到毁灭之力的觉醒，非同小可，还请阵主看在两教同出一源的分儿上，施以援手。"

那声音淡淡道："毁灭之力是否觉醒，乃是神的意志，非人力所能为，也非我所关心的。"

这分明是拒绝之意，但曼陀罗并不甘心："那杨逸之呢？阵主也不关心吗？"

那个声音有片刻的沉默。

曼陀罗："他此刻正与相思同行，寸步不离。只要阵主肯教给我穿行曼荼罗阵的方法，我便将他们全部引入阵中。那时，您可除此孽徒，清理门户，而我也可找机会掳走相思。既是两全之策，何不联手为之？"

那个声音微微冷笑："我若想清理门户，还需与人联手？"

曼陀罗："阵主天下无敌，自然不需要与人联手。杨逸之入阵后必死无疑。但与他同行的还有另外两个人——卓王孙、晏馨明。此二人不仅武功高强，而且智计无双，行事不拘常理。若稍有闪失，让这行人破阵而出，毁坏了法阵……"

那声音微哂道："你错了，曼荼罗阵穷天地之秘，绝无破法，就算毁灭之神亲身降临，亦不能例外。"这句话说得极为傲慢，对于湿婆的忠实信徒曼陀罗而言，无疑是一种冒犯。但曼陀罗并未反驳，反而躬身行礼："阵主大人说得是。但在下听闻，此阵最妙之处在于引动入阵者心魔。卓王孙、杨逸之和晏馨明三人都是心志坚定之人，若无人入阵引导，恐难发挥出法阵全部威力。在下虽然不才，却擅长幻形魅影之法，正好可为阵主效力。"

那声音顿了顿，似乎在沉吟。曼陀罗感到，黑暗中似乎有目光落在她身上，久久打量着她。短暂的时间里，她掌心已有了冷汗。

终于，那声音笑了笑："你的确对我有用，却不是引导诸人。"

曼陀罗心有疑惑，却不敢抬头，等待那人说下去。

"我已在你身上种下封印，可出入曼荼罗阵。去吧，不要让我失望。"

不等曼陀罗回答，一阵春风缭绕，将她与地宫隔开。

曼陀罗缓缓走出石道，一片无尽的林莽在她眼前展开，浩渺无际。老藤巨木中，一道苍老的河流嵌入林海，巨蟒般蜿蜒逶迤，夕照之下，墨色腾腾而上，云蒸霞蔚，将这片丛林笼上一层阴霾。再往前行，远古之气逼人而来，仿如天地开辟以来，这片林海就从无人类踏足一般。

曼陀罗站在阳光下，展开双臂，感受着林间穿梭的暮风。

温暖、强大、变幻不定。这是阵主赋予她的力量，使她能在这上古法阵中自由穿行。只片刻之间，她脸上的局促已一扫而光，又恢复了魅惑而从容的笑意。

曼荼罗阵中，她将获取想要的一切。

第一章

❀ 平林漠漠雨飞花 ❀

大威天朝号自广西北海泊岸，杨逸之一行人沿滇桂古道北上，渐渐踏入曼荼罗教领地。

沿路河谷纵横，奇峰鳞次，几人雇一叶小舟，泛于漓江之上。漓江两岸奇山叠翠，秀水漂碧，让人心神为之一阔。几人一路指点风物，不觉已行至川滇桂交界之处。

时值傍晚，落日垂照，将四周叠沓的山峦染得一片绯红，到处都是丛林密莽。几人弃舟路行，攀至山顶，登高俯瞰。瑟瑟晚风中，万顷森绿从眼前推波叠浪而去。

一行人沿着鸟兽足迹入林间，夕阳余光渐收，四周猿啼虎啸，怪声四起。虽是晴天，却有大片水汽氤氲扑面，森气逼人。步小鸾平生从未到过如此山险林恶之处，不觉心惊胆寒，紧紧握住卓王孙的衣袖。

突然一声凄然长啼，一只怪鸟不知从何处飞腾而下，乌黑的双翼展开一丈有余，擦着几人头顶直掠而过，一股腐败的瘴气从鸟翼间扑鼻而来。步小鸾轻哼一声，抬起衣袖掩住脸面。而当她抬起头时，眼前展开一片奇景——

参天古木和藤萝着地拂垂，在不远处形成一环天然围墙。古藤遒曲蜿蜒，将几株巨树连接成一道弧形门户，当中裂开一道仅容一人通过的罅隙。这片仿佛亘古无人踏足的密林，向他们敞开了一道诡异的门户。参天古木宛如上古巨人，正披着森森藤萝，拱立迎客。

步小鸾有些胆怯地躲在卓王孙身后，众人一起往藤墙入口处走去。脚下败叶腐草沙沙作响,也不知积了多少年,走上去宛如要陷下去一般。虫蛇不时被人声惊起,飞快地往树上逃窜。

遮天蔽日的树林中,只有几点幽微的光线在浓重的湿气中摇曳。

突然,众人眼前一阔,出现了一小片略高的平地,而平地的中间竟坐落着一间竹楼。

说一间也许并不恰当。它不像苗人居住的吊脚小楼,是四四方方的一间,而是一条狭窄的长条,由南向北延伸,一眼竟望不到头,仿佛是潜栖于密林中的一条青色巨蟒。两扇插着竹刀的楼门就在眼前,在晚风中微微开合着,发出刺耳的声音,里面传来一种阴沉的气息。门梁上垂下的两束腥臭而坚硬的白色药草让人产生一种错觉——自己是站在一条巨蟒的口边,而那两束草药就是巨蟒口中森寒的利齿。

步小鸾有些犹豫,卓王孙已点燃了火折子,牵着她的手走了进去。长长的走廊在微茫的火光下显得无穷无尽,雨林之气在火把的烤灼下渐渐透出一股腥气,宛如腐败已久的血。冰凉的水滴不时从竹楼的缝隙中透过来,打湿了衣服,凉意轻轻擦刮着每一寸皮肤,仿佛一只看不见的指爪紧贴在脊背之上。步小鸾只觉浑身发冷,惶然回头看着杨逸之和小晏等人,他们也和卓王孙一样,面容淡淡的,缓步向走廊深处行去。

又转过了一个弯,走廊突然开阔了,似乎到了一个大厅——说是大厅,也不过比走道略宽些。一股腥臭的暖意扑面而来,步小鸾正皱着眉头,卓王孙已点燃了大厅中央的火塘。

火光驱逐了黑暗。

步小鸾渐渐可以看清屋内的陈设——四面都是粗得惊人的毛竹扎成的墙壁,光滑而古怪地凸起着,宛如猛兽的肠胃。墙上挂着大大小小的竹筒,里面盛着些清水。屋角四周挂着一些从未见过的草药和竹刀、兽齿,火塘边堆着大堆兽皮,多半已经残破,污秽不堪。

紫石跪在地上,迅速将火塘边收拾出一块干净的地方,然后垂首侍立一旁。卓王孙拾起火堆旁的一撮灰烬,饶有兴趣地观察着。杨逸之默然走到屋角,将草药挪开。

那堆草药深处竟然藏着一只铜铃。

铜铃大概只有拇指大小，铃身裹满锈腻，颜色已然发黑，也不知是何年何月留下的。杨逸之从一旁摘下些草叶，小心地将铜铃铃眼塞住。步小鸾正想问杨逸之这是干什么，目光就突然顿住了，径直盯着挂草药的墙壁上方的横梁，屋顶那团浓黑的阴影在她眼中渐渐化开，呈现出一种不可思议的面目。

突然，天边传来一声轰然雷鸣，竹楼似乎难以承受这突来的天地之威，猛地颤抖了一下。塞在铜铃中的草叶被震落在地，锈迹斑驳的铜铃发出一阵刮骨磨牙般的哀鸣。

四周竟传来无数回声。

这种声音根本不像风雷回声，而似一群野兽在垂死呻吟！

相思大骇，下意识地将步小鸾拉到身后。步小鸾却用力甩开她的手，痴痴望着房顶，雪白的脸上竟有些异样。

相思惊道："小鸾，你怎么了？"

步小鸾露出一丝奇怪的微笑，喃喃道："我看到了一只狐狸。"

相思讶然道："狐狸？这里怎么会有狐狸？"

小鸾没有说话，脸上的笑容渐渐透出几分痴意。

传说中，狐的媚能让所见者深深迷惑，莫非小鸾正是邂逅了一只荒郊野外的妖狐而受其蛊惑？

卓王孙轻抬起衣袖，挡住她的双眼，回头对杨逸之道："杨盟主是否也感觉到这里有些异样？"

杨逸之转身看了诸人一眼，正色道："我们马上离开。"正在这时，楼外草木中突然发出一阵凄厉的长鸣，一阵凌乱的脚步声自草丛中猝然而起，四面八方皆在，却都一步步由远而近，向竹楼迫来。

杨逸之断然道："走。"

诸人都是一怔，小晏澄静的眸子中掠过一丝忧虑。他缓缓起身，一道若有若无的幽光已然凝于指尖。大雨在屋外倾盆而下，屋内闷热的空气让人窒息。一阵阴风扑来，竹门突然开了。随着一声钧天雷裂，惨白的电光透过长长的走道直透而下。

门外是数十张苍白如纸的脸！

那些脸毫无表情，干瘪瘦削，一具具僵直枯瘦的躯干轻飘飘地垂挂在那些脸孔下面。狂风暴雨和茫茫夜色将这些身体撕扯得诡异变形，很难相信这样枯槁的躯体还能一个接着一个，向前不住跨步。

那群人无知无觉，人偶般从竹屋的四面八方涌来，围在门口，又排着队鱼贯而入。竹楼在如此多人的踩踏下吱吱作响，他们身上朽破的灰布湿淋淋地拖在地上，仿佛刚从泥土中钻出来般。一股浓厚的尸臭伴着雨林特有的腐败气息，令人毛骨悚然地布满了整个大厅。

闪电和火光透过雨幕笼罩在这些人脸上。他们矮小干瘦，突目暴齿，面目颇似当地居住的土人，然而额前被涂上了一层赤红的药汁，斑驳陆离，似乎写着某种符咒。那些人有老有少，身材高矮不一，然而眼珠无一例外都是一种诡异的银灰色，寒光森然流转——却绝非是人类的神光，仿佛是被嵌入的一种妖异的石头，反射着夜幕深处的点点磷光。

那些人机械地向走廊这边走来。沉沉夜色包裹在他们周围，似乎他们的每一处关节都被空中垂拂的无形丝线牵扯着，毫无一点生命的气息。难道刚才的铃响声就是地狱开启的信号，无数行尸已从泥土中复活？

步履锵然，那些人越来越近。相思将步小鸾拉在身后，手中紧紧握住一枚暗器，强行控制着自己心头的恐惧，随时准备出手。

然而这些行尸似乎根本没有看见他们。

他们一进入大厅就分散开来，旁若无人地开始工作。有的取下墙壁上的竹筒用力擦拭着，有的蹲在地上，慢慢清理着污秽的兽皮，还有一个枯瘦的老头从怀中掏出火折子，一遍遍去点房屋中央的火堆。他似乎不知道火堆已经在燃烧，而只是不停地重复着相同的动作，似乎被人下了魔咒——如果任务不能完成，那么他将永远点下去。

熊熊火光下，老头那张灰垩色的脸清晰可见，平板的面孔中央是一块块深褐色的霉斑。

——那只可能是尸斑。

相思忍不住作呕。

突然，步小鸾惊叫一声。一个全身佝偻的老妇趴在地上擦拭地板，枯瘦的双手竟然触到了她的鞋。

卓王孙一扬手，一只嵌入墙角的铜铃顿时拔起，径直向那老妇的天灵盖击去。

"且慢！"屋内白光一动，那枚铜铃被一道青光一隔，力道已变，噗的一声，将屋角竹墙穿了一个大洞。

小晏轻轻将步小鸾抱到身旁一张竹椅上，转身对卓王孙拱手道："卓先生，这些人你不能杀。"

卓王孙淡淡道："不知何时，殿下的慈悲之心已施及异类了。"

小晏道："卓先生息怒，在下出手阻止，只因为这些人还没有死。"他上前一步，用一根长针从老妇的眉心直插而下。那老妇猛烈一颤，僵直的身体顿时宛如被抽空，瘫倒在地。

小晏伸手在老妇眉心略探片刻："据在下所知，这些人应该是中了尸蛊之毒，受人控制，本已无辜，卓先生何不放他们一条生路？"

相思颤声道："殿下说他们还没死？"

小晏道："的确，只是在下还没想到解救的办法，不过稍加时日……"

杨逸之沉声道："殿下还是让卓先生动手吧。"

小晏皱眉道："没想到杨盟主也这样说。"

杨逸之默然片刻，道："这种尸蛊之毒无药可解，这些人可谓生不如死，不如给他们一个了断。"

小晏淡然道:"众生平等,只要他们还有生命,则不是你我可以草率了结的。"

卓王孙一挥手,对杨逸之道:"这些东西杀与不杀皆无所谓。只是,你要我们躲避的难道只是这区区行尸?"

杨逸之将目光投向房顶,道:"这不过是个开始。行尸一出,曼荼罗之阵也就开启了。"

小晏皱眉道:"曼荼罗之阵?传说中,此阵亘古已存,待到机缘巧合则向天罚者开启,入此阵者将永坠轮回。"

卓王孙冷冷道:"那些曼荼罗神话,我们已经破过一次了。"

杨逸之叹息道:"这次不同,因为布下此阵的不是人。"他顿了顿,道,"是神,可以执掌生死之神。"

卓王孙冷笑一声:"神无非是常人心中之迷惑。"他突向屋顶喝道,"出来!"突然,两点荧绿的亮光鬼火一般从屋顶一跃而过,却在大厅另一头的走道口站住了。浓黑的夜色成为它无尽广大的身影,而火光之中,它的真面目若隐若现。

一声兽类的呼叫贯透夜空,数十个行尸突然挺直了身形,向着走道深处那两点绿光深深跪下去,口里还低声嘶吼着,宛如野兽在回应主人的召唤。

他们整齐地伏在竹楼上,用一种古怪的姿势不停地起伏膜拜,身上的泥水将他们刚刚清理的地面又弄得污秽不堪。

步小鸾被这场诡异的情景惊呆了。她靠在屋角,借着雷电之光,只见一只小巧玲珑的狐狸正静静蹲伏于黑暗之中。它通体火红,仿佛是夜色中寂静燃烧着的一团烈火。然而,燃烧的不是它的身体,而是那双碧绿的眸子。丝丝缕缕的碧色从通透如琉璃的瞳孔中渗出,如一汪春水,在缓缓化开。

如果不是亲眼所见,谁也不会相信这样一只披毛畜生会有这样无尽的媚惑。它似乎对步小鸾轻轻微笑,那汪春水仿佛散作满天雾气,又被春风吹得丝丝缕缕,将世间的一切都变得迷茫起来。

步小鸾看得痴了，不知不觉竟向着那对绿光走去。

卓王孙上前一步，骈指如风，向火狐双目直刺而下。

这时火狐居然轻轻叹息了一声。那悠长的声音宛如来自天际，却又有一种说不出的熟悉。

卓王孙的手顿时止住。

火狐微侧了一下头颅，用那双神魔才有的眸子注视着卓王孙，有几许讥诮，也有几许哀怨。

它居然轻轻说出了一句话，一句只有最自信而诱人的女子才能说出的话："为什么你不肯看我的眼睛，难道你也怕成为我的奴隶？"

四周的空气顿时凝结！

虽然在场诸人俱是阅世无数，但从未亲眼见过一只会人言的火狐！而且它的话语如此温柔动听，仿佛情人的低语，又仿佛魔鬼的引诱。难道大家所见并非真实，而是置身于幻境？

就在众人无知无觉中，火狐的身子缓慢而优雅地向黑暗中退去。

卓王孙突然笑道："曼陀罗，故人相见又何必弄这些玄虚？"

曼陀罗？

众人一怔，小晏和杨逸之似乎想起了什么。黑暗深处竟然有了回应，又是一声轻柔的叹息，一双明亮的眸子宛如星辰一般突现在火狐身后。这双眸子带着一丝清冷，却无疑比火狐更加美丽。

卓王孙一抬手，隔空点亮了她身后墙壁上的火把。古墓地宫中的一幕宛如穿越了时空，又重现在诸人眼前。淹没在她身后黑暗中的无数支火把突然星辰般亮起，阴沉沉的走道顿时笼罩在一片火光之中。她依旧一身五彩华裳，骄傲地微笑着，站在走道中央，酥胸半坦，高盘的云髻上斜插着一朵曼陀罗花，而那只火狐正安静地伏在她的肩头。火狐的颜色和她的衣服一样红，就如同在鲜血中染过。

曼陀罗轻轻抚摸着肩头的火狐，道："几位别来无恙。"

卓王孙淡笑道："旅途虽然劳顿，幸而有令师妹兰萌做伴，也算有趣。"

曼陀罗的脸猛地一沉。她注视了卓王孙片刻，幽幽道："她死了，你们杀了她。"

卓王孙淡淡道："那正是她自己的意愿。"

曼陀罗轻轻抬头，道："这也正是我们再会的原因。"她突然往后退了一步，肩上的火狐背毛倒立，发出一声嘶鸣。

相思抢上前一步，道："你到底想干什么？"

曼陀罗将火狐抱在胸前，转身面向杨逸之，露齿一笑道："她已献祭，你们却没有。因此，她将得到神的宽恕，在乐胜伦宫安眠，而你们仍罪孽深重，不是吗？"

杨逸之神色中尽是落寞："兰萌因我而死，你若要复仇，尽管找我，与他们无关。"

曼陀罗抚摸着火狐，柔声道："你？你没有这个资格。兰萌的诅咒将永远在你身上延续，杀不杀你又有什么所谓呢？"

杨逸之脸色变了变。可以忘记的，是欢乐，是痛苦，而不能忘却的却是她一腔痴情。无论生死，无论他爱不爱她，他都永生缠绕在其中，看着她在海天尽头，跪在六支天祭的祭台上，为他献祭，为他永受折磨。

如何消受？

曼陀罗已微笑着转过身，展露出女童一般天真的笑容："其实，我此来并不是为兰萌复仇，而是为了你们。"

卓王孙冷冷看着她，没有说话。

曼陀罗叹了口气："只要你们容我带走她，之前的一切罪孽都将被宽恕。"

她的手赫然指向相思。

相思讶然道："我？"

曼陀罗道："天祭完成后，毁灭之神苏醒。若被他发现最后的祭品被更换了，定会震怒。这一怒，将令天地震颤，生灵涂炭。因此，我必须在神察觉前，把最初的祭品带回。"

这当然只是托词，取回毁灭之力的事不足向外人道。

曼陀罗转头看向卓王孙，似在等他回答。

卓王孙冷冷不语，眼眸中却闪动着一丝杀意。

曼陀罗微笑道："卓先生意下如何？"

卓王孙淡淡道："上一个在我面前讲怪力乱神之语的人，已成了神鬼的祭品。莫非你想要步她后尘？"

曼陀罗叹息一声，道："我知道你不肯，不过我可以用另一个人和你交换。"她指尖一转，却正对着步小鸾。

步小鸾惊愕地望着她，不明白这个看起来和自己一样年龄的女孩想要做什么。

曼陀罗瞥了她一眼，道："想必你们也知道，她活不了多久了。"

卓王孙沉声道："住口。"四周顿时漫过一股寂静的杀意。

曼陀罗漫不经心地低头逗弄火狐，纤指时而弹拨着火狐的鼻子，时而故意放入火狐口中，又皱眉缩回，一脸娇嗔地扑打它的耳朵。

房间中的空气却似乎越来越凝重，连风啸雷裂之声也被隔绝其外。

步小鸾呆呆地望着两人，突然咬了下嘴唇，鼓起勇气道："兰葩已经告诉我了，我不怕。"

她此话一出，笼罩在曼陀罗身上的沉沉杀意立刻冰释而去。曼陀罗抬起头，微笑着看了她一眼，转而对卓王孙道："她的病非人力可为，强如华音阁阁主你，想必也是束手无策。"

卓王孙没有答话。

曼陀罗悠然道："能救她的只有我，因我虽是神奴，却执掌着生死。"她轻轻抬手，"把相思交给我，我换给你小鸾的永生。"

她此言一出，四周顿时寂然。

卓王孙的目光从她脸上扫过："你犯了罪。"

曼陀罗一怔，淡淡火光下，卓王孙的眸子中似乎隐藏着无尽浩瀚的星空，让她亦不由得有些惊心。

"渎我之罪！"

一道凌厉的劲风从卓王孙袖中卷出，直袭曼陀罗所在之处。曼陀罗并未抬头，她怀中的火狐厉声嘶鸣，一道闪电划破天幕，将竹楼照得四壁如雪。

就在这时，所有的火把一齐熄灭！

轰然一声巨响，伴着雷鸣暴雨，众人脚下的大地宛如沉陷一般剧烈颤动。那座竹楼竟在狂风中瞬时碎裂，宛如碎屑一般四处飘散。

卓王孙丝毫不为所动，指风径直向曼陀罗所在的暗处袭去。他这一击虽未尽全力，但天下已很少有人能躲得过。就在那道劲风触到曼陀罗眉心的一瞬，她的身体突然从眉心处碎开，化为万亿绯红的尘芥，和竹楼的碎片一起在风雨中四处飘散，化为乌有。

只有远处雷鸣般的回声中隐约传来她的声音："我在曼荼罗阵中等你。"

第二章

❦ 飘落云台各天涯 ❦

暴雨倾盆而下，将密林织成一片厚重的雨幕。狂风似乎又要撕裂这层雨幕的包围，在林间疯狂冲击。地上的腐草和泥泞在暴雨的抽打下痛苦地翻滚着，将本已无路可走的丛林变得更加凌乱。

凌乱而狰狞。

不知不觉，诸人已在暴雨中追行了半个时辰。

卓王孙止住脚步，一振衣袖，袖上的水珠顿时化为一道光幕碎弹开去。步小鸾从他袖底探出头来，眼神迷蒙，似乎已小睡过一觉。卓王孙摇头示意她不要出来。

相思抬手拭了拭额上的雨水，微微喘息道："我们还要追到什么时候？"

卓王孙道："不是追，而是沿她所指进入曼荼罗之阵。"

相思讶然："曼荼罗之阵？在哪里？"

卓王孙道："就在你脚下。"

相思一怔，低头查看，却什么都没有发现。但她知道，卓王孙言出必中，他说他们已在曼荼罗阵中，那就必定如此。回想起方才火狐的妖异之处，她心中不禁生起一阵寒意。

不远处传来熊熊火光。

透过雨幕，隐约可见前方竟有数百条人影。他们在一个土丘下围成一圈，不住呼喝着，中间似乎还有一个人在跳着怪异的舞蹈。再前行几步，满天雨幕似乎就在山谷

014

的尽头被切断，天空被无形之物强行隔成阴阳两界。狂风暴雨在一步之外的身后纵横肆虐，所站之处却已是一片晴空。天河静默地倒悬于头顶，星光将苍茫林海镀上一浪又一浪的银波，上下空明。远近山峦岩岫都被辉映成淡紫色，莽阡起伏，分明是一片景淑物明的人间奇景——也不知究竟是刚从幻境脱身而出，还是已入另一个幻境。

风声渐去，那群人的呼喝越来越明显，赫然就在耳边。数百支火把耀如白昼，他们脚下的土地上洒了一层细碎的白光，当中的土丘被许多说不出名目的草药围垛成一个高台，外面砌着一圈赤色的石块，三个一堆，垒成品字。

土丘当中站着一个人。

他的身材十分高大，比起当地土著来讲简直宛如巨人。刺满图腾的手中持着一个与人同高的骨质权杖，象征着无限权威。他看上去似乎是这群土人的祭司，正在举行着一个神秘的祭典。

祭司浑身涂满绿色的汁液，牙齿染得黧黑，额头上戴着一个兽皮做成的插有雉鸡翎的面具。面具双目陷为深洞，洞中各伸出一只细如婴胎的手臂，旁边耳洞中悬垂着两只硕大的兽角，道曲蜿蜒，通体晶莹。

一曲苍古的歌谣响起，这位祭司缓缓舞蹈起来。高大的身子在土丘中央不住打旋，时而高高跃起，时而以头抢地。额上的雉鸡翎凌空乱舞，让人眼花缭乱。另外两个土人跪伏在他脚下，看身形像是一对年轻男女，也浑身涂满草汁，手中捧着两把泥土，不住哀婉呻吟。其他的人都围在土丘下，手舞足蹈，似乎在高声齐唱着某种咒语。

他们的眼睛都注视着祭司脚下。

那里的土微微隆起，分明埋藏着什么东西。

祭司突然尖声长啸，跺地之声猛响。四周的土人都跪伏下去，当中那对男女扑到祭司脚下的隆起上，双手并用，不住挖掘着。他们的动作很剧烈，但也很小心，几乎是用手指一点点拂去泥土，似乎生怕伤着了里边的长眠之物。

随着那群土人时高时低、时短时长的诡异咒语，二十只手指飞快地向下挖掘，土丘缓慢呈现出一种令人毛骨悚然的形态——干枯的头、躯干、四肢渐渐显出。

那赫然是一个人！

两个土人惨绿的手指在那团人形的土包上不住地抚摸，口里呜呜作声，似乎是在哀哀哭泣。祭司猛然一顿，止住了舞蹈，双手捧过一个形似饕餮的陶罐，高举过头顶，然后缓缓仰身向下。一股浓浊的黑气从他手上的陶罐中缓缓流出，渐渐将土包整个包住。当他的头就要触到那块人形隆起时，陶罐中倾泻出一股浓黑的汁液，冲击在人形土包的头顶，很快，土包周围都被黑色黏液充满。

两个跪在土包前面的土人也止住了抚摸，不住起伏叩拜。土包在液体的冲击下渐渐凸现，污秽的泥泞下竟然是一张须发皆白的脸！

祭司猛地立直身形，发出一声长啸。地上两个土人似乎突然发狂，各自从身边拾起一根带刺的树枝，拼命向土中老人抽打着。而四周围观的土人似乎越发兴奋，牵起手来，围着土丘不住舞蹈。

不一会儿，土中的老人就已全身血迹斑斑。

相思不忍看下去，合目轻声道："这个人已经死了，他们为什么还要这样折磨他的尸体？到底有什么样的深仇大恨，令他们这样残忍？"

卓王孙道："他们不是仇人，而是亲人。"

"亲人？"相思一怔，似乎突然明白了什么，"难道他们是在举行一种特殊的葬礼？"

卓王孙摇头道："不是。"

相思讶然道："那是什么？"

卓王孙道："招魂。"

相思难以置信地回头看去。那两个疯狂抽打尸体的人，脸上的肌肉在绿色药汁下剧烈地扭曲着，而他们的表情里真的没有丝毫仇恨，只有莫名的期待和欢乐。

难道他们真的是以一种奇特的方式在迎接亲人的回归？

　　砰的一声脆响，舞蹈的祭司猛地将头顶的陶罐砸向地上的老人。老人的头颅一歪，一股黏稠的黑血从额角淋漓流下。他身旁的亲人和外围的土人顿时安静了下来，跪伏在泥土里，浑身不住战栗。过了不知多久，四周静谧得可怕，夜色宛如流水一般浸过大地。林间湿气宛如已被无处不在的寒意凝结成形，无声潜伏在每个人的身后。

　　突然，相思只觉全身血液都在一瞬间冻结——她分明听到那个老人喉头中发出了一声模糊的呻吟。

　　那具看上去已被尘土封埋了不知多少年月的尸体居然发出了一声呻吟！

　　相思用力咬住嘴唇，不让自己惊叫出声。尸体被裹尸布包在胸前的双手似乎动了一下，接着全身都痛苦地挣扎起来。他额头、脸上黑色的黏液被撕扯成千丝万缕，他看上去宛如一只正在蜕茧的巨蛹，在无尽的夜色中挣扎蠕动。

　　夜幕中的茫茫荒林似乎也为这诡异的场面而窒息，月光垂照，一切纤毫毕现，四处惨然无声。

　　那具尸体发出一声凄厉长啸，终于从黏液中挣脱出来，坐起身体。他似乎还未适应周围的环境，木然地看着众人。旁边守候的两个土人欣喜若狂，拿出一张血红的毛毯将他整个包裹住。外围的土人中出来两个壮丁，用一张竹椅将他抬起。众人又是一阵欢呼雀跃，一些年轻男女还手持火把旋转而舞，不时从地上捞起黄土，向对方扑去。而对方被土扑了一头一脸，丝毫不以为忤，反而更加兴高采烈，一面唱跳，一面捞土向对方还击。

　　闹了好一会儿，歌声才渐渐小了下去，祭司振臂一呼，众人安静下来。只见他率领着众人向南方拜了几拜，然后转身向丛林深处走去。众人一面说笑一面跟在他身后，只一瞬间就已无影无踪。

　　冷月寂寂，丛林又恢复了刚才的阴森清冷。

　　相思愣了良久，不敢相信刚才那一幕是真实的。紫石纵身而上，在刚才尸体卧过的地方抓起一把尘土，放在鼻端小心嗅了嗅。

小晏道："这土可有什么特别？"

紫石摇头道："应该是普通的泥土，但是……"她深吸一口气，神色有些凝重，"这些土在地下掩埋的日子，至少在两年以上。"

小晏略微沉吟："也就是说，刚才那人早在两年前就被人掩埋了。"

他目光一扫，对杨逸之道："盟主既然曾栖身曼荼罗教一段时间，是否知道这等异术的来历？"

杨逸之淡然道："殿下早知天下绝没有一种异术可让死去两年之人复活，又何必再问？"

小晏微笑道："难道杨盟主又要告诉在下是神力所为？"

杨逸之沉声道："天下之奇门异术若是人力可为，殿下又岂能不知？"

小晏笑而不答，似乎默认了。相思看了看诸人，喃喃问道："那么，我们现在该怎么办？"

卓王孙抱起步小鸾，望着丛林深处道："跟他们去。"

相思惊道："可是这些——"她摇了摇头，"也许他们根本不是人。"

卓王孙冷笑道："无论是什么，都是一样。"

丛林尽头是一个村落。

茂密的树丛里竟然看不到一间房屋。若不是四周星罗棋布着一些石块砌成的水道，几处火塘还迸散着一些欲灭未灭的火星，真看不出来这里是一处数百人居住的村落。

待走到近处才发现，原来这里的房屋都建在地下，掘土为洞，洞口是一块翻板木门，上面盖着厚厚的苔藓，不仔细看根本难以发觉。

这里似乎是君子之乡，不少洞屋的木门随意敞开着，并不锁闭。门洞中不见一丝灯火，似乎村民都已安睡，对这些不速之客的到来没有丝毫警觉。星光散落在静谧的村落里，蔚蓝的天幕高旷无比，天河宛如微风中舒展的锦缎，垂拂在众人头顶。

看起来这是再普通不过的一座村落，然而想到刚才那群在土丘上狂舞的怪人和在浓黑黏液中挣扎的尸体，这无际的宁静也渗入了丝丝寒意。

步小鸾偎依在卓王孙怀中，将头深深埋入他的胸前，纤弱的身体在夜风中有些颤抖。相思从一旁递过一件衣服，卓王孙将它裹在步小鸾身上。

步小鸾突然抬头，怯怯地问："我们还要走多久？"

卓王孙低下头，目光停驻在她被夜露濡湿的鬓角上。她苍白的肌肤在星光下几欲透明，宛如月夜中一朵悄悄绽开的花。卓王孙默默看着她。每当看见眼前这个单薄如纸人儿一般的女孩，他澄潭般深不可测的目光中也会透出无法掩饰的怜爱："不，我们立刻就找人家投宿。"

他抬起头，目光所指处是一间巨树下的洞屋，微闭的木门下竟然还透着一点灯火，在宁静的村落里显得格外醒目。

来到门口，相思矮下身去敲门。

门应声而开，开门的是一个少妇，皮肤黧黑，一头焦黄的头发似乎刚刚洗过，披散在脑后。她打着火把，火光照出她双眼略有红肿。她满腹疑云地打量着众人。

相思隐约觉得她有些脸熟，突然记起，她就是用树枝抽打老者的土人之一，不禁暗自心惊，后退了一步。

此时，一个四五岁的女孩从少妇身后探出头来，怯生生地看着相思。她似乎对相思有天然的好感，脸上绽开一缕微笑。看到女孩，相思的恐惧之心淡了些，也报以微笑。少妇却一把将女孩拉开，狠狠呵斥了几句，似乎不许她与陌生人交谈。女孩呜呜哭了起来，相思有些尴尬，轻声道："夫人不要害怕，我们并无恶意。只是夜行迷路，想问问能否在府上略为歇脚？"

少妇迷茫地仰起头，眼中露出几许惊惶。相思以为她没有听见，向前迈了一步。少妇突然尖叫一声，将火把向她掷来，拉起女孩跌跌撞撞地从阶梯往地下跑去。

相思往旁边一闪。杨逸之在她身后轻轻扬手，将火把接下。这时，村落中的灯火一盏接着一盏地点亮，瞬间，几百人手持着火把和竹刀长矛出现在村落中央，将一行人团团围住。他们一面挥舞着武器，一面高声呼喝着，向前步步逼来。数百支长矛在眼前晃动，削得无比锋利的矛尖被染得碧绿，无疑是在剧毒中淬炼过。

相思不由自主地往后退去，卓王孙轻轻拍了拍她的肩，示意她不要害怕。

突然，人群寂静下来，土人们迅速向两边闪开，让出一条道路。一个壮汉从人群后缓步走出，他几乎全身赤裸，而皮肤上布满了赤红的文身。相思记得这就是方才在土丘上舞蹈的祭司，如今摘下了浑身的古怪行头，他的模样显得滑稽而狰狞。

他走了几步，突然扬手，向着卓王孙一行人一挥，口里吐出一串难以分辨的音节。

而被围在中心的几人谁都没有动。

那人又做了两遍同样的动作，突然将两腮一鼓，喉头不住呼噜作声，双手高举过头顶，癫狂般地不住颤动。

步小鸾在卓王孙怀中好奇地看着他，忍不住笑出声来。

然而相思半点都笑不出，因为她看到那些土人已将淬毒的竹矛高高举起，随时可能向他们掷来。虽然在场几人大多数是一流高手，然而数百支长矛一起乱箭齐发，不免会有人受伤。何况总是自己一行人闯入这些土人历代生息之地，若因此横加杀戮，于心何忍。

正在她犹豫之时，那祭司怪声长喝，众土人手持长矛，仰身一退，竹矛瞬时就要脱手。

青光一闪，紫石背上的倭刀已然出鞘。相思暗自叹息一声，长袖微动，指上已多了数点亮光。卓王孙只是轻轻将步小鸾的头转向里侧。

杨逸之突然上前一步，手中的火把迅速在空中画了一个奇怪的弧形。

那些土人顿时止住了举动，惊愕地看着杨逸之。祭司上前了两步，对杨逸之做了一个手势。两人口中低低地念了几个词语，似乎在交谈什么。突然那祭司双手一挥，众土人顿时放下长矛，齐坐于地，两手交替拍打着地面。杨逸之回头，月光洒在他脸上，照出一抹清明的微笑："没有危险了，他们在欢迎客人。"

相思惊疑地望着杨逸之，小晏的微笑中透出几许冷漠，而卓王孙却毫无表情，似乎这一切早已在他料想之中。

火光之中，刚才那个少妇从地下洞屋中出来，脸色有些羞涩，身后还跟着一个青年。

相思注视着他们，脸色渐渐苍白起来。

一个干瘦的老者缓慢地爬出来。他的头发里还在不停滴水，满脸都是针刺的血孔，高高肿起，几乎难以睁开眼睛，佝偻矮小的身上还裹着一件血红的毛毯。

那人赫然正是刚才从土丘中挣扎而出的尸体。

卓王孙微笑道："不速之客，深夜惊扰，还请杨盟主代为致歉。"

那老者喉头一动，剧烈地咳嗽起来。他身旁的少妇和青年立刻上去帮他轻轻捶背，神色恭敬而关切，似乎是一对孝顺的夫妇。然而相思一想到刚才他们用带刺的树枝猛烈抽打他的尸体，就觉得全身不寒而栗。

那老者咳嗽了片刻，开口道："多谢这位公子。老朽刚刚睡醒，身体略有不适，失礼之处还望海涵。"他的话音生涩得宛如生锈的铁刀划过瓷片，不知道是太久不谙汉语还是不谙人声。

相思不由得眉头一皱。

老者目光如电，往相思脸上一扫，嘶声笑道："这位姑娘可是有什么疑问？"

相思怔了片刻，嗫嚅道："我……"她掩饰着心中的慌乱，强笑道，"我只是想问老人家高寿。"

老人笑道："不知道姑娘问的是我的前生还是今世？"

相思道："前生？今世？"

老人笑道："若没有记错，两年前我死的时候正好七十八岁。如果问的是今世——我刚刚从土中出生，不到一个时辰。"

没想到这老人如此坦言，相思顿时哑口。她当然不相信死而复生的鬼话，或许天下真的有一种异术，能让人假死两年之后再借机复苏。佛门枯禅大法、西域龟息神功莫不如此，只是不能深埋地下罢了。

卓王孙淡淡道："《山海经》中有无綮之国，其人穴居食土，死即埋之，其心不朽，死百廿岁乃复更生。老人家能够两岁复生，亦是远胜古人了。"

老人似乎非常高兴，大笑道："几位远道而来，当为本族上宾，让墁俊、墁彝带领几个村丁去打些山食野味，墁秀做几道小菜，为几位一洗风尘。"

卓王孙也不多谢，几人一起下到洞屋中。进了屋内才发现这种地下洞屋并非想象中那么阴暗潮湿。整个屋里都铺着厚厚的干土，土质细腻柔软，比普通的地毯还要舒适很多。土墙上还有几个通道，上下各装着一面铜镜，可以将地面上的光线景物反射到洞屋之中，也可算作一种别致的窗户。洞屋略显狭小，但其中家具均用土烧制，异常低矮精巧，仿佛将一座厅堂缩小而成，倒也不觉局促。几人就在土桌前席地而坐。

闲聊之中，几人得知老人一族世代生活在丛林之中，从他能记事起，本族就能在死后"复活"。人死之后，亲人就会将尸体用泥土紧裹，放入土丘高处掩埋，每日到土丘上洒水祭奠，两年之后，再由村中祭司用一种独特的仪式唤醒。而此人复活后将日渐恢复少年的形态，重新衣食婚嫁，直到再次死去。所以村落中的人根本没有年龄的概念，所谓年老年长，只不过是他们生命中循环而现的不同阶段。

相思突然想到了什么，道："那么刚才那两人不是你的儿子儿媳？"

老人大笑道："我倒是想有个儿子，不过不可能了。"他脸上的神色有些阴郁，"我曾祖父在一个特殊的机缘中领悟了不死的奥秘，成了全族的英雄。然而，也从那一刻起，我们也全部失去了延续后代的能力。"

他轻轻叹息了一声："至于那两个人，按照族谱来看，是我的太曾祖父和曾祖母。"

步小鸾突然插言道："如果不能生小孩，为什么还要婚嫁呢？"

老人一愣，继而笑道："也许只是因为我们都很寂寞。"语意中似乎有些凄凉。

步小鸾又问道："那么你的妻子呢？你也应该有个妻子吧？"

老人声音一沉："很多年之前有一个，但是她死了，就葬在村北芙蓉泽之中。"

步小鸾道："那为什么不把她挖出来重新复活？"

卓王孙沉声道："小鸾——"

老人神色一恸，摇头道："活不过来了，她……"他突然又咳嗽起来，佝偻的身体几乎缩成了一团，显然是触及了伤心事。

相思歉然道："小鸾还小，有所冒犯之处……"

老人轻声道："已是很久以前的事了。"他长叹一声，埋头挑火堆，不再说话，四下陷入了沉默。过了一会儿，步小鸾觉得无聊，打起了哈欠。

卓王孙见状，对相思道："小鸾乏了，你带她先去休息。"

相思牵起步小鸾，正要向老人询问，老人已善解人意地召唤少妇："墁秀，你把玲儿的床收拾出来，让这位姑娘先歇着，一会儿做好晚饭再去请……也是奇怪，墁俊两兄弟出去打猎，这么久还没回来。"

墁秀就是刚开始那位少妇，本在火塘边准备晚饭，闻言起身过来，先向相思道了歉，再领她向后屋走去。后屋有几个半人高的并排土洞，挂着门帘。墁秀挑起其中最小的一张钻了进去，相思和步小鸾也跟着。门帘后是一个小巧的土屋，只有一张床、一个火塘。玲儿坐在床上，玩着纺锤。她睁大眼睛，好奇地看着客人。她年纪虽小，却格外听话，墁秀刚说了几句，她就乖巧地让出了床铺，靠在墁秀的膝盖上，看着相思，不时露出怯生生的笑意。

相思安顿好步小鸾后，与墁秀席地而坐，闲聊起来。墁秀渐渐不再拘束，询问起外面的事——吃什么饭，穿什么衣服，住什么屋子。相思极具耐心，有问必答。讲到华音阁中的山水建筑时，墁秀露出惊羡之色，几乎听得痴了。

玲儿虽然听得不太明白，却本能地喜欢相思。她渐渐舍了墁秀，向相思越靠越近，最后干脆趴在了相思膝盖上。相思爱怜地搂住了她。过了不久，细微的鼾声响起，步小鸾和玲儿都睡着了。

相思怜惜地抚摸着玲儿的头发："你真好，有这么乖巧的女儿。"

堪秀摇了摇头："不，她不是我女儿。"

这个回答让相思有些意外。

堪秀幽幽地叹了口气："你也听到族长的话了，我们没有生育的能力。这个孩子是族长从外面带来的。"

相思惊讶道："外面？"

堪秀点头道："是的，外面。我也不知道具体是哪里，也许是你来的地方吧……"说到这里，她脸上露出一种说不清是羡慕还是怜悯的神色，"所以，她和我们不一样，她会长大。"

相思低头看了看玲儿。她虽然也肤色黧黑，但眼大发黑，并不像村中其他人那样细目黄发，显然并非同族。她不禁震惊地问："族长为什么要从外面带回一个孩子来？"

堪秀摇了摇头："我也不知道，族长只说过，她对我们很重要。具体如何重要，却再不肯说。"她凑过来，轻轻抚摸玲儿，"她来的时候，还在襁褓中，是我一手抚养她长大的。虽然没有生养她，却一直当她是自己的女儿……可我爱她，又不敢太爱她。因为我总觉得她不属于这里，这种感觉你明白吗？"

相思沉吟了片刻，点了点头。

堪秀眼中露出迷茫："一直以来，我总觉得她应该是另一个样子，却又想不明白到底是什么，直到我看到了这位小姐。"

她目光所指，竟是熟睡的步小鸾。

"她比玲儿大不了几岁，却那么干净、精致，像白陶土捏成的娃娃。如果有机会，玲儿也会和她一样，穿着绣花的衣服，坐在宽敞的房子里，还能读书识字……"她顿了顿，望着相思，"如果，我是说如果，你有机会带她离开这片丛林，你会吗？"

相思沉默了。虽然入阵不久，她已察觉到了曼荼罗阵的凶险。她自顾尚且不暇，又怎能带走玲儿呢？

　　塄秀自嘲地一笑："我只是想想罢了。她还肩负着族长的使命，不能离开。"她停顿了片刻，有些不甘心地说，"若有朝一日，她完成了族长要她做的事——虽然我不明白那是什么——能去外面找你吗？"

　　相思沉吟片刻，郑重地点了点头："若有那一天，你让她拿着这个，到富春江畔的华音阁找我。我叫相思。"她褪下手上的天丝绣环，轻轻系在玲儿手腕上。

　　塄秀摩挲着绣环，重复了一遍这个名字，脸上露出欣慰而感激的笑容。

　　此刻，门外传来一阵嘈杂，不少村民在门外失声大哭。塄秀脸色一变，急急道了声失陪，出了房门，神色慌乱地走到了另一个小院里。

　　相思跟了过去，透过挂着蒲草的院门，看到一个人浑身鲜血伏在地上，不住抽搐。祭司努力想用草药堵住他的伤口，却徒劳无功。那人几乎被人用利刃从当中劈开，只剩下一手一足和大半个身体。

　　他竟然用这样一具残躯爬回了村子。

　　塄秀看清了那人是谁，跌坐在地上，撕心裂肺地哭了起来。院子里很快聚满了人。堂屋中的老人也走了过来，他分开人群，来到这人面前，俯下身子查看他的伤口。突然，老人发出一声怆然悲鸣，深深跪在地上，身体剧烈颤动，咳嗽不止。周围的土人也随他一起跪下，低声抽泣。

　　血泊中的那人伸出一只残存的手臂，握住老人的手腕，嘴唇微动，似乎在说着什么。老人浊泪纵横，几次要昏倒。祭司跪行了两步，在老人耳边耳语了两句，似在请示。

　　老人脸上显出极其痛苦的表情，看了看伤者，又看了看祭司和村民，伸手紧紧抓住自己的胸口，不住喘息，仿佛只有这样，才能强迫自己保持清醒。

　　虽然听不见他们的对话，大家都已猜了个大半。只有一种痛苦能如此折磨一个人——那就是他正面临着一项极其为难的选择。

　　血泊中的伤者歪了歪头，似乎在鼓励老人。

　　老人发出一声重重的悲叹，手在空中停了半晌，终于向下挥了挥。祭司向老人和伤者跪拜了三次，拿出一瓶淡红的液体交给老人。老人的手颤抖不已，但还是接过了。所有的土人都深跪在地上，将脸埋入尘土，静静等候着。老人将脸转到一旁，瓶中的液体从他手上倾泻而下。

伤者发出一声无比凄厉的惨叫，一股腥臭的浓烟从地上升起。片刻之后，伤者所在之地就只剩下一汪血水。

老人发出一声呻吟，仰天晕倒在地。几个村丁立刻过去扶起他。祭司将一些粉末撒在那汪血水上，一股火苗蹿起，须臾，地上的鲜血都化为了灰烬。

堰秀一声哀鸣，昏了过去。

相思紧紧扶住院门，脸色苍白异常，她低声道："为什么，为什么会这样？"

杨逸之微叹一声："那是堰俊。堰彝也死了，不过没能爬得回来。"

相思嘶声道："可是他们刚才还在这里！怎么可能就死了？"

杨逸之摇头道："不知道，似乎是在为我们打猎的时候遇到了野兽。"

相思脸色剧变，道："你是说他们因我们而死？"

杨逸之还没有回答，小晏微微冷笑道："虽然在下对他们的土语并不如盟主熟悉，但也听到堰俊死前反复提到'倥杜母'。而据在下所知，'倥杜母'绝非是野兽的意思。"

杨逸之默然片刻，道："的确不是。"

小晏微笑道："那么不知是杨盟主偶然耳误，还是特意有所避讳？"

杨逸之转身望着远天，不再回答。

卓王孙道："杨盟主不肯说，那只有请教殿下这句'倥杜母'的含义。"

小晏叹息一声，道："对于堰俊族人，'倥杜母'一词的确是最可怕的禁忌。至于它的意义……我希望自己是理解错了，单就字面而译，它是指'残尸'。"

相思不禁一颤，道："你是说他们在外出的途中遇到了……遇到了'残尸'？"

小晏神色有些沉重："正是如此，然而这还不是最严重的。"

相思道："难道还有更可怕的事？"

小晏道："不知相思姑娘想到没有，既然此族人已经领悟了不死的奥义，为什么村长还要忍痛将塎俊杀死？"

相思喃喃道："也许他伤得太重，村长不忍看他如此痛苦，所以才不得已杀了他。"

小晏摇头道："塎俊虽然伤得极重，但从头到尾都没有呻吟过，然而在药液沾到他身体的一瞬间，他厉声惨叫。这只能证明，被药液融化的痛苦比身体分离之苦要厉害得多。"

相思怔了怔，似乎想起了什么，道："他们非常害怕塎俊的身体，他们族人虽然可以复活，但塎俊连身子都已经残缺，根本没有活下去的可能……"

小晏道："他们的确很恐惧塎俊的残躯，连最后一点血水都要烧为灰烬，却不是因为他无法复活。"

相思道："那是为什么？"

小晏沉声道："因为塎俊身体的每一部分，都能重生！"

第三章

🦋 五夜霜钟啼破梦 🦋

相思愕然抬头，正好看到阶梯上的老人。

他原本佝偻的身体挺得笔直地站在阶梯上，一半身子被笼罩在地面的阳光之中，似乎显得高大了许多，手中握着一支竹矛，被刺枝抽打得满是血孔的脸微微抽搐，似乎在强行克制着痛苦与愤怒。

相思道："老人家……"

老人怒道："不必讲了，墁俊与墁彝因为你们的到来而死，老祭司临死前的预言终于实现了——外来者给我族带来了灾难。"

相思嗫嚅道："我不知道怎样说才能表达我们的歉意……"

老人猛地一挥手，高声吼道："不必了，你们给我马上离开这里！"

相思的脸上显出一丝决然："我们不能走。"

老人紧紧握住长矛，一字一顿道："不走？留下来看我们都被倥杜母们撕成碎片吗？"

一个声音从院门处传来："当然不走。"

相思回头看去，却是卓王孙带着被惊醒的步小鸾，也来到了院中。

卓王孙淡然道："既然事情因我们而起，自然也会因我们而灭。"

老人似乎被他激怒，嘶声道："都给我出去！"他话音未落，手中长矛呼的一声在屋内荡开半个圆弧，突然在空中一顿，矛尖顺势一转，直插卓王孙的眉心。

相思惊道："小心！"

眼前青光一掠，却突然凝结在空中。只见卓王孙随意一指，立在眉心前那森绿的矛尖似乎就被一种无形之力吸附于他的指尖上，无论老人如何用力，都没法挪动分毫。老人的脸顿时变得苍白如纸。卓王孙轻轻一挥手，长矛以同样的角度在空中划了个圆弧，毫不着力地回到老人手上。

老人呆了片刻，低声道："你到底要怎样？"

卓王孙淡然一笑："我只是想看看倥杜母到底是什么。"

老人怒道："难道你活得不耐烦，想要找死？"

卓王孙微笑道："已入死阵，不见死神，空手而去，岂非憾事？"

老人的面孔涨得血红："老朽不是几位对手，诸位何必苦苦相逼？"

卓王孙淡淡道："在下只是好管闲事，尤其是神神鬼鬼、不可告人的闲事。"

老人重重叹息一声，道："此事干犯天谴，普天之下绝没有人能管得了……诸位还是赶快离去吧。"神色哀苦，似乎已有乞求之意。

卓王孙淡淡道："你只用说倥杜母是什么，管不管得了，在我不在你。"

老人语塞了良久，却终于屈服于他的威严之下，低声道："所谓倥杜母，其实并不是神魔，而是几百年前被本族驱逐的叛徒。他们也曾是我们的亲人，只是到了如今，已经和魔鬼毫无区别。"老人顿了顿，声音更加嘶哑，"自从本族祖先领悟了复活的奥义，数百年来，我们就在这密林深处默默生息，悠游度日，与世无争。直到两百年前，出了一次意外的事故，种下了今日之恶果。直到现在回想此事，大家也是懊悔不已。不过这也是我们强参生死之秘、僭越天地奥秘的惩罚，并非人力可以避免……

"三百年前，在下一位族叔采药时不幸路遇猛虎，战斗之下两败俱伤。猛虎虽被刺重伤，蹒跚回窝后就倒地死去，而他也被当中撕开。当村中人赶到时，他已气绝多时。

"族叔当年是众人爱戴的英雄好汉，大家不忍心让他身体残缺，就从虎窝里寻回了他的两半尸体，并按照本族的仪式下了咒语埋葬，希望他能如以往一般复活。然而……我们的确是错了，这件事竟成了本族懊悔至今的噩梦……"

老人脸色血红，每一道皱纹似乎都在抽搐，神色异常痛苦："两年后，当我们拨开土堆的时候，看到的却是一幅令人毛骨悚然的景象……正如镜子破碎之后即便拼合也再照不出完整的影像，那位族叔的身体并没有如我们希望的那样重新结合成为一个整体，而是成了两个蠕动的半身怪物！"

相思吃惊地道："你是说，那两半残躯分别复活了？"

老人长叹一声，道："的确！不仅如此，更可怕的事情接踵而至。那两个蠕动的半身怪物不但分走了族叔的躯体，同时也分走了他的智慧、勇气以及仁爱之心。那两半身体都变得凶戾愚蛮。其中没有头的一半不停挣扎，撕碎手边的一切东西；而有头的那一半则日夜哀号，要我们为他找到另一个人的身体，切开来替他续上。当初人人景仰的英雄居然变成了这样一个残忍凶暴的魔鬼，族人十分恐惧，祭司也从星象上预料到了这将是我族灾难的开始。如果这个时候我决断一点，下令将这两个怪物烧死，那么后来的一切就不会发生了。然而我当时无论如何也下不了手，因为我还不明白他们已经不是当初抚育我长大的族叔了……"老人的声音微微颤抖，显得无比凄凉。

相思愕然道："难道，难道你答应了他们？"

老人痛苦地摇摇头："我当然也不忍心杀死别的族人来成全他们，于是我从山林间找来了一只黑猿。"

相思道："你是说……你是说你把他们变成了两个半人半猿的怪物？"

"正是如此！"老人合上双眼，低声道，"然而事情还没有终结。那两个半人半猿的怪物后来时常回到村中。一开始大家都很害怕，但后来不知为何，村中有很多年轻人似乎受了某种邪恶的诱惑，疯狂般地追随他们。村中渐渐出现了种种怪异，族中长老都不知如何是好。又过了一段时间，我们发现一个垂死的病人居然暗中违反族中的规定，私自将自己埋入土中等候复活。这本来是只有历代相传的祭司才有的权力。

"我预感到了事情的严重，于是不顾那人亲属的反对，带着村众，连夜将那人的坟墓挖开……"老人的声调颤抖起来，似乎那恐怖之景还历历在目，"罪孽啊，那人死的时候，居然将自己切成了两半埋入土中！"

相思惊道："他为什么要这么做？"

老人叹道："贪得无厌的人啊。他们有了永生的生命却仍不满足，还希望自己能不断分裂繁殖。"

相思道："难道为了这个，他们宁愿将自己变成不人不兽的怪物？"

老人垂首长叹道："他们希望能繁殖出无限的自己，却不明白，生命正因为是唯一的，所以才有如太阳般灿烂的光辉。强行离散自己的血肉经脉，其实也就抛弃了他们之所以为人的一切。

"那些人或找来兽类的身体与自己的残躯拼合，或者干脆到丛林中伺机袭击过往的客人，夺取他们的身体。我和村中的长老再也无法忍受他们的恶迹，决定将他们驱逐出去。结果双方发生了一场惨烈的大战，死伤遍地。由于当时倥杜母的人数还不是很多，我们终于守住了村落，而且将双方撕裂的尸体都用药水融化烧毁。但还是有一部分尸体被不听劝告的亲人们偷偷掩埋在森林的各处，而另一部分希望追随倥杜母生活方式的年轻人，竟也决然离开了村落，去加入倥杜母的行列。后来倥杜母们就在山林中以邪恶的方式不断繁殖自己，越来越多。可怕的是，他们最初的目的是让自己的生命无限增殖，然而事与愿违，到了最后，他们越分越少的躯体以及精神意志都逐渐被自己附身的野兽、尸体同化。"

相思道："你是说他们最后成为了一种行尸走肉？"

老人摇头道："不，虽然他们人类的意志已被分散，然而兽性、邪恶以及亡灵的怨气却渐渐累积。最后他们完全成了魔鬼的走狗，唯一的知觉就是撕碎一切可见的生物，然后再将自己身体的一部分贴附上去。"

相思道："难道说墁俊他们就是被……"

老人惨然道："正是。他忍着剧痛爬回村落，就是为了告诉我们，倥杜母们已经重新集结，准备向我们村落报复，将其中每一个正常的人都变为自己的同类。堙俊的一半身体已经被侄杜母夺去了，若不是他有我族复活的力量，绝不可能支撑着回到这里。"

相思道："那你们为什么不先发制人，将侄杜母一网打尽？"

老人摇头道："侄杜母继承了野兽的特性，昼伏夜出，啸聚山林，极难捕获，而他们生存的唯一意念就是杀戮和繁殖。他们复活得很快，而且会越来越快，所以现在我们已不知道到底有多少侄杜母。或许已经多如蝼蚁，杀之不尽。更何况若捕杀侄杜母的时候有所不慎，将侄杜母的尸体留下一块，他们都会在土中不断复活。"

相思道："那你们难道坐以待毙不成？"

老人昏黄的目光中突然放出坚毅的光芒："我们已决心和侄杜母决一死战，一旦不敌……"老人长叹一声，缓缓合上双目，"我们也已做好了同归于尽的安排。所以，侄杜母之事纯属上天对本族的惩罚，与他人无关。几位还是速速离开此地，免得战阵发动，玉石俱焚，枉受牵连。"

老人将手一挥，做出了逐客的姿势。

小晏眉头微皱，道："竟有这等奇事，可见天下之大，当真无奇不有，人的所见所识是无论如何都不能穷尽这天地秘辛的。"

杨逸之轻轻叹息："只怕这一切只是梦幻而已。"

卓王孙一笑："杨盟主是暗示我们，这无繁一族百年来所见所感也无非是大梦一场？那这场梦又是何人发动的呢？"

杨逸之皱起眉头，似乎要说什么，却终又摇头作罢。

相思接口道："无论如何，事情因我们而起，我们又岂能在这个时候离开？"

老人决然道："侄杜母死而复活，除了本族历传之战阵，绝无其他手段可以消灭。几位执意留下，不过徒做无谓牺牲！"

卓王孙似乎听到了什么感兴趣之事，道："历传之战阵？"

老人眉头一皱，道："此事事关本族禁忌，诸位不必多问。"

卓王孙淡然道："既然如此，我本无心插手，只怕阁下所谓战阵亦是不祥之器。"

老人怔了片刻，道："不错，本族此阵名安息之阵，传说有天地重开之威力，然而从未使用。因为此阵一出，天地变易，除了全族都会遭到杀身之祸外，还可能引发未可知的大灾难，这是当初发明战阵的人最终也无法参破的……所以几百年来，它一直被禁用。然而到了这种不得已的时候，我们也只有舍命一搏，诸位既然已知此事严重，还请速速离开。"

卓王孙微微一笑道："村长这逐客之令似乎已下得晚了。"

老人大惊，道："你是说……"

突然，村口的大钟发出一声巨响。钟声高亢而短促，似乎敲钟者在用生命的最后之力向大家警告——某种极度恐怖的危险已经降临！

第四章

万里秋山芙蓉霞

不知什么时候，屋外数百支火把已经熄灭。

好在东方已然发白，树木被微弱的晨曦包裹在浓厚的湿气中，似极了胎衣未褪的婴儿。

一声轰然巨响，空气中弥漫着泥土的腥气，广场中央的泥土不知何时已从地下翻起，凸起无数土包，犹如久病之人的皮肤，长满了欲破的痈疮。

茫茫晨露自丛林深处纷扬而下，将那些土包变成一摊秽亵不堪的泥泞。大地在令人窒息的湿气中静默了片刻，突然上下颤动起来。同时，一种无法形容的声音似乎正从地心破土而出。这种声音凄厉而嘶哑，一时竟听不出是哪种生物发出的，传说中的群鬼夜哭也绝无如此怪异。像狼、熊、猩猿、马熊、豹、虎、犬一起发出临死前的惨叫，又像无数人在地底同时尖厉地大笑。只是这笑声在泥土中被封埋太久，已经腐败不堪！

土包在怪声中翻腾着，瘴气鼓动着黏浓的水泡，冒出一股股腥臭的黑烟。村民们分成九组，在广场四周布开九道圆弧，手里并没有任何武器，却每人都头顶着一只陶罐，双手合十胸前，紧握着一把血红的泥土。妇女和孩子们用同样的姿势站在里圈，暗黄的脸上显出恐惧而又悲壮的表情，似乎已意识到，他们无限的生命也快到终结的时候了。

泥土翻腾得更快了，腥臭的黑烟熏得人几乎睁不开眼睛。嘶哑的怪叫越来越近，仿佛在泥泞的包裹中做最后挣扎，随时都会破土而出！

祭司又穿上了那身沉重的礼服，仰面站立在圆弧的中心。他头顶、胸前、四肢上各放着一个陶罐，兽角、雉鸡翎、权杖一起在霞光之下熠熠生辉。虽然这副场面比初见的时候更加怪异，但再也没有人会觉得滑稽。这群本已参透了不死奥义的人们，如今决心为了这片生息了千百年的土地，和那无尽增殖的恶魔战斗到最后一刻！

狂风毫无预兆地从地底冲天而起，厚浊的尘土顿时遮天蔽日。绿树、朝阳、彩霞瞬间无影无踪，四周被一片溷浊的黑暗湮塞！

一股令人作呕的腥臭扑面而来，离众人最近的一个土包爆破般喷出数团冲天的浓烟。隐约间，一只硕大的兽爪突然伸出地面！

"啊！"步小鸾惊叫一声，卓王孙立刻伸手挡住她的双眼。

那兽爪上布满黑色的长毛，灰色的指甲足有半尺，弯成钩状，在空气中向四周不停摸索。呻吟嘶叫之声更已近在咫尺。

土堆还在继续翻滚，一颗灰垩色的头颅慢慢突出地面。那头颅左边是一张死尸的脸，在黄土下诡异地扭曲着，仿佛还保持着临死时的恐惧和痛苦，而右边一半却是一张灰熊的面孔。两张脸被一条手指粗的血痂强行黏合在一起，似乎并不情愿，在欲要分开而不得的剧痛中显得暴虐而疯狂。它两爪不停地在空中挥舞，胸前也被抓出一道道血痕。

突然，那倥杜母似乎嗅到了生人的气息，狂性大作，猛力嘶号着。手上的泥泞被他以巨力扯成千丝万缕，纠缠在它的兽臂上。它一路挣扎着向众人一步步爬过来。相思不由惊呼，一枚袖箭已然出手！

袖箭噗的一声正中那倥杜母的额头，黑血涌处，袖箭力道不减，直从它后脑穿出。倥杜母甚至来不及惨叫，只在喉头发出一声闷响，就已摇晃着向后跌去。

相思正要松一口气，突然，四只兽爪从那只倥杜母后背伸出，各自扯住它的一肢。

刺啦一声裂响，黑血如腥雨一般喷散而出！

先前那头倥杜母从当中被撕开，另外两头身材更大的倥杜母各抓住一半尸体，在头顶高高挥舞，发出欢喜若狂的号叫。舞了几圈之后，那两头倥杜母突然互相扯住对方的肢体，也是猛地一撕。两头倥杜母同时发出最凄厉的惨叫，竟然也被生生扯开。

那两半残体并未倒下，而是挣扎着将手中握住的刚才那头倥杜母的半边身体往自己的残躯上拼去。这一过程中，它们惨叫连连，眼珠都因剧痛快要脱眶而出，但扭曲的脸上还带着贪婪而满足的表情。

片刻之后，两只倥杜母变成了三只，一面惨叫，一面蹒跚地向众人爬来。

与此同时，那成千上万的土包都已破裂，各种人兽拼合的倥杜母纷纷破土而出。狼、熊、猩猿、马熊、豹、虎、犬，以及人类的残躯无比诡异地结合在一起，在团团黑烟中不住蠕动。腥臭味铺天盖地而来，哀号直冲云霄，无数只手爪在浑噩的狂风中不停挥舞，一眼望去，竟是满山遍野，无处不在。

相思面色如纸，颤声道："到底有多少倥杜母？"

卓王孙望着远方，道："几千，或者几万。"

相思道："那我们怎样才能杀死它们？"

卓王孙道："我们不能，它们身体的每一块残片都能重生。"

相思道："那我们该怎么办？"

卓王孙遥望着那群排成九个圆弧的村民，摇头道："我们只有等，等安息之阵的发动。"

"明明灭灭密密麻麻木……"①

"明明灭灭密密麻麻木……"

咒声越来越盛，九个圆弧也在不停地分合变换。祭司在当中飞快地旋舞着，他身上的陶罐似乎正被一种无形之力操纵，以更加诡异的速度不住飞旋。渐渐地，一团黄光从贴地的旋风中升腾而上，形成九个光圈，将村民包裹其中。村民高声唱着一支曲

_____

① 这一句咒语是我家小猫咕噜在键盘上踩出来的。

调怪异的赞歌，右手渐渐从胸前抬起，直捧到头顶。随着祭司一声高歌，数百村民右手同时在头顶挥出一个半圆，血红的尘土烟花一般向四周飘散开去。

红土之雨纷扬落下，将灰垩色的土地染得一片嫣红。大地猛烈地一颤，而后混乱的震动逐渐变得沉稳而有力，宛如被催动了沉睡已久的脉搏，爆发出生命的律动。祭司飞舞得越来越快，他身上的九个陶罐几乎悬浮在了空中，数百村民全力唱出的咒语震耳欲聋。随着歌声在极高处突然一顿，祭司的旋舞也立即止住，九个陶罐以最缓慢的姿态从他身上旋转飞出，最后在泥土中散为尘芥。同时，村民们头顶的陶罐都以同样的速度坠落于地。

陶罐中散出的是黝黑的泥土，宛如一瞬间，大地上开了无数朵墨色莲花。在莲花跌落的一瞬，村民站立的大地上隆起九道弧形的土埂，并且飞速延伸着，须臾就已连接成一个圆圈。噗的一声，碎石如粉，激起十数丈高，满空飞撒，瞬时以不可思议之力向外扩散开去。

整个大地似乎都被这道飞速扩张的圆圈覆盖而过，剧烈一颤，就如大海中突然而起的巨浪，天地之威让人还未来得及喘息，它已向天际散去，无影无踪。

天地一片沉寂，宁静得宛如什么也没发生过。

无数佺杜母和村民似乎在一瞬间都变成了雕像，无知无觉。大地宛如万亿年前的古战场，远古怪兽和先民们都在一瞬间被冰川冻结，一直保持着鲜活的姿态，矗立等候着无尽的岁月。

是宇宙时空偶然间造成了永恒的错乱，或者只是人们心中片刻的疑惑？这一幕似乎持续了千万年之久，其实只是短短一瞬之间。闷响又起，脚下的大地爆裂般地一动，似乎地心深处的某种支撑突然断裂了。四周的一切剧烈动荡，浓浓黑暗之中，声色触嗅都已被隔绝，只有一种感觉无比清晰——自己在和这大地一起缓缓下沉。

相思惊得目瞪口呆，几乎忘记了身边的危险。隐约中，她听到卓王孙道："走！"然后自己手上一着力，身子已经飞了起来，晕眩之中似乎是在树梢不停起落。等她清醒过来，已经到了十丈开外的一棵巨树之上。卓王孙放开她，将另一手牵着的步小鸾揽在怀中。而小晏、杨逸之和紫石正在不远处的另一棵树端。

相思来不及多想，回头去看来时的村落。

她的脸色瞬时苍白。眼前是一幕不可思议之景——

整个村落仿佛突然变成了一块圆形的流沙之地，树木、房屋、石块、牲畜，包括所有的村民都在震动中一点点旋转着向圆心下沉。村民们已然陷到了腰部，然而他们的表情依旧十分安详，双手将倒置的陶罐捧于胸前，嘴唇不住张合着，似乎在念着无声的法咒。

那些刚刚从土中爬出的倥杜母正惊恐地看着自己的身体又要重归地底，不断张牙舞爪，想要扑向正在念咒的村民，却又被泥土陷住，无论如何也不能前进半步，只有惨叫连连，死命挣扎。

片刻之间，村民和倥杜母都只剩下了地面上的头颅。

朝阳透过飞扬的尘土，将村民们暗黄的面孔镀上一层金色。他们的脸上并没有一丝恐惧，而是一种出奇的宁静。或许，直到此刻这群不死族人才真正明白了生命的最后奥义，那是无数次的复活所不曾给予的。

他们越陷越深，流土就要将一切带归地底。旋转的黄土之上，只剩下一只幼小的手臂在沙土上欲沉欲浮，手腕上还挂着一只天丝绣环，那骇然是相思平日里随身佩戴的。

"玲儿？"相思忍不住惊呼出声。

沙土迅速下陷，但玲儿的手始终没有完全沉没。毫无疑问，是墁秀在最后一刻将玲儿尽力托出了沙阵。

虽然这样做只能稍稍延缓玲儿的死亡，却是她唯一能做的。

仿佛是在求救。

相思紧紧咬住自己的嘴唇。她不能目视着玲儿被黄沙吞没，永埋地底。她想起了初见时，玲儿躲在嫚秀身后，对她露出笑容；想起了她伏在自己膝上熟睡，柔软的头发垂落一地；想起了自己向嫚秀许诺，有朝一日，让玲儿带着信物来华音阁寻找自己。相思甚至想好了之后的一切——自己会亲自教她识字，教她武功，让她认识更为广阔的世界，在华音阁的烟雨中过平静自在的生活……

她如莲的心轻轻抽搐，忍不住抓住卓王孙的衣袖，嘶声道："先生，求你救救她！"

卓王孙目视远方，淡淡道："那是他们选择的解脱。"

相思失望地看了他一会儿，将目光投向杨逸之与小晏。

杨逸之双眉紧皱，静静俯视着沉沦的大地。而小晏双手结印，高站在巨木之端。晨风吹起他淡紫的华裳，他的眸子中深藏悲悯，宛如在沙罗树前俯瞰众生衰荣的神佛。

只是他并没有救人的意图。

相思四顾片刻，嘶声道："难道你们就没有一个人肯出手？"卓王孙打断她，道："任何人出手都毫无意义。"

这时，风沙更盛，那只小手正一点点消失在泥土中。

相思低下头，双手握得更紧，她一字一顿道："就算毫无意义，我也不能不理！"

她一咬牙，从树顶上纵身而下。

"住手！"杨逸之低喝，飞身去阻拦她。

杨逸之的身法当然比相思快了许多，然而两人栖身之树实在相隔太远，等他动身的时候，相思人已在树下。她身形在林间几个起落，已经到了流土边缘，一扬手，袖中飞出一条流苏，一头系在旁边一条树枝上，手中略一借力，人已向流土中心飞去。

她足尖在流土上一点，立定身形，往下一探手，已牢牢抓住了玲儿的手腕。

小手出奇地灼热，令她几乎撒手。然而她还是忍住了，一手紧紧拽住流苏，另一手用尽全身力气将玲儿拉出流土。

不料，这时的玲儿竟然沉重得惊人，似乎沙土下有无数双手在和相思争夺。流苏发出碎裂般的破响，本来不足四指宽的流苏只剩下摇摇欲坠的一线。相思一咬牙，催动内力，猛地往上一纵。

地下传来一阵凄厉而绝望的哭声，若有若无，宛如刮骨一般，让人心神俱碎。

玲儿的身体终于脱出了沙土的包围，和相思一起缓缓上升。

渐渐地，一张通红的小脸出现在泥土上方。

她已不是当初的模样，脸上经脉突出，薄薄的皮肤被撑得透明，简直可以看到其中沸腾汹涌的血液。相思被她诡异的样子惊得一怔，手中力道一顿。

耳边响起一声低喝："放手！"

相思只觉眼前一道白光掠过，一股无形之力仿佛透过光线在自己手腕上轻轻一扣。她全身的真气都未被引动，而手已不可抗拒地松开了。

等她回过神来，那张仅仅脱离了沙土片刻的小脸又已沉入地底。

痛苦与懊恼化为从未有过的怒气充斥着她的心，她循着白光所来之处，全力一掌击出。

然而她的手却停在了半空中。

来人居然是杨逸之。

"你……"杨逸之欲言又止，那双几乎从来波澜不兴的眸子中竟含着怒意，似乎相思刚才已铸成不可原谅之错。

相思被他的怒容惊得不知如何是好。印象中，这个男子一向清明如月，从未向她显露过愤怒的一面。这时，一声雷裂般的巨响从地底冲天而出，整个天地爆发重生般的震动，无数尘土从地底深处巨浪般喷涌而出，其威力比刚才几次地动强了不止百倍。相思还未明白过来，手上的流苏已断为数截，身体随着翻腾的尘土迅速下沉。

大地并非按照一个方向下沉，而是分成了无数股不同的力度，彼此牵引撕扯，不断冲撞，直至化为碎屑，又立即加入另一股更为疯狂的力量。相思感到自己的身体就要被撕裂为无数碎块，突然手腕一紧，身子已脱离了流土，随着杨逸之向来时的巨树飞去。

天地混沌，万物哀号，仿佛在一起经受这重生重死的剧痛。

杨逸之双眉紧皱，几乎是将相思扔回卓王孙身旁。卓王孙在相思肩上轻轻一拍，帮她稳住身形，淡淡道："你要感谢杨盟主，是他救了你。"

相思挣脱出来，愤然望着杨逸之，道："你为什么阻止我？"

杨逸之转身看着下面那正随着轰然巨响不断深陷下去的土坑。他脸上的怒容已消敛，归于平和："你可知你方才做了什么？"

相思道："我只是想救出玲儿！我答应过墁秀带她走出丛林，我……"相思猝然住口，因为这个如魏晋名士一般的谦谦君子，第一次神色阴沉得可怕。

杨逸之一字一顿道："你刚才已逆转了安息之阵。"

相思惶然道："安息之阵？"

杨逸之道："刚才发动的就是无綮国人历代所传的安息之阵。而你拉着的那个小女孩，是全阵的枢纽。"

相思道："枢纽？难道……难道她不是被墁秀舍命托出地面的吗？"

杨逸之不再说话，久久注视着她，注视着她的惶惑与天真。瑰丽的晨光中，她微微仰起头，静等着他的解释，风雾打湿了她耳边的碎发。

这神态曾是那么熟悉。

他的心猝然一痛，他不该责怪她的，因为他早就知道她的善意与执着。只要有一线生机，她就一定会出手相救，不惧粉身碎骨。他缓缓摇头道："安息之阵借厚土之力而发，是无綮国民与敌人同归于尽的战阵，必须借无綮国民鲜血催动，布成九星连珠之势。其中必有一人为全阵枢纽，站在全阵最高处维系九星之力。安息之阵一旦发动，地肺震动，地气外泄，威力可比天地之开辟，同时将最大限度增强无綮国民的力量，使方圆数里内一切物体整个沉入地底，永远封印，故名安息之阵。而这个小女孩，就是无綮国民寻访来并潜心培养的九星枢纽。"

相思难以置信地摇了摇头："玲儿，她是九星枢纽？"似乎想到了什么，她的声

041

音转为迷茫，"原来，族长要她做的就是这个。"

她的心轻轻收紧。这就是堪秀和玲儿都不知道的秘密。她是被作为武器养育的，她的人、她的命，本就是为了一场浩劫准备。她注定走不出这片丛林。可如果不是他们的到来引发了侄杜母的危机，她或许也会在堪秀的照顾下平安度过一生吧？想到这里，相思心中涌起一阵莫名的悲凉。

然而，这种悲凉没来得及持续多久，就被震惊与恐惧取代。

杨逸之叹息道："然而就在战阵完成的一瞬间，你将九星枢纽从地下强行拖出，原本凝结下沉的地气被全部打散，地脉纠缠断裂，安息之阵化为灭绝之阵。不仅在地面上引发极其剧烈的土崩，而且，地底已经完全沸腾。所有地下之物都将被撕裂成碎片，包括……侄杜母和无綮国民的身体。"

相思心中涌起一阵不祥的预感，声音已颤抖："那些尸体……"

杨逸之道："不错。无綮国民以土为食，着土而生，一旦在逆转安息之阵中吸纳地心之力，能量将膨胀到不可思议的地步。"他语音一顿，低声道，"复活的力量当然也不会例外。"

相思脸色霎时惨白："你是说他们还会复活？"

杨逸之看着她，缓缓道："是每一片碎屑、每一滴鲜血都会复生——立刻复生！"

第五章

❀ 芙蓉云深栖神兽 ❀

朝阳已经升到半空，大地沉陷，黄土翻涌，如一片浑噩的云海，伴着风雷之声，震耳欲聋。天地被截然分为了两个不同的世界，天堂与炼狱在滚滚尘烟中长久对峙。

风势愈大，浮土蔽日而上，天空终于阴暗下来。大地的震动也由强而弱，由弱而无，似乎浩劫之后，一切正在缓缓平复。

然而一股浓重的血腥味正悄悄从尚在余震的土地中蒸腾而上，经风散开，无处不是，凝聚成一团巨大的阴影，盘横在天幕之上。

四处怪声大作，宛如群鬼号哭，凄厉无比。那片凹沉下去的土地渗出无数缕黑烟，继而冒出一个个三尺见方的土泡，此起彼伏，咕噜乱响。从高处看去，大地宛如一锅正在煮开的黏粥，正翻腾着向四面扩展。

众人的神色都十分凝重。刚才数千只倥杜母破土而出的景象还历历在目，而现在，光凸起的土丘就已是方才的数十倍。

地肺翻腾，无数块被撕裂的血肉都会化作一个新的倥杜母。并且无穷无尽地复制下去。

一声裂响，数千只兽臂几乎同时伸出地面，向半空中肆意抓扯。一个倥杜母刚刚从泥土的桎梏中挣扎起身，下一个土包又已隆起，宛如刚刚煮开的泡沫，无尽地繁殖。偌大的一池流土瞬时已被塞满，成了一片黑色的肉山血海，根本望不到边际。

那些倥杜母彼此挤压，极少转动，只能前扑后拥地在地上翻滚爬行。地色已经丝

043

毫不可见，连其中仅存的几许间隙都随时被新从地底钻出的倥杜母塞满。后者宛如叠罗汉一般伏在其他野兽身上，野兽互相拼命甩头撕咬。一时间，万千怪兽竞相发出凄厉长啸。

突然，几头靠近沙地边缘的倥杜母止住嘶鸣，仰头乱嗅，似乎已然闻到了生人气息，蠕动着向几人栖身的大树爬来。一瞬间，成千上万的倥杜母宛如怪浪潮水一般涌来，踏得地面一阵乱颤。它们前扑后拥，循着血肉之气疯狂前行。前排的倥杜母被同类踏在足底，瞬时变成肉酱。然而那淋漓的血肉只被其他兽足一甩，落地之后在泥土中打了几个滚，立刻膨胀幻化，瞬间又已复生出骨肉经脉，经山风一吹，惨啸之间又已长成丈余高的巨兽。

那些倥杜母似乎有眼无珠，遇到对面巨木竟然丝毫不知躲避，迎头撞上，还来不及后退，其他的野兽已然山呼海啸而至，将带头的倥杜母生生压在树上。那些倥杜母痛急狂啸，死命挣扎，然而身后的野兽也无路可退，又被新赶到的巨兽踩踏挤压。一时间，群兽暴怒，哀号干云，空谷回音一震，直似万千迅雷同时爆发，石破天惊。密林之中残尸遍地，黑血横飞，碎尸残血落地立刻重生，又向兽群中扑去，循环往复，竟是越来越多。

而那些千年老木也已不堪承受这无数巨兽的摇撼，参天巨干顿时折断，倒落尘埃。群兽毫无畏惧，如潮水一般向下一棵大树涌去，只听枝叶纷断与兽蹄之声乱成一片。顷刻之间，数十株十人合抱的古木已残枝寸折，碎叶如粉，被踏成一堆尘芥。

相思看得惊心动魄。照这样下去，只消须臾，自己容身的这棵大树也会被倥杜母踏倒。这无数怪兽铺天盖地而来，任你三头六臂，也是杀不胜杀，更何况它们每一块血肉都能重新繁殖！

她焦虑地看着奔涌的兽群，想到这场浩劫皆因自己一念之仁而发，不禁愧疚。她回头望着杨逸之，诚恳地问："现在该怎么办？"

杨逸之皱眉："只有放火烧山。"

相思惊道："烧山？"

杨逸之点点头。

小晏站在对面的大树上，道："杨盟主是否知道这片丛林绵延千里，一旦纵火，只怕会千日不息，而林中草木禽兽、村人土著都会在杨盟主这把大火中被化为灰烬？"

杨逸之双眉紧锁，沉声道："如果还有一线可为，杨某也不会想出如此横造杀孽之计。"

小晏默然片刻，道："无论如何，纵火之事万不可为。"

杨逸之冷冷道："倒不知殿下有何高见？"

小晏投目远方："应将它们引到空旷无人之处，再行诛杀。"

杨逸之道："殿下既知此丛林绵延千里，又何谓空旷无人之处？"言谈之时，悾杜母已然到了脚下，将大树团团围住，只几次冲击，几人脚下巨树已经摇摇欲坠。

卓王孙突然道："芙蓉泽。"

相思惊道："什么？"卓王孙没有回答她，只将步小鸾小心抱起，转身向北看去。

杨逸之和小晏亦是绝顶聪明之人，只略一点破，已然明白。杨逸之道："既然如此，引开野兽之事就托付殿下了。"

"芙蓉泽？"相思似乎猛然想起了什么，"你是说村长提到过的，他妻子埋葬之地，芙蓉泽？"

小晏注视着脚下那群不断向大树冲撞的野兽，决然道："正是。时间不多，就请几位赶快动身。"

他身边的紫石突然道："杨盟主既然曾在此地生活过，必然对曼荼罗阵极为熟悉，为什么自己不肯，却要叫少主人留下？"

小晏脸色一沉："紫石……"

杨逸之遥望远方，轻轻叹息道："我对曼荼罗阵的确极为熟悉，然而恪于多年前的誓言，不能向诸位做更多解释。既然千利小姐认为杨某别有用心，还是请和殿下先退入大泽，在下留在此处引开倥杜母吧。"

小晏道："不必，你我此时都不必隐瞒。杨盟主对此处地形最熟，理当先入大泽安排，而在下体内之血液与常人不同，更易引动群兽。形势危急，不容我多做解释，诸位还是请立刻离开。"

紫石声音有些哽咽："既然少主人心意已决，就请让紫石一同留下。"

小晏摇头道："倥杜母凶残暴戾，不计其数，到时候我只怕自顾不暇，何以分心照顾你？"

紫石毅然道："正因为如此，紫石才要留下。"

此时脚下一阵猛烈摇晃，万兽齐鸣之间，大树已经坍塌了一半。紫石突然双膝跪下，低头道："紫石受老夫人所托，一路服侍少主，无论如何，决不离开。"

小晏注视着脚下野兽，不去看她，淡淡道："好，你留下吧。"

紫石脸上一片喜色，抬头道："少主……"话音未落，她整个身体已然瘫软下去，倒在小晏怀中。小晏回头对卓王孙道："紫石就托付于先生了。"他一抬袖，紫石的身体宛如毫无重量，从数丈开外的树顶平平向卓王孙处飘来。

众人只觉眼前紫光微动，小晏的身形已翩然而起，无声无息地落在东面的一棵巨木之端。

就在这一刻，脚下群兽怒吼，地动山摇。突然一声巨响，相思他们立足的巨木已经被齐根折断。

卓王孙一手接过紫石，一手抱起步小鸾，衣袂微动之间，身形已在十余丈开外。相思来不及多想，也纵身跟在他身后。清晨露水湿滑，林间古木枝干参天，遍布苔痕，相思起初还能勉力跟上，几个起落之后已觉体力不支，难以为继，不由得降低了身姿，由平步树冠顶端改为牵住树冠下的藤蔓，一步步跟进。身后折断的大树多半已是百年之龄，枝实叶茂，倒地之时，势大力沉，再加上藤萝牵绊，引得周围的大树纷纷倒折，一发不可收拾。倥杜母顺势直追而上，有的干脆攀在欲倒未倒的树枝上，被摔得血肉横飞，沾土重生。

只片刻工夫，本来只围堵在树林一头的佉杜母竟然已遍布林间，无处不在。

小晏站在树端，紫衫在晨风中猎猎扬起。他袍袖微张，袖底一道极细的亮光在他左手腕上迅速一转，异常鲜红的血顿时如烟花般绽开。他手势向下一顿，点点血珠被逼成一团团淡红的光幕，纷纷扬扬向树下落去。佉杜母们倏地仰头，伸长脖子四处乱嗅，发现血腥之气后，一同狂啸起来，而后蜂拥而上，向小晏藏身处冲来。

小晏的身形如巨蝶一般在林间缓缓穿梭，将群兽逐渐引向东面，以图暂作牵制。

相思勉强攀着藤萝，向北穿行。她额头已大汗淋漓，长发被山风吹散，拂贴在脸上，几乎睁不开双眼。突然，她手上一滑，藤萝被一根尖利的树枝劈作两半，再也无法承受她身体的重量，向数丈外的地面直坠而去。

相思惊呼一声，触目之下，大树下面黑压压一大片，全被群兽挤满，毫无可立足之处。众兽扬爪咆哮，只待搏人而噬。

相思闭上了双眼。

突然，她手腕一紧，一股虚空之力宛如月光临照般透体而过。身体重量顿失，宛如一抹晨雾，随着来力的方向腾空而上。

她讶然回头，竟然是杨逸之。

他牢牢握住她的手腕，神色虽与平常一样清冷，但澄澈的目光中隐不住透出几分歉然与关切。

歉然是因为方才对她发怒，关切却是怕方才稍晚一步，就会让她陷入险境。

然而，这样的目光只轻轻一触，就匆匆转开了。

宛如忘却。

相思脸色微赧，一来想到今日之事全因自己逆转安息之阵而起，十分惭愧；二来是心力交瘁，也就不好再任性，一动不动地任他带着自己向树林顶端跃去。不一会儿，身后兽声渐小，两人已在半里开外，眼前丛林显得比方才稀疏了许多。

山风微拂，白云荡波，若即若散。雨雾瘴气纷纷化去，四周山林藤萝都被笼罩在一层金光之下，远山隐没于云海之中，秀翠欲滴。相思方觉心胸一阔，一股令人作呕的腐臭之气突然从下方传来。

她低头一看，没想到密林的中间居然藏着一大片沼泽。

那片沼泽方圆足有十数顷，大半隐没在芦苇杂草之间。水面上浓云遍布，伸出无数云脚，直垂水面，将整个沼泽封锁起来。水中腐草纵横，蚊蚋肆虐，不停有碗口大的气泡从泽中冒出，咕噜作响。水面上还漂浮着一层暗红的烟霞，宛如邪雾瘴气，腥臭扑鼻。

卓王孙牵着步小鸾，迎风站在沼泽边。从高处看去，他两侧各堆着一道与人同高的断枝碎叶，宛如两道木墙，当中空出一道与树林同宽的入口。遥遥望去，整个沼泽面朝树林的草木都已被砍断，露出一大片黝黑潮湿的地面。

杨逸之带着相思纵身而下，然后轻轻放开她，径直上前对卓王孙拱手道："不想只来晚片刻，卓先生就几已竟全功。"

卓王孙淡淡道："在下只是捷足先登，抢了轻松的那一份，剩下的却要有劳杨盟主了。"

杨逸之上前一步，从木墙中抽出一根断枝，看了看截口，微笑道："无情草木居然能劳动卓先生的春水剑法，也算万古未有之幸。"

卓王孙淡淡一笑，并不作答。袍袖一拂，将相思带了过来。

相思大概已猜到了他们要用火攻，正要问为何不在岸边堆砌土墙，而要筑在树林两边，离泽岸还足足有几丈的距离。还没待她问出口，对面丛林之中又隐隐传来群兽践踏咆哮之声，似乎越来越近。只听得丛林中一阵哗哗乱响，又是数十株古树彼此牵扯，坍塌倒地。绿不透光的丛林中略透出一道缝隙，只见一团紫影在前，时动时停，在林间轻灵穿行，而无数黑影紧随其后，似乎已被引逗得性发如狂，厉声怒吼，磨齿扬蹄，迅速向沼泽挪动。

卓王孙道："殿下来得真是恰到好处。"

杨逸之远眺沼泽深处，皱眉道："在我记忆中，沼泽中心有一座小岛，距此处大概仅半里之遥，以卓先生的轻功，带上千利小姐和小鸾踏水而过，应该绝无难处。"他回头一瞥相思，"但是相思姑娘只怕就力有未逮。不如由我带小鸾一程，卓先生可以专心照料相思及千利小姐。"

相思的脸上禁不住飞起一丝红晕。

卓王孙看着杨逸之，淡淡道："不必。她已两度蒙盟主援手，何妨再救第三次？"说话之间，对面丛林中已断木横飞，兽声鼎沸，尘埃冲天而上。那道紫光倏地停在密林边缘的一棵大树上。光华渐散，只见小晏舒开双臂，静静站在高处，紫衫临风飞扬，宛如一只紫色的巨蝶。桃红色的鲜血如珍珠一般从他腕间滚落，在半空中轻轻蓬散，化为数十团血雾，落花般飘然而下。

树下的倥杜母宛如饕餮见到美食，扬蹄乱抓，齿牙毕露，争着舔舐上方的血雾，而这淡淡血雾哪里够万千巨兽分食的？更是引动群兽恶欲，不断跳纵，向树上撞来，似乎连性命也顾不得了。

卓王孙道："馨明殿下，火墙已经备好，请速向沼泽中退来。"他声音不大，但用内力传出，顿时漫天皆是，震天兽啸竟也压他不住。

小晏似乎略一颔首，衣袂微张，身形已从树端凌空而起，无声无息地向岸边飘来。他身后黑浪一般的兽群翻滚而至，尘土冲天而上，伴着枝叶四散横飞。

待兽群近了，众人方才看清这群倥杜母全是劫后重生，形态与开始多有不同。有的大如狮象；有的小如野犬；有的头部被同类踩踏过，裂开一道血缝，又已从缝中生出一个新的头颅，足有三身两首；有的鸠形虎面，九首双身，狮肩龙爪；有的形如僵尸，独足怪啸。真是奇形怪相，不可方物。

这时，卓王孙等人已踏萍而过，退入泽中小岛之上。小晏并不着急，时退时停，腕底散开满天血花，将群兽一步步引入岸边入口。

那些野兽丝毫不觉有异，只循味狂涌而上。小晏在岸边止步，回头面向群兽，缓缓褪下长袖。只见雪光一动，双手手腕同时喷出一蓬血花，纷扬而落。

见血雾增多，群兽怪啸连连，蜂拥而上。小晏静静立在朝阳之中，一动不动。眼见那第一波兽浪就要沾上他的紫衣，突然，他全身化作一团紫光平平向后退开十余丈，在沼泽污秽的水面上立定身形，宛如一叶浮萍，随波起伏，却是鞋袜不沾。

那群野兽狂奔之下哪里收势得住？只听沼泽中一片怪响，倥杜母纷纷跌入淤泥之中，在偌大的泽面上溅起无数丈余高的黑色泥柱。小晏双手在身前舒开，指间微动，已结成两种法印。一道若有若无的淡紫光环瞬时环绕住他的全身，溅起的淤泥刚一近身，就被远远弹开。而他腕间的鲜血却依旧从紫光中透出，在脚下蜿蜒成两道小溪，似乎并不受光环的桎梏。

那群倥杜母根本不顾同类的死活，只管踏着前排同类欲沉未沉的身体，向小晏扑来。一霎间十数顷的沼泽竟如大海一般澹荡不休，黑浪冲天，腥风遍野。小晏双手结印，闭目静立于沼泽之上，只待下一批倥杜母近身的一瞬，轻轻向后飘开一小段距离。

此时已是旭日在天，霞光万丈，成千上万的妖兽震天动地地向泽中跳去，淤泥澹荡而上，业已升过湖岸丈余，排山倒海地拍击着岸边，宛如一池方圆数十里的黑玉正在沸腾，弥漫出满天黑烟，腥臭刺鼻，却也极为壮观。巨力之下，岸边泥土石块都纷纷塌陷下去。相思这才明白那两道木墙为什么建在远处——若是建在岸边，怕已早被冲散。

然而那倥杜母数量实在太多，一时来不及下沉，后面的野兽又已踩踏而上。不知是嗅到了大泽中的死亡之气，还是仅仅因为泥浪的推打，有不少竟然踏着同类的身体攀爬着向岸边回退而去。相思方要惊道不好，眼前一花，杨逸之已纵身而起，在泽面上几个起落，已到了岸边。只见他凌空一扬手，数点火光从指间飞出，在空中划出两道彩弦，纷扬而散，落到两堆木墙上。

火光瞬时冲天而起。杨逸之衣带微招，整个人仿佛交错的月影，若隐若现，宛如在湖面信步一般，瞬间已折回小岛之上。

那些正要爬上岸边的倥杜母一见火光，顿时四足颤抖，齐声哀鸣，推挤之下，又纷纷掉头冲向沼泽。

足有半个时辰，兽群落水之声才渐渐小了下去。泽面上一开始还可以看见无数兽爪狂舞，然而不久就沉陷下去，慢慢恢复平静。

无数不死之身的妖兽终于被十数顷大泽深陷泥底，不得动弹。

小晏退回岛上，落地的一瞬，身后长发如云般当风扬起，护体光环顿时散成一蓬紫色粉尘，随风散去。紫石惊呼一声，冲上前去跪倒在他脚下，将衣裙撕下一条为他包扎，眼泪宛如滚珠一般落到他的广袖上。

小晏的神情依旧十分平淡，遥望水面道："只希望接下来这封印的万亿岁月，能化解它们的恨意与罪孽。"

第六章

❀ 琉璃赤松暗相授 ❀

大泽北面的树木似乎比南面略小，然而更密更茂。南面藤萝虽盛，毕竟还能看出树木形态，而此处藻葛横生，不仅将树木杆枝裹了个密不透风，连树木之间的缝隙都被缠满。一眼望去，宛如丛林中遍布着各种形态的围墙。

稍入树林深处，耀眼的阳光顿失。林间雾霭氤氲，寒气逼人，几步之外的景物就已暗黑难辨，只隐约可见一些阴森的轮廓。虽是白天，却和夜间浑无分别。

几人越过沼泽，继续向北行去。走了一会儿，步小鸾感到又冷又累，于是几人便在林中生起一团篝火，略为休息。紫石一直服侍在小晏身边，暗自垂泪。然而小晏神色安然，一路与众人谈笑，似乎全然无碍。

相思拾起一捧枯叶，正要添入火堆，却偶然间透过篝火的烟尘看到小晏手持一根树枝，轻轻拨弄篝火。他俯身的一刻，难以克制的痛苦从他的眉宇间一闪而过，脸上也隐隐罩着一层青气。然而这不过是一瞬间的事，等他抬起头时，那张苍白的脸看上去又已完美无缺。

相思忍不住问道："殿下，你……"

紫石回头冷冷看了相思一眼，目光中透出几许阴冷的敌意。小晏似乎陷入沉思，并没有听到她的话。相思还想说什么，身后的落叶突然发出一阵窸窣的脆响。她一开始以为是虫蛇一类，没有回头，却看到对面步小鸾正惊惶地望着她身后，似乎那里正站着什么极其可怕的东西。

相思惊觉回头，一双熟悉的碧绿色眸子顿时跃入眼帘。

那赫然正是伏在曼陀罗肩上的火狐！

就在那一瞬间，相思心中的恐惧、惊讶都随着这双眸子深处的阴翳一起散去，剩下的只有无尽的迷茫——一种宛如不知身之所来、心之所往的迷茫。她只觉得双眼乃至整个身心都被这两团绿光占据，周围的一切都在这绿色的鬼火照耀下显得暗淡无光。也不知过了多久，她发觉自己不知什么时候已转向西南站立。更让她吃惊的是，西南面的丛林角上居然是一口月牙般的小湖。

相思一抬头，发现卓王孙等人就在身旁，也正遥望着那不远处的湖泊。她如梦初醒，喃喃道："我们为什么会在这里？"

卓王孙眉头微皱，没有答话。步小鸾回头不解地看着她，道："我们刚才一起追那只火狐狸，追了好远才被引到湖边来的呀，难道姐姐不记得了？"

相思茫然四顾，道："那……那只火狐到哪里去了？"

步小鸾觉得她的神色有些古怪，偏着头看了她一会儿，道："逃走了，我们亲眼看见它逃进湖水里的，扑通一声，到现在都没见上来。"

相思不可置信地摇摇头，突然感到一阵疲惫，再也说不出话。

杨逸之望着湖水，皱眉道："它会一直跟着我们。"

哗——哗——一阵水声突然从寂静的湖面下传来。水波推开一圈涟漪，树木倒影顿时凌乱不堪。波纹越扩越大，几乎荡满整个水面，无数水泡从水中澹荡而上。

相思还没有回过神来，一群人已从水中浮了上来。

这群人有男有女，看上去十分年轻，然而却披发文身，皮肤黧黑，突唇龅齿，颧骨高耸，极其丑怪，唯有一双眼睛明亮异常。他们身材都极度矮小，宛如儿童。

他们似乎是一群土著渔民，身上却没有带着任何捕鱼的工具。整个身子都潜在水下，只露出一双碧绿的眼睛，默默注视着不远处的陌生人，神色看起来并不友好。然而，无论如何，此时看到水中出来的既不是怪兽也不是火狐，的确是一件让人高兴的事情。

双方对峙片刻，杨逸之上前一步，骈指当胸画了半个弧。

那群渔民默然不语，过了一会儿，一个看上去略为年长的拨开众人游到岸边，也向他回画了个半弧。其他渔民的神色缓和了一些，然而似乎远不及无繁国民好客，仍远远浮在水面，疑惑地望着来人，似乎只要略有惊动就会立刻潜入水中逃走。

杨逸之和那个游到岸边的人交谈了片刻，回头道："相思姑娘，借你的珠宝一用。"

相思没有听明白："珠宝？"

杨逸之点头道："这些喜舍国人逐水而居，生性多疑，却贪财好利。他们极为喜爱明亮晶莹之物，甚至胜于生命。如果外来客人不以贵重珠宝为见面礼，很难获许进入其领地。"

世人多贪利，倒不出相思的意料。只是她性文质朴，不喜金玉珠宝，身上并没有喜舍国人想要之物，听杨逸之所言，不由得大感为难。

紫石伸手从发髻上解下一枚明珠，递给相思道："相思姑娘妙相天成，自不必以俗物污其丽质。紫石这点浊物，还请姑娘代为转交给杨盟主。"

相思脸色微红，将明珠接过，递给杨逸之。那粒明珠浑圆乌黑，足有龙眼大小。阳光之下乌光流转，闪烁不定，虽只一粒，却已是价值连城。

杨逸之摇摇头道："姑娘的珠宝虽然珍贵，无奈这群喜舍国人虽然好利，却并不识货。只要是七彩透明、光华粲然之物，他们就认作稀世之珍，而且一味求数，恨不得每人都分得许多。姑娘这枚墨色珍珠，只怕在他们眼中只会枉被认作顽石。"

相思道："仓促之间，到哪里去找那么多七彩透明之物？"

杨逸之望着那群喜舍国人，皱眉不语。

卓王孙淡淡道："荒野刁民，何足纠缠？"

相思错愕道："难道先生想硬闯过去？"

卓王孙淡然道："世间一切，无不是路。"

小晏道："若这些喜舍国人不肯让开，卓先生又当怎样？"

卓王孙道："他亦是路。"

小晏将目光从湖水深处收回，缓缓道："深山野民与世无争，卓先生何必痛下杀手？"

卓王孙冷冷道："拦路索财，无异行劫。如此凶顽愚钝之民留之何用？"

小晏摇头道："他们心中贪念与生俱来，天性使然，并非出于恶意。虽然过于执着，然而天下何人无执？我等六人不远千里涉此蛮瘴之地，心中何尝不是各存一念之执？何况他们喜好之物在先生眼中一文不值，却是此地罕见之珍，绝难找到。这些人世代积攒，也不过数粒。喜舍国人日夜受贪欲煎熬，已是天降之罚，你我若出吹灰之力代其寻找，就能将很多人暂时从痛苦中解脱，又何乐不为？"

卓王孙淡淡一笑道："原来殿下已有解决之法。"

小晏回头看了看水中的村民。他们似乎听到众人的争执，更为惧怕，全身都隐没水中，而水面上一双眼睛却直盯着前方，露出贪婪之色，似乎要逃走，却又舍不下来人的礼物，神色极为痛苦。

小晏叹息一声。

相思疑惑地道："这里丛林绵延千里，连岩石都极少见到，殿下去哪里找他们要的珠宝？"

小晏微微一笑："树脂。"

相思抬头望去，林间果然有不少松树，苍老的树干黑皮龟裂，挂着一些明黄色的垂脂。然而那些树脂在林间受湿气蒸熏，已显得光华暗淡，又哪里来的七彩透明？相思正要再问，小晏袍袖一拂，数道寒光猝起，直向松树枝干而去。恍惚间，只见一团碗口大的淡紫光幕在林间穿梭，宛如穿花紫蝶，在每一处花枝上略作栖息，最终回到小晏手上。

小晏双掌在胸前抱圆，将紫雾围拢掌心。紫气在他双掌之间飞速旋转，越来越快，渐渐传出噼噼啪啪的轻响，宛如气团里面有什么东西正被高温烤灼爆裂。而那团紫雾的外层寒光闪烁，似乎笼罩着一层薄冰。寒气从他衣袖间散出，渐渐扩大，在紫光之外形成一团硕大的冰雾，氤氲流转，将小晏的身体笼罩其中。

就在冰火交替淬炼之下，紫光之内渐渐透出几道虹彩般的光华，似乎有很多细小的亮点在隐隐闪耀。小晏手腕一沉，那团外层的白光如春冰初化，当中裂开一道极细的裂痕，迅速扩散，整个裂为碎屑，而那团紫光却从他掌心腾空而起，迅速膨胀。随后止住上升之势，在空中一顿，颤抖了几次，突然凌空爆散。

半空如散开一朵千层紫莲，缓缓飘散，由浓而淡，由淡而无。数百粒晶莹彩光从紫云间纷扬落下，宛如下了一场七色珠雨。

小晏一抬手，那场珠雨像沙漏中的流沙一般，无声地向他袖中汇聚，片刻之间已被全数收入袖中。紫石双手托出半幅织锦，守候在一旁。小晏袍袖微拂，织锦上已多了一堆七彩碎珠，在阳光下不住滚动。

小晏对杨逸之道：“这些碎石，就请盟主代为转赠喜舍国人。”

杨逸之微微颔首，接过织锦向湖边走去。湖中的喜舍国人个个眼露贪婪之光，直勾勾地盯着杨逸之手上那包碎石，似乎已忘记了害怕。杨逸之一面做着刚才那个画圆的手势，一面将织锦递给领头人。那人发出一声狂喜的尖叫，劈手夺了过去。杨逸之低声说了几句土语，那群渔民面露喜色，向湖边游来。他们水性出奇地好，在水中宛如泥鳅一般，穿梭几次，就已爬上了湖岸。

那些人喜极高呼，将那包碎石不停传看着，每个人拿在手上都贴于胸口抚摩良久，才肯交给旁人。然而他们似乎对来客仍心有忌惮，不敢太过接近，只排成一行向西南面丛林中行去，不时回过头看诸人一眼，似乎是在带路。

喜舍人的村落与无縠国民大相径庭。他们沿着湖岸用原木建起低矮的房屋，圆顶、方墙，靠近地基的地方多半用碎石砌成一个大池，其中注满清水，将木屋的一大半都泡在水中。

　　这样的屋子村落中不过五六间，彼此相隔甚远，加上地形曲折，有时几乎要走上将近一个时辰。每间房屋都十分宽大，能容几十人同时居住，同姓家族就居住在同一间大屋里，数世同堂。每当添丁增口，房屋不够时，就靠着原来的木屋再搭建一块出去，再将墙打通，就这样代代扩建，从不分家。

　　眼见天色又晚，杨逸之向喜舍人借宿。喜舍人虽然面露难色，终究还是答应了，只是要让他们两人一组，在村中诸姓人家的大屋中分别留宿。

　　入乡随俗，几人便分别跟着各姓村民回到屋中。杨逸之借宿于村长之家；卓王孙、步小鸾借宿于村北鲲姓人家；小晏和紫石在村南鳙家；相思则随一个小女孩来到村东鲤家。

　　相思跟着女孩涉水入屋，只见屋内湿气极重，桌椅都浸在水中，半浮半沉。桌面上没有放任何东西，却有一些大大小小的木桶、葫芦漂在水上，里面储存着熟食、米酒和水果一类，任何人只要随手一伸，就能捞过一桶来大快朵颐。看来这群喜舍国民虽然贪财吝啬，在吃食上却还算大方。

　　房间很大，中间没有墙门隔开，只有一些柱子支撑着。为了防止柱子被水浸泡腐朽，柱子底部涂着一种鲜红的油漆状物质。屋内没有床，只在大屋的北角停着许多独木舟，用人臂粗的藤萝彼此连接起来。这些独木舟统统是由几人合抱的大树从中纵劈两半，再挖开一个可容一人的深坑制成，这正是喜舍人夜晚休息之处。有的仅容一人侧卧，有的略大，可容两人栖身，看来就是夫妻的婚床了。那些婚床也和普通的木床连在一起，看来喜舍人已惯于合居，并无隐私之念。

　　喜舍人个头极矮，而所用的木材却又显得巨大异常，远看上去十分滑稽，仿佛水獭在横倒的树木上钻出一个栖身的小洞，又仿佛古人厚葬时三棺三椁的巨型棺木。那个女孩领着相思到了屋角的一张船床上，并递给她一个由螺蛳壳制成的灯台，里面盛着半盒贝油。点燃贝灯，相思才发觉眼前的这张船床居然做得极为精致。床身上刻画着种种花纹，多半是鱼龙水藻一类，厚厚的床壁上还挖着许多小槽，陈放着一些工具和贝壳之类的饰品，床坑中铺着一层厚厚的干苔藓，看上去十分舒适。

船身只比水面略高，右面挖出一小块凹槽，用木钉钉着十余根绿色的细绳。仔细一看，绳的那头正系着好些木桶、葫芦。看来只要躺在床上伸手一拉，美食美酒就自动到了嘴边。

相思一时兴起，四面寻找，发现左面船壁上竟也拴着一条红色的丝线，却比右边的绿绳细了好多，不仔细看根本无法发觉。而且红绳那头并没有系着东西，一直没入水下，却不知道何用。相思欲将红线拉起来，却发现它似乎被钉死在船床之下，刚要寻找其源头所在，只听一个中年男子在屋中高喊了一声，其他喜舍人纷纷放下手中的事，涉水向船床走来。

相思以为自己拉动红线惹起主人不快，正要道歉，却见那些喜舍人似乎并没有看她，一个个径直走到床前，翻身进了木船里。他们刚一躺下，就伸手拉过水中的木桶，仰面吃喝起来。一时间，近百人一起动口，咀嚼饮食之声不绝于耳，颇为好笑。

相思听了一会儿，也不由得食指大动，正要拉过一些食物来和主人随喜，那个中年人又高喊一声，四面响起一片将木桶放回水中的扑通声。紧接着每个船床上的油灯都被吹灭了，只片刻，房中就已毫无声息，似乎那群喜舍人已然睡熟了。

相思只得打消了消夜的念头，拉过软软的苔藓被子盖在身上。虽然树坑显得有些小，却十分舒适，拳起腿来也可以美美睡上一觉，聊慰多日的疲劳。

正在这时，她耳边突然传来一阵水响。

相思一惊，坐了起来，却看见紫石站在面前。她神色憔悴，两眼红肿，似乎刚刚哭过。

相思惊道："紫石小姐，你为什么在这里？"

紫石声音嘶哑，道："紫石有一件急事，要请相思姑娘帮忙，去晚了只怕就来不及了。"

相思道："到底什么事？殿下知道吗？"

紫石摇头道："此事纯粹是紫石个人所托，并未告诉少主人。姑娘不必多问，去了自然就知道了。"言罢深深鞠了一躬，转身就往外走。

相思一面起身，一面道："紫石小姐请轻一些，不要惊扰主人。"

紫石回过头来，冷冷看了她一眼，道："相思姑娘不知道吗？他们是听不到的。喜舍人一旦睡着，就算你拆了这间房子，他们也不会醒来。"

第七章

❧ 照影邪灵碧血新 ❧

走出了木屋，发现只是傍晚时分。门外林壑岩岫，含烟浸彩，顶端都被夕照染成淡紫，下半部沉浮于阴影之中，却越发青碧。周围云蒸霞蔚，映着夕阳斜晖，幻出无边异彩。当中拥着一轮落山红日，大有亩许，照得满山遍野都是红色。

紫石借宿的鲔姓人家离此处竟然有好几里地的路程，两人到达鲔家大屋的时候，太阳已经落了下去。腾腾的烟雾伴着氤氲的水汽，把木屋罩在浓厚的白雾之中。

相思推开房门，屋内凉水齐膝，伸手不见五指。

黑暗中，紫石伸手过来。相思以为她要接过自己的油灯，正要递给她，不料她手腕一沉，猝不及防间，已经扣住了相思的脉门。

相思讶然道："紫石姑娘，你……"紫石也不答话，另一手飞快地封住了她的穴道，而后从腰间抽出一根绳子，将相思的双手紧紧绑住。相思茫然间，突然回忆起火堆旁她异样的目光，心中顿时涌起一阵寒意，颤声道，"紫石，你到底想干什么？"

紫石平静地把绳子打了个结，道："相思姑娘本来也算中原一流的高手，我并无必胜的把握。只是江湖险恶，相思姑娘原不该对一个陌生人如此信任。"

相思秀眉紧皱，不再答话。

紫石淡然道："相思姑娘不必暗中运动内力了。紫石武功虽然低微，但相思姑娘要想冲开穴道也要一个时辰以上。何况这根绳子是幽冥岛迴蚕丝所织，天下能挣开的不过四五人，少主人、杨盟主、卓先生或者不在话下，然而对于姑娘而言，是万万不能之事。"

相思深深吸了口气，反而平静下来，道："那么你到底想要怎样？"

紫石道："相思姑娘还记得我刚才说有一件事要求姑娘帮忙吗？"

相思道："可是我已经答应你了。"

紫石摇头道："那只不过是因为姑娘不知道我要什么。"

相思道："那好，你要什么？"

紫石注视着相思的眼睛，缓缓道："我要借相思姑娘心头之血。"

相思一怔，道："我心头之血？"

紫石冷冷望着她，道："传说中，平常人心有五窍，圣人七窍。比如殷商比干，称作七窍玲珑心，主聪慧而早夭，是万中无一的异禀。而相思姑娘心中却流着九窍之血。"

相思讶然道："我？你说我心有九窍？"

紫石冷笑一声，摇摇头道："九窍者普天之下只有三人，均是半人半神之体，拥有不可思议之力，并非凡人所知。相思姑娘不过偶然的机会里得到了九窍异人心头之血，成为了九窍神血的继承者。"

相思并不明白她在说什么，摇了摇头，喃喃道："你要我心头之血又是何用？"

紫石道："少主人……"她猝然住口，眉宇间掠过一丝痛苦，瞬时又恢复了冷漠，"这些相思姑娘不需知道，只要告诉紫石一声，是借还是不借。"

相思道："我若借给你会怎样？"

紫石道："人无心则死。你在半个时辰之内将失血不治。而且剜心之痛也非姑娘这样养尊处优的人所能忍受的。"

相思脸色一变，道："我若不借呢？"

紫石叹息一声："我只有强迫姑娘。"

相思苦笑："既然借也是死，不借也是死，为何还不动手？"

紫石摇了摇头："这里不行。九窍神血离开人心，片刻就会变质，我必须将姑娘带到少主面前。"

相思眼前闪过小晏公子那张极度苍白的脸，轻轻叹息一声，道："没想到你竟然是为了殿下而来。"

紫石冷冷道："姑娘与少主多次彼此感应，难道就没有想到是九窍神血的作用？殿下和我远涉中原，目的之一就是寻找另一位九窍神血的继承者，取她心头之血。其间虽然多有变故，然而我们最终还是找到了九窍神血的所在……相思姑娘，生命诚然可贵，但可以为少主人而牺牲，何尝不是死得其所？从这一点来讲，紫石倒是很羡慕姑娘。"

相思涩然一笑。

她很理解紫石的行为。当日在荒城中，她何尝不是甘愿舍弃自身而救城中之人？如若必须得牺牲她才能救小晏，她是否会愿意呢？

相思轻轻叹息一声。若真有地狱，她诚心希望，下地狱的人会是她。只会是她。

紫石道："相思姑娘还有什么话说？"

相思道："我只是不明白，若真如你所说，殿下有很多次杀我的机会，为什么都白白放过了？"

紫石脸色陡然一变，似乎相思这句无意中说出的话正好戳中了她的痛处。她的眼神更加凌厉，一字一顿道："我也不明白，好在我们现在都不需要明白了！"她话音方落，扬手张开一个银色的口袋，将相思套住，迅速扎好袋口，往屋内涉水而去。

紫石将口袋重重扔到一张船床上，解开了口袋。相思全身都已被冷水浸透，长发摇散，和衣衫一起紧紧贴在身上，在夜风中微微颤抖。

紫石冷冷道："相思姑娘受苦了。"

相思并不答话。

她一转头就看到了小晏。他趺坐在一张很大的木船上，双手结印胸前，长眉紧锁，双唇毫无血色，似乎正在极力克制着某种痛苦。他身后的长发和紫衣不时被虚无之风扬起，又立刻垂落。周围一层淡淡的护身紫气也只能勉强成形，时有时无。

紫石静静地在一旁看了片刻，眼泪默默地从冰霜为色的脸上滑落。她抓住相思的手腕，一纵身，两人一起落到小晏身旁。

紫石跪地道："少主人。"

小晏的双目睁开，一阵细微的碎响传来——他身周的紫气再度如春冰解冻般化开，落了一地紫尘。

紫石猛地抬头，嘶声叫道："少主人！"伸手去抓小晏的衣袖。

小晏已知无力将她的手震开，只是轻轻一让，紫石跌倒在一旁，恸哭起来。她双手在船板上一顿，木板上顿时多了十道深痕。

小晏声音虽然很轻，然而仍然含着一种让人无法抗拒的力量："紫石姬，我要你立刻放了她。"

紫石道："不！"

小晏道："你要违抗我的旨意吗？"

紫石低头哽咽道："属下不敢，属下只是不忍心让少主再受折磨。"

小晏叹息一声，道："这点伤势，我自会处理，你马上放了相思姑娘。"

紫石突然抬头，嘶声道："紫石姬自幼服侍少主，心中明白体内每一滴血对于少主人意味着什么，何况这次少主人所失之血已经太多……"

小晏打断她道："我已经无碍，你不必担心。"

紫石突然大声道："你在说谎！少主九天星河的内力已经全被打散，在体内伺机反噬，凶险无比，难道不是吗？"

小晏双眸神光一动，又渐渐平静，道："生老病死，不过人生常态。"

紫石道："少主人难道忘了老夫人的嘱托？"

小晏叹息一声，慨然合目道："慈亲之命，何敢忘怀。"

　　紫石猛地将相思拉过来，一字一顿地对小晏道："既然如此，星涟就在眼前，少主人为什么不肯杀她？"

　　相思听到星涟两个字，身体不由得一颤。不久前的那一幕渐渐在她脑海中清晰起来。

　　原来所谓九窍神血，就是青鸟族的预言者星涟临死前注入她眉心之中的桃红色鲜血。

　　青鸟族传人有预言天地变化、山河改易的神奇力量，只因为她们的血液不是人的血液，据说是西王母独自在昆仑之巅修炼时，用月光割开手腕放出三滴血，化作三只青鸟，到人世间传播西王母的恩泽。因此青鸟族的力量来自于神。

　　几个月前，传说中不死的青鸟族先知星涟，在为卓王孙预言此行吉凶的时候，却突然发狂，向相思扑来。在她的尖尖十指即将插入相思咽喉的一瞬间，突然折回，插入了自己的胸膛。一股桃红色的鲜血带着刺鼻的腥气溅满相思的双眼。一种刺骨的幽寒也从双眼潜入全身，这种感觉诡异至极，直到如今想起来，也是不寒而栗。

　　而当时她脚下落着一枚桃红的心脏，上边九个美丽的孔窍，还在轻微地搏动着。

　　相思的记忆一旦开启，眉心中那阵强烈的刺痛伴着恶心感顿时浮涌而上。要不是她穴道被封，几乎忍不住要伏地呕吐。

　　小晏目光只在相思脸上一停，便挪向远方："大威天朝号上，我已经证实，她肋下并无青鸟族印记，绝非半神星涟。"

　　相思一怔，这才明白过来，当初小晏为什么要逼她解开衣衫，原来是为了寻找这所谓的恶魔之印。

　　紫石道："不错，她的确不是星涟。然而她和少主一样，是九窍神血的继承者！"

　　小晏默然片刻，紫石又道："九窍神血本来流淌于日曜、月阙、星涟三位半神心中。她们可以为自己选择一位继承者，将鲜血灌注于其体内，然后立刻剖心灭度。所以，相思就是星涟神在世间的唯一传人，也是少主唯一的机会……"

小晏轻喝："紫石，不必再讲了！"

紫石挣扎着向前跪行了两步，抬头逼视着小晏道："其实这些，少主人比谁都明白，为什么一直不肯杀死她，不肯取她心头之血？"

小晏拂袖道："时机未到。一旦机缘成熟，我自会动手。"

紫石道："少主人分明是在撒谎！取九窍神血之事，早一日就多受益一分，而晚一日就多一分凶险。"

小晏一时默然，轻叹道："她和我不同，我是自愿承受九窍神血，而她却并不知情。"

紫石道："她诚然无辜，但少主所图乃大，非为一己之私，有所牺牲在所难免，不可因一念之仁而让老夫人多年心血化为泡影！"

提到老夫人，小晏脸上闪过一丝凄凉之色。

自孩提时代起，多少人羡慕他龙凤之姿，天日之表。然而唯有他自己知道，天潢贵胄、绝世容颜的后面是深渊一般的黑暗、痛苦，和一颗永远寂寞的心。上天是如此厚爱，赐给了他一身幽绝的异香。然而，只有他自己才能闻到异香笼盖下那若有若无又无处不在的血腥之气。他曾因此而深深地恐惧、痛苦、绝望，甚至厌弃这具被他人艳羡的躯壳。

从记事那一天起，他就知道，每到月光最盛的时候，自己体内就会透出一种魔鬼般的欲望，宛如针芒一般，狠狠刺透他的骨髓，让他全身血液沸腾，烧灼着每一寸肌肤。这种痛完全来自神髓深处，根本无法阻止。

每当这时，母亲大人就会递过一樽琉璃盏，里边盛满了猩红的液体。寒光宛转，散发着最邪恶的诱惑。喝下去，痛苦就会暂时减轻，然而欲望和罪恶也更深地植入了身体，下一次将来临得更加猛烈。

渐渐地，他不敢出门，不敢站在阳光下，只能躲藏在阴暗的帷幕后。他知道，这个自出生之日就种下的恶毒咒语，必将伴随他一生一世。

直到十三岁那年，他才知道，自己喝下的，是人血。

不是普通的人血。只有禀性极阴极寒者的心血才能缓解这嗜血之咒。母亲为了他，四处寻找禀性阴寒之人，再从中选出健康、干净、美丽的少女，将她们带到幽冥岛上。然后，终结她们如花的生命，将她们心中之血注入那一盏盏美丽的琉璃杯。

珍珠红，琥珀浓，酒盏握在他苍白而修长的指间，美得让人心颤。谁又知道，这美丽后边藏着何等的罪恶和杀戮？

那一夜，他将酒盏打碎。这是他第一次忤逆母亲。酒盏落地那一刻，他看到母亲眼中的痛楚与哀伤。

破碎的声音透过了时空，从不可知处传来。他的心猛地收紧，仿佛被多年前的回忆猛击了一下，痛得再也说不出话。紫石注视着他，眼中也有了泪光。这么多年来，她一直能看懂他的痛苦，也一直默默侍奉在他身边，却无能为力。她的声音哽咽起来："杀了她，就能终结这一切痛苦。如果少主人不忍下手，就请让紫石代劳！"言罢，紫石左手一抖，将相思手上的绳索绕在她脖子上，强迫她抬起头来。另一手运指如钩，向她胸口直插而落！

"住手！"小晏轻喝一声，紫袖微张，一蓬散乱的紫气从袖底涌出，在相思和紫石之间砰然爆散。

紫石低哼了一声，右手手腕顿时脱臼。指尖鲜血淋漓而下，相思胸前也是一片血痕，不知是紫石的还是她自己的。小晏双眸神光闪烁，似有不忍之色。他本无心伤到两人，只是此刻真气已全然不受控制，若一个不慎，不仅自己血脉逆流，而且两人也必定重伤。

仅受轻伤已是万幸了。

然而他的从容与优雅在瞬间崩溃。一招击出后，全身凌乱的真气似乎都脱离了约束，在体内恣意乱行，不时猛烈反噬。小晏再也无法控制自己，跪倒于地，身后的长发凌乱地垂散开来，在一团凌乱的寒光中微微颤抖。

紫石不顾自己的伤势，将相思推开，扑上前去。她一手扶住小晏，一手放在口中，用力一咬。鲜血顿时从她嘴角流出来，染在因疼痛而苍白的脸上，显得十分诡异。

她小心翼翼地将流血的手腕递到小晏唇边。

黑暗中，小晏澄净如秋夜一般的目光从乱发后面透出，冷汗已将他额间的散发湿透。他轻轻摇头，似乎想尽力将紫石滴血的手从眼前推开，但另一种压抑不住的欲望又从他苍白的唇间升起。

——那是对人类鲜血的欲望。

他用力握住紫石的手，全身微微颤抖着，像是要抗拒，又像要攫取。猩红的鲜血一滴滴滚落在他一尘不染的衣襟上。

相思转开脸，已不忍再看下去。

她已然明白了，为什么初见紫石的时候，她的颈间会留着那可怕的巨大创口；为什么岳捕头会断定小晏身上有血腥之气；为什么当她反抗的时候，仅仅在他脸上划出了一道血痕，就会让他突然疯狂般地想杀死自己。

相思将目光投向茫茫水波，心中一阵刺痛。眼前这具宛如神佛一般完美无瑕的身体，竟同时栖息着魔鬼的欲望，需要不停攫取人类的鲜血才能延续。这悲悯而优雅的王子，竟也是嗜血的恶魔，永远躲避着阳光，只有在幽暗的夜色中才能自由行走。

相思回过头，透过他夜幕一般垂散的乱发，隐隐看到了他双眸中的泪光。那不是为自己的痛苦而流泪，而是年少的释迦太子在偶然的机会里领悟了人类的生老病死，却感到深深的迷茫、痛苦、孤独，而又无可奈何。

相思心头一恸。

或许紫石是对的，若真能为他解开血咒，那么一切牺牲都是值得的。如果她的身体还能行动，她或许也会毫不犹豫地走过去，将自己腕间的鲜血递到他唇边。

黑暗中水波微微的振荡已经停息。

小晏的呼吸也已渐渐平静下来，轻声道："我没事了，你放了她。"

紫石脸色苍白如纸，声音却轻了很多："能为少主减轻痛苦是紫石最大的荣幸，但是紫石不忍看着少主为紫石而自责！"

小晏合上双目，道："我自有办法，你快点让她走。"

紫石一面垂泪，一面包扎好腕上的伤口，再为小晏束起身后的散发。她的动作如此温柔、仔细，仿佛已经做过了千万遍。

她泣声道："少主人，只要杀了她，你就能解开月阙下在你身上的血咒，你还要忍耐到什么时候？"

小晏避开她，沉声道："不要再说了，你立刻把她带回去！"

紫石跪直了身体，摇头道："决不。"

小晏沉默了片刻，缓缓将脸转开，看着一池墨黑的水波："紫石，现在我以幽冥岛岛主的身份命令你立刻回老夫人身边，不得我允许，不得擅自离开。"

紫石愕然了片刻，仰望着小晏，喃喃道："少主人是要赶我走？"

小晏叹息一声，道："是。"

紫石陡然站起身，后退了一步，摇头道："不，紫石誓死服侍少主，决不离开。"

小晏冷冷道："你自幼生长在幽冥岛上，应该知道违抗岛主之命的后果。"

紫石呆呆地看了他一会儿，泪水已经夺眶而出："少主人……"

小晏脸色一沉，道："此话我已经出口，就决不会收回，你立刻离开。"

紫石重重跪倒在地上，双手支撑着身体，失声痛哭起来。

小晏转过身不去看她。浓浓黑暗中，只有清冷的水声和她轻轻哭泣的声音。

过了好久，紫石缓缓从船板上支撑起身体，哽咽道："紫石自幼经老夫人抚养，恩重如山。少主人善良慈孝，待紫石名为主仆，实如兄妹，如今不仅狠心赶我离开，而且违抗老夫人的命令……这一切却不过……不过是为了这个陌生女子……难道……"紫石抬起泪眼，嘶声道，"难道少主人也动了世俗情欲之念，竟然为了她，一切都不顾了吗？"

小晏猛然回头，喝道："住口！"

这句话一出，三个人都同时一怔。

紫石呆呆地望着小晏，泪水如断线之珠无声落下。

小晏低头，轻轻咳嗽，神色也有些黯然。

正是十三岁那一年，他打碎了母亲递过来的酒盏，而后将自己锁在卧室内，整整七天七夜。他发誓永远不再碰那些罪恶的液体，发誓凭借自己的毅力摆脱对鲜血的依赖。

那是一段梦魇般的日子，记忆里只有大块的血红。他将床上的紫色幔帐拖到地上，一条条撕碎。指甲折断，紫檀木的地板也被划出道道深痕。黑色的长发披散，宛如一朵凋谢的墨色莲花，又被泪水濡湿。他的优雅，他的风仪，他的高贵，都被欲望与挣扎击得粉碎！然而，他始终不肯打开房门，接过那杯救命的鲜血。

第七天的早晨，他已完全虚脱。房门突然开启，阳光是如此刺目，然而更刺目的是母亲的目光。她什么也没说，只是将一个衣衫褴褛的小女孩轻轻推了进来。

她就是紫石，一个再普通不过的渔民的女儿，本来坐在海边织网，却被他的母亲掳走，作为供血的猎物。

那时候，她的眼神是如此惶恐，宛如一只误入虎穴的小兽，四处张望着。但她很快发现，这座华丽而黑暗的屋子中不止她一个人。她试探地走近了两步，好奇心战胜了恐惧，她竟主动跑到他身边，扶起他，问他是不是病了。

他艰难地抬起头，长发瀑布般流泻到她纤细的手腕上。凌乱的发丝后，那双幽潭一般的眸子仿佛比大海还要深。

她顿时看得痴了。

他突然握住她的手，目光停驻在她脖侧那条轻轻颤动的青色筋脉上。

尖厉的呼叫声在黑暗中响起，直透过厚厚的房门。他的母亲再也忍不住，推门而入。阳光下尘埃飞扬，紫石似乎被重重地推开，跌倒在屋角，全身不住瑟缩，仿佛受到了极大的惊吓。

而黑暗深处，小晏一点点抬起头。他竟狠狠地咬在自己的手腕上，鲜血顺着嘴角滴滴坠落，将他淡紫色的衣袖染得斑驳陆离。他原本秀美无双的面孔也因饥渴、疲劳而憔悴如纸，沾染了点点血污。

他的目光却是如此空灵、深沉，决绝中还透露着不属于他那个年龄的悲悯。

——为了这个无辜的女孩，为了他自己，为了这错乱的因缘本生。

他的母亲重重叹息了一声，将他扶起。从此，岛上再没有了被掳来的少女。渔村中流传的吃人海怪的恐怖传说也终会渐渐被人遗忘。唯有紫石不愿回家，甘愿追随这个一见之下就永难忘怀的少年，一生一世。

此后的一个月内，母亲不眠不休，终于制造出了代替鲜血的药物。虽然这种药物只能减轻不到一半的痛苦，但已能让他凭着毅力和不断增进的内力，在大多数时间中控制自己。在旁人眼中，他依旧是那么优雅从容，完美无缺。

直到他遇到了相思，另一滴青鸟血的继承者，将他苦苦压抑多年的嗜血之欲完全唤醒。

小晏的目光仿佛穿透了过去和现在，落在紫石和相思身上。他似乎有些后悔，又似乎像一个从未动过怒的人突然发作，过后却不知道如何是好。他就这样默默注视着两人，良久没有说话。

紫石躲开他的目光，低头啜泣。她的心从来没有这样痛过，追随少主人多年，少主人就如她心中神祇一般高高在上，他的一举一动、一言一笑都是她悉心守护的珍宝。她知道少主人对她的情感仅仅如同神佛对世人的慈悲，无差无别。她早已习以为常，也从不妄想得到少主人的尘俗之爱，但她不能容忍有另一个女人占据少主人空灵的心。

紫石徐徐抬头，决然道："若真是如此，紫石更是无论如何都要杀了她！就算少主赐我死罪，也在所不惜！"言罢只见她腾身而起，手上不知何时已多了一把匕首，化作寒光一道，径直向相思胸口刺去！

小晏要起身阻挡，却感到一阵晕眩，体内的真气竟然不能聚起半分。

相思惊呼一声，也忘了自己还被封着穴道，全力往旁边一闪。没想到这一惊之下，一直凝塞的内力竟然突然运行自如了，虽然双手还在迟蚕丝的束缚之下，但身体一侧，已经将紫石的这一杀招躲过。

紫石始料未及，手中一慢，这一刀深深斩在船床左壁上。黑暗中传来一声极其轻微的响动，似乎一条紧绷的弦突然断裂，在宁静的夜色中显得分外刺耳。

接着，他们身旁响起一声极其凄厉的惨叫，然后整个房屋都震颤起来！

第八章

同舟稚子春容瘦

　　船下水波突然剧烈地动荡开去，只听砰的一声巨响，身旁不远处一只船床上，一人翻身落入水中。

　　相思大惊之下正要呼救，却见水波翻滚，那人挣扎了片刻，已从水中露出头来。窗外一道惨白的月光正好照在他脸上，将一幕可怖至极的景象映得纤毫毕现——

　　水中不住沉浮的头颅赫然是一张老人的面孔！

　　那斑秃的头顶上白发稀疏，满脸皱纹中藏着无数暗斑血痂，看上去仿佛一百岁也不止。

　　皱纹后面，浑浊的双眼中透出绝望的疯狂，口鼻中还不住发出宛如呻吟又宛如咆哮的闷哼。他似乎正承受着一种不可忍受的刺痛，一面凄声惨叫，一面用枯瘦的双手在水中不停摸索着，像是在寻找什么东西。

　　紫石惊呆了，一时忘了举动。

　　小晏把她拉到自己身后，皱眉道："这个人是否就是把船床让给我们的那位青年？"

　　紫石猛然想起，道："不错，就是他，但他怎么会变成这个样子？"

　　小晏眉头微皱："你刚才砍断的到底是什么？"

　　紫石喃喃道："不知道，仿佛是一根丝线。"

　　正在他们说话间，那人在水中摸索片刻，似乎找到了什么，双手在胸前张开，两眼瞪得浑圆，低头在双手间不住乱嗅。

他手指间缠绕的正是一条断裂的丝线。

幽暗的月光下，赤红的丝线宛如一道极细的血痕，盘绕在他枯枝般的手上，映着冷冷波光，照出他苍老不堪的面孔。

小晏似乎看出了什么，沉声道："紫石，你赶快带着她先走。"

那个人颤抖着梳理着手指间缠成一团的丝线，突然发出一声凄厉的长鸣——他两指死死捏住丝线的断口，看了一会儿，似乎终于确定这条丝线已经断了，于是发出一声暴怒的吼叫，猛地扎到水底，水中一阵剧烈翻腾！片刻之后，屋子里所有船床的木坑中都发出近似的喊叫，睡梦中的喜舍人纷纷从船床上滚下，落水声响成一片。过了一会儿，数十张苍老的面孔就在乌黑的水面上浮了起来，愤怒地望着第一个落水的老人。那老人此刻浸在水中，惊惶地往后退去，手中扯着无数根断裂的丝线——似乎是他刚才狂怒中潜下水底，将其他的丝线都扯断了！

其他喜舍人一声呼喝，一起游了上去，将刚才那个老人围在中间。那个老人脸上露出恐惧和乞怜的神色，缓缓向水底沉去，似乎想逃走。当头一个喜舍人暴喝一声，几十人宛如潮水一般蜂拥而上，水面激起数米高的黑浪。浪花下，方才那个喜舍老人不断发出撕心裂肺的惨号，却渐渐淹没在众人的怒吼咒骂中了。

终于，一股浓黑的血花从水底冒出，刚才那个老人再也听不见声息。又过了一会儿，一些裹着破布的碎块浮了上来，静静地漂在水面上。其他喜舍人双手撑在水面上，还做着抓撕的动作，口中发出咝咝的喘气声，似乎意犹未尽。

相思惊得目瞪口呆，喃喃道："他们……他们杀了他！"

紫石冷冷道："是的，下一个就该杀我们了。"

那群喜舍老人果然渐渐回转身来，向三人立身的船床游来，眼中都是凶戾之色，似乎恨不能也将眼前这三人碎尸万段。

小晏回头对相思道："相思姑娘，请把手给我。"

相思还未明白是什么意思，紫石已惊道："少主，难道你要给她解开迟蚕丝？这万万不可，现在少主和我几乎都内力全失，她若是也垂涎少主体内的九窍神血，突施杀手，那……"

小晏打断她，道："九窍神血对她而言毫无价值。你既然知道你我都无力御敌，却不肯放了她，真的要让我们葬身此处吗？"

紫石道："少主难道以为她会帮我们？"

小晏不再答话，将相思手上的逞蚕丝解开，道："相思姑娘，得罪了。"

相思正要道谢，脚下的船床却猛地一震。她惊呼一声，几乎立足不住，幸得小晏一把扶住。相思惊魂之余，只见几个喜舍人已潜在船底，用力摇晃，试图将船床弄翻。其他喜舍人，潜在不远处，眼中射出鹰隼一般的光芒，似乎在等着猎物落水。

小晏放开她，正色道："相思姑娘，华音阁十二式春水剑法名动天下，在下身处化外之地，也久慕其神。此地一时也寻不到好剑，这条逞蚕丝性极柔韧，刀剑水火不能伤，正可聊备一用。相思姑娘的造诣并不在剑术上，以丝代剑，虽略有为难，但终究还是做得到的。"

相思脸色一红，道："实不相瞒，我已经很久没有用过春水剑法御敌，如今……"话音未落，水波哗然作响，又有五六个喜舍人加入摇船的行列。船床在十余人的推动下上下跳荡，似乎随时可能翻转。

相思无暇多想，手中逞蚕丝化作一道白光，向水下斜刺而去。

突然，一个喜舍人如跳蛙一般从水下直扑而起，十指如钩，直向相思咽喉抓来。相思大惊之下，回手一挡，逞蚕丝如卷白练横扫出去。那人的身形正好跳到半空，无处躲避，竟然徒手往逞蚕丝上抓来。相思剑法本还未到收放自如的境界，何况逞蚕丝乃天下异物，看上去虽然柔韧如钢，入手却宛如毫无重量一般，这一扫根本收势不住，噗的一声将那人双手生生折回，断臂嵌入胸膛足有数寸之深。

那人惨叫一声，整个身子宛如落叶一般，在白光包卷之下飞出几丈远，重重跌落水中。水下爆炸一般，一大朵血花翻涌而上。

相思惊愕地看着自己手中的迟蚕丝，喃喃道："我杀了他？"

紫石冷冷道："相思姑娘位居华音阁上弦月主，在中原武林也算第一流的人物，居然没有杀过人？"

相思看着水上的血花，心中痛楚至极。真如紫石所言，她武功虽高，却从未伤过人，此时见满池血红，不禁心惊。水下其他喜舍人见同胞惨死，凄声哀鸣，满是皱纹的脸更扭曲得可怕。他们疯狂地向三人扑来，丝毫不见退缩之意。当前几人不知何时，手中拉开一面渔网，身子一纵，已在半空，当头向相思罩来。

相思不敢挥动迟蚕丝，生怕伤了他们。她清丽的面庞上尽是不忍之色，步步后退。

就在这时，愈加疯狂的喜舍人已从船舷攀爬而上。船身剧晃，相思双手发软，几乎握不住手中的迟蚕丝。一个喜舍人面目狰狞，扭身而上，手中一把闪亮的鱼叉歪歪斜斜地从她身后刺来。

相思并非没察觉身后有人，只是心力交瘁，来不及抵御。略一迟疑，寒气已透过她薄薄的衣衫，直刺肌肤。

这时，她听到身后小晏道："梦花照影。"

相思一怔。

这一招"梦花照影"正是春水剑法第五式。她虽然久未用剑，然而春水剑法乃是华音阁弟子必修之剑法，招数虽少，但可谓天地万象无不包罗，浅可为入门之用，深则毕生难穷其变化。相思得以司职华音阁上弦月主，并非全无功底，幼年在此招上所下功夫何止百日，可谓烂熟于心。危急之时，一听到旁人提醒，也不消思索，此招已行云流水般挥出。

一道白光从她手中猝然而起，在半空中一折，直扫在水面上。一股水柱轰然溅起，正好打在相思身后那喜舍人的胸口。

那人闷哼一声，落入水中。

相思愕然向水中看去，小晏道："相思姑娘不必担心，他只是被水柱击昏过去。"

相思还未来得及答话，又是两个喜舍人呼号着从水中扑来。

小晏注视着水面，道："曲度舟横。"

相思力聚腕间，剑势化为横掠。迟蚕丝受她内力催动，并未如她所想腾空而起，只是在水面上蛟龙一般横摆开去。一股水势推开层层波浪，将那两个刚刚攀在船舷的喜舍人震开。

见月流芳、小浦渔唱、绿黛烟罗、红霓云妆、饮虹天外，一连五招，那些喜舍人都被迟蚕丝挑开的水波震开，为剑势所慑，暂时停止了攻势，伏在水面，两眼不住乱转，似乎在寻找时机。

相思站在船头，手中的迟蚕丝一半垂入水中，胸口不住起伏着。只逼退喜舍人，而不伤害他们，这令相思心里稍稍好受了一些。只是在小晏的指点之下，她的春水剑法虽然能借水波之力，在不伤不杀的情况下将喜舍人制住，但耗力巨大，不是她的内力能支撑的。

那些喜舍人似乎也看出了什么，彼此交换了一下眼神，几个人带头，众人又缓缓拨开水波，向三人所在之处游来。

相思双手渐渐握紧，冷汗从额头点滴而下。小晏轻叹一声，道："相思姑娘，你已尽力了，请退后吧。"

相思已无力说话，只是缓缓摇了摇头，不肯退开。喜舍人无声无息，已将三人所在船床团团围住。突然前面几个喜舍人一扬手，数团黝黑之物已落到了船床上。一股奇异的气息顿时弥漫开来。那团黝黑之物似乎并不凝固，一沾船面就缓缓散开。片刻之间，整个船床上都布满了这种黏稠的液体。

紫石探手拾起一点，放在鼻端，神色十分沉重："少主人，是石油。"

相思惊道："难道他们要用火攻？"

小晏默然点了点头。

大屋中突然腾起一点火光，将墨黑的水面照出偌大一片光晕。几十个老怪不堪的喜舍人黑压压地挤在水中，当中一人手上正持着火把。他脸上的皱纹一层层扭曲着，只现一缝的双眼中寒光闪烁，尽是怨毒之意。突然，这群喜舍人齐声高呼，凄厉的吼声震得满屋都是回响。当中那人将手上的火把传点开去，只片刻，几十点火光熊熊，将木屋照得亮如白昼。那些老怪之人佝偻身体，须发落尽，浊目中凶光凛然，在水中半浮半沉。

相思心中一沉。看来他们是要将手中火把一起扔向这艘船床。自己劳顿之下，虽然能用暗器打落一些，但这近百支火把齐袭而至，难免会有一些击中船床。而无论哪一枚落在这浸透了石油的船板上，他们都不得不跳入水中。而以他们现在的情况，要在水下面对这一大群疯狂的喜舍人，无疑是一件致命的事！

她面向火光站立着，缓缓将遈蚕丝放下，手中多了一些寒光。她的面色从温婉转为坚毅，有了拼死一战的觉悟。

喜舍人高声乱喝，在水中挥舞着手臂。近百道熊熊火光宛如流星，齐向她立身之处飞坠！

第九章

❀ 荒山古潭玉纹清 ❀

空中的夜色被火光撕开道道裂痕，宛如一张燃烧的巨网，向池水中的船床罩来！

突然，一道水波从池底涌出，在相思立身处的小船周围形成了一个旋涡。小船被巨大的引力向下吸去，而四周的水浪一波接一波，不停地旋转，瞬间已形成一道一人高的屏障，在空中乱坠如雨的火把的照耀下，宛如水晶。就在那些火把要飞近船床的一刹那，这道水晶屏障陡然升高，并向中间汇集，将船上诸人包裹于其中。而那些火把一沾上去就被一种无形之力弹开，纷纷飞卷着向远处抛落。

那些喜舍人看得目瞪口呆，正要后退，水屏猛然反卷，伴着水浪咆哮之声，向四面拍去。喜舍人虽然水性绝佳，却也抵挡不住这宛如天地变易之威，被水浪卷起，又重重向远处抛去。

屋内水浪声、惨叫声、重物落地声响成一片。过了一会儿，各种声息都重归寂静，唯有水波澹荡不休。

门口投入一线月光。

相思向光亮处看去，脸上一片诧异："先生？"

来人并没有回答她，身形飘然渡水而过，来到小晏面前，淡淡笑道："馨明殿下指点她这十二路春水剑法，真可谓深得其妙。在下忝为华音阁主，教导多年，却从未见她如此进益过。"

赫然正是卓王孙。

小晏神色冷淡，道："卓先生一举手间伤及十数人性命，虽然这些人也非善类，但如此杀戮未免过分了。"

卓王孙瞥了水面一眼，道："非为杀戮，只是解脱。"

门口火光闪动，传来一阵嘈杂的脚步声，数百名喜舍人已将房屋团团围住。那些人望着屋内已被鲜血浸红的池水，神情悲哀、愤怒，瘦小的手爪紧握胸前，仿佛随时要和仇人拼命。然而他们又似乎惧怕眼前这个人的武力，眼光在几个人身上四处逡巡，犹豫着不敢贸然上前。

相思突然发现，这些新到的喜舍村民里，没有老人也没有小孩，全都是二十余岁的青壮年。更为奇怪的是，他们每人口中都含着一根鲜红的丝线，另一头拖在地上，宛如一道刺目的血迹。红线不知有多长，向东北方向蜿蜒，一眼看不到头。

这些喜舍人的眼神在火光下竟然显得异常苍老，和刚才那群满面皱纹的老人毫无区别。

早在相思第一次看见他们，心中就有一种异样的感觉。起初还以为是那群人披发文身，又过于矮小，所以看上去颇为怪异。刚才突然见到那些鹤发鸡皮的老人，才明白怪异的原因。

原来是他们的容貌和眼神极不相类！

相思心中渐渐浮现出一个念头：难道刚才那些苍老得宛如腐败了的面容才是他们的真正面目？难道这群村民以一种不可思议的方式在不断返老还童，保持着不知多少年前曾经拥有的青春？那些衔在口中的红色丝线就是他们生命的来源？

她正在思索，不知何时，杨逸之已从喜舍人的包围中跃出，轻轻落到船床上，将怀中的步小鸾交到卓王孙手中。步小鸾仍在酣睡，卓王孙接过她的时候，她只微微睁了下眼，在他臂弯里翻了个身，就又睡过去了。

杨逸之回过头，和那些喜舍人交谈了几句。喜舍人的表情先是无比愤怒，后来又渐渐转为悲哀，继而绝望，声音也由诅咒怒喝转为哀哀诉苦，最后竟然一齐痛哭起来。

杨逸之沉默了片刻，转身对卓王孙道："他们自知不是卓先生的对手，已决定不再复仇，让我们离开。"

卓王孙冷冷一笑，还未答话，相思突然道："我们不能就这么走了。"

紫石冷冷道："相思姑娘还要留下来斩草除根，赶尽杀绝吗？"

相思秀眉一皱，道："不，我们要留下来查明真相。"

紫石道："真相？"

相思点了点头，眼光从每一个村民怨愤却胆怯的脸孔上掠过，轻轻叹息道："难道你没有看出来，他们的神色举动皆与常人不同吗？"

紫石冷哼一声："看出来又怎样？这座丛林之中，谁是常人？"

相思摇摇头道："不，事情没有那么简单……"她随手一指，正要说出那些人口含丝线、目光苍老的事，手势却在半空中顿住了。

因为她手指向的方向，有一个喜舍人突然仰面倒下！

那人的身体在半空中保持着僵直的姿态，双手突然死死插向自己的头顶，用力抓挠，似乎要把头发一根根拔出来；喉咙深处更是爆发出一阵凄厉无比的惨叫，宛如一只正被群兽撕扯的小兽，声声凄厉，揪人心弦，也不知承受着何种巨大的痛苦。不消多时，他自额头以上，头发和血肉似乎都被空气中某种无形之物慢慢变软、扭曲，渐渐融解成为黏液淌下。只过了片刻，那人灰垩色的大脑已隐约可见。

突然见到这副惨状，休说相思，连紫石都忍不住脸色惨变。只有那些喜舍人，脸上的惊恐却渐渐平静。似乎人们被这种早已预见的灾难折磨了太久，当它真正来临时，反而不再害怕。

喜舍人一手默默抬起正在惨叫的同伴，一手护住口中的丝线，快速地向湖边奔去，连看都没有看几人一眼。似乎这几人身上所负的血仇比起眼前这桩灾难而言，根本微不足道。

相思回头对众人道："我们必须跟过去。"

这一次，她的提议倒是无人反对。片刻之后，一行人都来到了那片月牙形的湖边。

月色已到中天，将四周的树木涂抹上一层薄薄的银灰。四周山林寂寂，显得阴冷而宁静。那群喜舍人伏跪在湖边，用身体组成一个六芒星图案。当中一个人正一面歌唱着，一面象征性地将手抬起又放下，做出正在从湖中打捞什么的姿态。而他手指上赫然缠绕着伤者刚才含在口中的红线。丝线的其余部分在水面漂浮了一段距离，然后直扎入水底。入水处有一道涟漪，似乎有什么东西在水下不住牵引。

那个受伤的喜舍人被几个同伴按住，在半汪浅水中不住挣扎。周围的喜舍人脸色都十分凝重，尽量将他裸露在空中的大脑浸入水中，似乎只有这样能略略减轻他的痛苦。

当中那个歌者脸色越来越苍白，歌声也颤抖变调，宛如在怪声哭泣。其他的人脸上也显出惶恐之色，似乎预感到更大的灾难正在来临。突然，宁静的湖泊在月色下发出一阵碎响，波光突然从中间破开。两个喜舍人从水下钻出来，手中捧着一个黝黑之物。那东西在水中若沉若浮，似乎极为坚硬，而当中隐隐牵绊着一线暗光——赫然正是那条丝线的另一端。

两个喜舍人已游到岸边，月色正盛，相思清楚地看到两人眼中近乎疯狂的恐惧，仿佛他们手中捧着的是恶魔的化身。岸边其他喜舍人脸上的表情也一模一样，仿佛整个地狱就要降临在他们眼前。

两个喜舍人将那团东西小心翼翼地往岸边一推，然后立刻远远游开了。月色和岸上的火把交替辉映，湖水哗然轻响，水波的张力终于被撑破，一头蓬草一般的乱发猛地破水而出。

虽然已早有准备，但众人还是忍不住发出一声惊叫。就连卓王孙等人也禁不住为眼前恐怖诡异之相悚然动容！

枯藻一般的乱发拧成数十股，在水波的拉扯下显得十分稀疏，根本掩盖不住下面那张青黑色的头盖骨，任它狰狞地凸现出来。

头盖骨的下面却诡异地拼接着一张狰狞的死婴的脸！

死婴从额头往上的血肉骨骼已被融化，柔软得宛如天蓝色的蛋清。而上面那张成年女子的头盖骨就生硬地插陷其中。两者似乎还未能完全融合，接头处裂开数道一指宽的骨隙，灰垩色的大脑隐约从骨隙中透露出来。它也不知在水中泡了多少年，虽然并未腐败，但皮肤皱纹层层叠起，呈现出一种令人作呕的惨白色。那张面孔极度扭曲着，两腮、下颌上还布满了大大小小的彩色石子，宛如钉子一般从死婴浮肿的面孔上深陷下去，看上去宛如地狱变相，怪异无比。

再往下看，死婴周身蜷曲，缩得极小，四肢都以一种不可思议的角度扭在背后，宛如一个做坏了的娃娃，又宛如蛮荒时代被敌人野蛮折磨而死的战俘。

那个受伤的喜舍人突然甩开压着他的两人，转过头注视着死婴。在如此剧烈的痛苦下，他居然渐渐安静下来，眼神中透出亲切之色，宛如见到了久违的亲人，婴儿般习惯性地吮吸着口中的红线。

然而，这种平静瞬间又被铺天盖地而来的恐惧淹没了，他宛如看到了世间最恐怖的东西，一阵干呕，用尽全身力气将丝线吐出，撕心裂肺地呼号起来。这种呼号的声音与刚才那剧痛之下的惨叫已然不同，除了痛苦之外，更多的是绝望——宛如看着自己的生命消逝却又无法阻止的绝望。

其他的喜舍人默默注视着他，几个人惨然摇头，似乎在商量什么。

相思惊得脸色惨白，喃喃道："这是怎么回事？"

卓王孙淡然道："曼荼罗阵中之景，自然还要请教杨盟主。想必到了此刻，盟主就算有再大的难处，也不会隐瞒。"

杨逸之看了他一眼，默然了片刻，道："我并非有意隐瞒曼荼罗阵之关窍，而是有难言的隐衷，不过既然大家如此坚持……"他摇了摇头，终于叹息道，"这个死婴，就是喜舍人为了延续青春而种在湖中的婴灵。"

相思愕然道："婴灵？"

杨逸之神色凝重，道："喜舍人乃是一群不老之民。在旁人看来，他们身材矮小，面目黧黑，丑陋无比。然而他们却自负青春美貌，对容颜体貌极为贪恋。为了保持青春的形貌，他们不惜动用了一种最邪恶的阵法——鬻水婴灵之阵。"

相思道："这鬻水婴灵之阵又是什么？"

杨逸之沉声道："一对喜舍男女一生只能生育一次，都是孪生儿女。他们在婴儿出生一个时辰后，剪断脐带，而后在婴儿的伤口上扎入一根红色丝线，将之生生沉入冰湖之底。红线的另一头则从湖底引出，系在每人的船床上。每到夜晚，喜舍人便将红线含在口中，吸取婴儿的灵力，以滋养衰朽的身体。如果夜间要离开船床，他们也必须口含红线，否则就无法吸取足够的精气，抵御天亮后的阳光。他们用这种方法保持年轻时候的容貌、体力数百年，直到死去。"

相思脸色渐渐由惊怖变为愤怒："贪恋到了这样的地步，他们有什么资格为人父母？他们每天躺在船床上吸取儿女精血的时候，难道就不害怕吗？"

杨逸之道："当然害怕。喜舍人贪婪而胆小，一面疯狂追逐无尽的青春，一面又极其恐惧婴灵报复，据说只要看到别族的小孩，都会落荒而逃。他们每年到了婴童出生之日，就要潜入水底，将七色彩珠嵌入婴童脸上。相传，只有如此才能化解婴童的怨气，禁锢其灵魂，让他们无力爬出水面来报复父母。因此，七色彩珠也就成了喜舍人疯狂寻找的东西。"

相思一时无语，默默望着喜舍人。他们贪婪而苍老的目光如今布满了恐惧、绝望，变得一片苍白，而唇边蜿蜒的红线却猩红欲滴，宛如一条潜伏在他们身体上的毒蛇。

她脸上的怒意渐渐消散，长长叹息一声，道："这样的青春，要来何益？"

杨逸之摇摇头，没有回答。

小晏轻叹一声，道："他们得到的不是永生，而是永罚。"

相思愕然回头道："永罚？"

小晏注视着那具怪异的婴尸，低声道："永罚才刚刚开始。"

相思思索了片刻，道："殿下是否别有所指？"

小晏道："相思姑娘难道没有注意到那块头盖骨和婴尸结合的方式有些眼熟吗？"

相思愕然，一阵寒意突然从她背后升起，她的声音都在颤抖："你是说……"

卓王孙微微一笑："他是说倥杜母。"

相思颤声道："可是……可是倥杜母不是已被我们消灭了吗？"

杨逸之道："没有消灭，只是暂时让他们不得行动，一旦有机会，那些尸体都会如这块头盖碎片一样，重新寻找寄主，潜形出世。"

相思道："你是说这块头盖骨也是倥杜母的一部分？"

杨逸之郑重地点了点头，不再说下去。

卓王孙道："而且，它的主人并非是普通的倥杜母。"

相思道："那么是谁？"

卓王孙道："无綮村长的妻子。"

相思怔了片刻，似乎还未明白过来。卓王孙缓缓道："小鸾曾无意间问起无綮村长之妻，当时他闪烁其词，似乎触动隐痛，只言她也属无法复活之列，葬于芙蓉泽。然而，无綮国人只应葬于土中，绝不该沉尸沼泽。我们只能这样推测——村长之妻也成了倥杜母之一。"

相思惊讶地看着他，一时说不出话来。

卓王孙继续道："倥杜母的身体会在土中无尽繁殖，除了用烈火烧成灰烬外，只有一个办法，就是沉入沼泽。"

相思道："你是说，村长早已经知道沼泽可以抑止倥杜母的生长？"

卓王孙将目光投向湖泊深处："数百年前，村长爱妻死于非命，头颅撕裂，无法全身复活，即将成为倥杜母之一。按照族规，应当趁其复活前将尸体烧毁。然而村长爱念已深，不忍下手，于是暗中违反族中禁忌，将爱妻尸体葬于芙蓉泽中，借泽水抑止尸变。直到前不久，我们将数万倥杜母赶入沼泽，却无意中触动了村长之妻藏尸之所。她尸体上的某一部分随着泽底暗流缓缓潜入喜舍人埋藏婴童的月牙湖中。"

相思喃喃道:"月牙湖的水并非沼泽,已无遏制佺杜母行动的能力,于是……"她忍不住全身打了个寒战,"难道这头仅存的佺杜母竟然借着童尸复活了?"

卓王孙摇头道:"复活尚未必。月牙湖虽无抑止佺杜母的力量,然而究竟隔绝了泥土,让佺杜母力量大减,所以只能缓缓蚕食靠她最近的婴童尸体。"

相思愕然,回头一瞥那在水中不住哀号的村民。他的双目似乎都已被融化,只剩下两个漆黑的深洞。

卓王孙轻轻叹息:"这样下去,此人寄身的童尸被食尽之刻就是佺杜母复活之时。"

相思望着湖边的村民,缓缓握紧双拳:"我们必须尽快阻止她!"

杨逸之道:"且慢!"

相思回头道:"杨盟主,此时佺杜母还未成形,我们如能早一步动手,不仅能将此人从剧痛中解救出来,还能阻止她蚕食其他的童尸。"

杨逸之望着微微澹荡的青紫色水波,眉头紧锁,摇头道:"只怕不可能了!"

第十章

❀山中之人好长生❀

相思疑惑地望着杨逸之，道："为什么？"

杨逸之神色有些凝重："村长之妻的残骸绝非仅仅这一片，其他的婴尸随时有被蚕食的危险。好在侹杜母在冰湖中几乎不能移动，只能靠湖底暗流缓缓接近婴尸，所以其他婴尸暂时还没有受到侵害。"

相思道："也就是说，我们还有时间？"

杨逸之摇头道："其他侹杜母虽尚未过来，然而，月牙湖中的婴灵现在正在冲破结界，向芙蓉泽移动。"

相思讶然道："难道它们会主动寻找侹杜母？为什么？"

"因为怨气。"杨逸之望着六芒星阵中那群神色惊惶的喜舍人，叹息一声道，"月牙湖中的婴尸刚刚出生就被沉入湖底，受寒流冰浪折磨，夜间还要被亲生父母吸取精气，其痛苦任何人都无法忍受，何况初涉人世的婴儿？它们一出生就注定永受其苦，不入轮回，不得解脱。因此，月牙湖底已成怨气纠结之地。这些婴尸之所以被禁锢，只因喜舍人在埋葬它们之初就在湖底布下法阵，那些七色彩珠正是法阵枢纽所在。而如今，侹杜母将东面法阵打破，那些婴灵正在失去禁锢。与其说它们是在被侹杜母蚕食，不如说是它们自愿舍出身体，与侹杜母的残躯结合。当村长妻子的残躯无尽复活时，它们的怨魂也就可以脱离被禁锢的身体，附在侹杜母身上冲出湖面！"

相思惊道："那么，岂不又是一场傀杜母之灾？"

杨逸之摇头道："傀杜母数量虽多，然而毫无头脑，不足为惧。这些婴灵怨气纠结，凶戾狡诈，一旦凝形而出，绝非傀杜母所能比。"

相思怔了片刻，喃喃道："那我们该怎么办呢？"她的目光有几分哀恳，投向杨逸之。

杨逸之默然片刻，终于道："离开曼荼罗教之时，我曾立下重誓，终身不能提起曼荼罗教之事，因此在天朝号上，我心中虽有所疑，却一直不能明言。如今，我们已进入曼荼罗法阵，在此阵中，我说的每一句话、做的每一件事，都会让面临的危险更加巨大。无奈事已至此，我也只有坦言……此难唯一的解法就是——婴尸在和傀杜母完全结合前，十分脆弱，只要脱离水面受到阳光的照射，就会化为灰烬。"

相思一怔，道："你是说，我们只有将月牙湖中的婴尸全部捞起，放在阳光下暴晒成灰？"

杨逸之凝视着幽不见底的湖水，道："这就是我们唯一能做的。"

相思回头看了岸边的喜舍人一眼，道："那么他们？"

杨逸之摇头轻叹，似乎很难作答。

卓王孙断然道："当务之急是立刻斩断他们身上的红线。"

相思一怔，继而想到水中游动的那些苍老腐败的脸孔，不由打了个寒战："斩断了，他们会变老吗？"

卓王孙淡淡道："他们只不过是恢复该有的模样罢了。几百年来，他们就只是靠着邪阵苟延残喘的活尸而已。"

相思望着人群，那些丑陋但是看上去仍然十分年轻的喜舍人正跪在岸边的六芒星图案中低声祈祷。他们惶然望着天空，全身唯一明亮的眸子也变得沉如死灰。一些夫妇彼此搀扶，抱头哭成了一片。

相思摇头道："不，我们不能杀死他们。"

卓王孙淡淡道："自作孽，不可活。"

相思回头看着他，郑重地道："正因为他们有罪，也正在为自己的罪过受难，我们才应该救他们！"

卓王孙遥望湖面，缓缓道："对于邪恶而言，毁灭是唯一的拯救。"

相思一时语塞。

正在这时，那群喜舍人缓缓从六芒星图案中站起身来，面向湖心遥遥远望，口中轻轻唱着一些模糊不清的歌谣，似乎在乞求什么。月亮已经沉到了地平线，照得湖面宛如一大块沉璧。在紫青色天穹的另一边，渐渐显出几抹氤氲的霞光，天色似乎即将破晓。

湖岸边传来一片轻微的破水声，那群喜舍人一瞬间都已跃入湖中。他们入水极轻极快，水面刚刚溅起一些微浪，就已平静下去。

相思回过神来，讶然问道："他们在干什么？"

卓王孙道："或许是想抢了婴尸逃走，或许是他们不想再活下去，要从湖底取出婴尸自行了断。"

相思道："那我们……"

卓王孙看了她一眼，道："我们只需立刻斩断丝线。"

杨逸之道："且慢，我刚才听到这些喜舍人轻声交谈。他们的确是想取出婴尸，在朝阳升起的时候与之同归于尽。"

卓王孙淡淡道："他们想怎样，都无关我的决定。"

杨逸之皱眉道："这些喜舍人看上去丑陋狡猾，然而暗中极为自负美貌。他们宁愿在朝阳中和婴尸一起灰飞烟灭，也不愿被佺杜母蚕食或者变得老朽。卓先生何不遂了他们的这个心愿？"

卓王孙正要答话，湖面微动，那群喜舍人已从水下钻了出来，每人怀中都抱着一具婴儿的尸体。他们木然地向六芒星阵中走来，脸上既有深深的哀恸，也有惶恐到了极致后的宁静。

曼荼罗·典藏版

　　那个方才在阵中领头唱歌的喜舍人最后一个从水中走出，一手抱着婴尸，另一手捧着一大团丝线。他将每个喜舍人嘴中的丝线都从中收拢，团在一起，每条只留下几丈长的余地，让其他喜舍人可以抱着婴尸在六芒星阵的范围内行动。

　　那人径直向着卓王孙走来，神色似乎有些惧怕。他犹豫了一会儿，又依依不舍地看了手中的线团良久，终于还是将它递到卓王孙面前，口中低声念着什么。

　　杨逸之看着他，叹了口气，对卓王孙道："他将全族红线交到你手中作为证物，希望你能给他们机会，让他们能保持现在的容貌，在日出时死去。"

　　卓王孙道："对青春贪恋到这个地步……"他轻轻一挥手，没有接那团红线。

　　杨逸之对那人低语了几句，那人躬身做出一个道谢的姿势。他身后的喜舍人齐声低应了一声，听上去不像是欢呼，倒像是低声哭泣。

　　他们退到湖岸正中的六芒星图案里，动手脱去身上那些破朽不堪的衣服，还不时从脚下捞起水来，往身上浇着，用力擦洗自己和怀中婴尸的身体。有些人还从贴身衣袋中翻出那些七色彩珠来，用泥土和湿，粘在自己的额头上。他们的动作极为仔细，尤其对于身体上的文身更是仔细清洗。那些黝黑的皮肤被水一沾，在月光下显得闪闪发亮。

　　月色愈淡，天空青白，宛如鱼肚。微弱的光线中，那群喜舍人一面哭泣，一面互相梳洗。他们狰狞丑怪的面目上显现出一片悲哀而自怜的神色，宛如传说中那些盛年而逝的美人，临终前对镜自照，叹惋不息。

　　若在平时，这一幕古怪的景象与其说诡异，不如说滑稽至极，然而到了这个时候，却谁也笑不出来。过了一会儿，他们的动作渐渐变缓，身体不住颤抖，神色也变得极为痛苦，似乎用尽全力才能完成当前的动作。有几个人更是一头栽倒在地上，被旁人搀扶起来，已是喘息连连。

　　不过，他们没有一个人住手，连那个头骨融化的伤者也躺在水中，一面惨呼，一面用手挣扎着清洗全身。

相思道："他们……他们到底怎么了？"

杨逸之摇头道："婴灵出水之后，喜舍人的力量急速衰竭，何况日出前的霞光已经越来越盛。再过一会儿，他们只怕连坐直的力气都没有了。"

那些喜舍人似乎已承受不了霞光的照射，躬着背，双手支地，全身不住颤抖，似乎既想躲进地上的湿土里，又害怕弄脏了刚刚洗净的肌肤，一个个全身蠕动，婉转哀吟。

相思实在不忍看下去，道："怎样才能帮他们？"

卓王孙淡淡道："你只有祈求太阳早点出来。"

一个喜舍人终于支撑不住，惨叫一声，扑倒在地上，然后坠地的闷响响成了一片。喜舍人躺在地上，痛苦地看着自己身体上的淤泥，却已无法坐起来，只有在泥土中不住抓挠自己的胸口，哀哀号哭。哭声极细而凄厉，听在人耳中，宛如刮骨磨齿一般。

喜舍人爱惜自己的容貌胜于一切，在泥水里死去，对于他们无疑是最残忍的折磨。

杨逸之注视着喜舍人，摇头道："喜舍人贪执青春如此，不惜残杀骨肉，临死却要受这样的惩罚。天道报应，当真无情至极。"

他身后传来一声轻叹，异香微动，小晏从人群后走了出来。此刻，他的脸色比往常更加苍白，步履也十分沉重，缓缓走向哀号的喜舍人。

紫石抢上前一步，想要拦住他，却一个踉跄，几乎跌倒。小晏一把将她扶住，紫石看了他一眼，又赶快将视线转开，望向那群喜舍人。他们丑怪的脸因剧烈的痛苦而扭曲着，浑身沾满黏湿的淤泥。

紫石轻声道："少主，让我去就行了。"

小晏摇摇头，放开她，缓缓走到喜舍人阵中，将他们一个个扶起来，捧起湖中的水从他们头顶浇过。片刻之间，他淡紫色的衣袖已被淤泥溅湿，手臂上也尽是喜舍人剧痛中疯狂的抓痕。

紫石怔了怔，也跟了过去。

相思眼中一热，回头对卓王孙道："我也去。"

卓王孙望着日出之处，没有答话，也没有阻止她。

相思到了阵中，三人只是对视了片刻，并没有说话，各司其职，将身旁的喜舍人一一从地上扶起，用清水冲洗。那些喜舍人先还本能地挣扎，过了一会儿已经极度虚弱，只能勉强两两相靠，坐直身体。有几个特别孱弱的根本无法支撑体重，不停栽倒。相思他们只能先照顾别的人，再回过头搀扶他们。

远山处透出的红光渐渐扩大，山峦的顶部都被染成金色，稍退一层就是青红，然后是淡紫，最底下还留在浓浓的黑暗之中。云浪翻腾，无数道霞光交错变幻，如莲花，如镜台，如苍狗，如飞鸟，云海后的金光似乎随时都要从缝隙中迸射而出。

一个喜舍族少女静静地靠在相思肩头。她孱弱的手臂只有常人三根手指粗细，肤色宛如被烈火烧灼过一般，黧黑的皮肤因刚才的揉搓显出道道病态的红晕，红晕下面埋藏着细碎的裂痕，宛如鱼鳞。她在阳光下显得极其痛苦，身体不住抽搐，碧绿的眼睛瞪得极大，似乎要脱出眼眶。相思尽力让她坐直，因为知道这个喜舍人除了痛苦之外，几乎什么也感觉不到了，却还是希望自己能保持最美丽的姿势。

云海下，通红的朝阳猛地一跃，突出了地平线。万道金色阳光宛如一张巨网，瞬间将天地间一切笼盖其下。

相思也难以承受这突来的阳光，合上了双眼。即使这样，她仍然清晰地感觉到光线如利刃一般从天幕中直挥下来，从六芒星阵中每个人身体里穿越而过。

然后，她听到怀中那个喜舍女子发出了一声叹息。或许那一瞬间，所有的喜舍人都同时轻叹了一声。

又或许谁都没有。

那一丝哀伤的声音就宛如晨风吹过湖面，霎时就已溶散到炽热空气里，了无痕迹。

相思感到自己手中的少女正在急速变轻，宛如一片云彩般，随时会随风而起。她低头去看时，喜舍少女的身体仍然保持着完好的形态，然而每一寸肌肤都已化为了灰尘。

相思知道，自己只要轻轻一动，手中的尸体就会如烟尘般散去。她强迫自己尽量保持静止的姿态。虽然即使这样，这些数百年前就应该成为尘芥的肉身，不久也会回归它们本来的样子，但她宁愿等候清晨微风来完成这一刻。

朝阳将新生的光辉恣意洒耀在这沉朽的大地上。每一具尸体都被镀上一层金光，而他们身旁的泥土里，青草、藤蔓、蝼蚁、虫蛾都从夜色的黑暗中复生，振翅觅食，生息繁衍。

恒河沙数的芸芸众生，朝生暮死，春长秋谢。它们的生命虽然短暂，却代代相传，生生不息。每一天的阳光，对于他们都如初见般新奇与美丽。

唯有喜舍人不是。他们为了永恒的青春与所谓的美貌，背叛了阳光与生命，将灵魂献给了恶魔，注定要在阴暗的湖水中永受惩罚。

阳光更灼热地刺痛了相思的眼睛。她下意识地一低头，一滴眼泪无声无息地坠落。

泪珠带着阳光在空气中微微一颤，划出一道七彩的弧，坠落到她怀中那具尸体脸上。伴着一声极轻的细响，那张丑陋的脸顿时显出一个深深的凹陷，虽然只有一滴水珠大小，但瞬间就不可遏制地扩展开去，从额头到整张脸到全身。宛如流沙坍塌，宛如尘埃惊起，少女的躯体刹那间已化作万亿尘芥，消散在空气中。

就仿佛她从来没有在世间存在过。

相思两手空空，还保持着方才的姿势，泪水已经不可抑止地涌了出来。

这时，她身后的紫石突然轻喝一声："站住！"

相思愕然回头。金色的湖泊粼粼生辉，离湖岸不到一尺的水中，一只狸鼠般的动物正躲在彩色的光晕中，默默地看着众人。

它的身形突然一蹿，已到了岸上。它原本森绿的眸子在阳光下显出湖泊一般的淡蓝色，火红的背毛从湖水中钻出却滴水不染。它背衬着湖面的光晕，静静注视着紫石的眼睛，眼神中竟然充满了说不出的讥诮。

那正是一直追踪他们的火狐。

相思猛然一怔，正要提醒紫石闭眼，免受火狐的媚惑，却已经来不及了！

紫石眼中露出一缕异样的凶光，猛地将手中的尸骨一推，跃身向火狐扑去。尸骨化为一团灰尘，飞扬起来，那一瞬间，正好挡住了她的眼睛。她动作略为一滞，那只火狐突然厉声一鸣，露出森森利齿，张牙舞爪地向她头上猛扑过来。

紫石身子一矮，火狐擦着她的头顶飞越而过，以迅雷不及掩耳之势在六芒星阵中穿行。阵中微响不止，那群喜舍人的身体在它的爪牙之下一具具迅速崩裂！

尸体所化的微尘在阳光中飘浮，让四周的光线变得错乱不堪，宛如笼罩在一滴巨大的水珠中，景物都在若有若无的光影中微妙地改变着本身的形态。紫石的身体宛如凝固在了水滴的中央，她的脸上看起来毫无表情，却又含着一丝说不出的诡异。

六芒星阵的微尘渐渐散去，火狐似乎也随着尘埃一起消散得无影无踪。六芒星形的图案死气沉沉，凌乱的红线狰狞地扭曲在泥土上，宛如一个废弃已久的神秘祭坛。

小晏似乎觉察出了什么，道："紫石？"

紫石漠无表情地立在红线中间，似乎已失去了知觉。小晏上前几步，一手拾起她的手腕，一手轻轻加到她的额头上。极盛的阳光下，他眉头紧锁，尽力平静，但还是止不住微微喘息。他的脸上毫无血色，似乎这几个简单的动作就已耗尽了他大部分精力。

卓王孙注视着他，道："殿下看来也对阳光不适。"

炫目的光晕中，小晏回过头，苍白的脸上带着坦然的笑意，道："我出生之时，身上已被人种下血咒，其间种种相思姑娘已然明了，卓先生可随时询问。"

卓王孙回头看了相思一眼。相思正要回话，目光突然凝固在了紫石身上——紫石眉心中，一道青色爪印清晰而狰狞地凸现出来。

第十一章

九幽玄谷催龙战

紫石雪白的肌肤被这爪印映得一片暗青，在阳光的映衬下充满了阴愁惨淡之色。晨曦中，同样惨白的迷雾蒸腾而上，幽灵一般在丛林中缓缓掠过，将每个人心头都镀上一层阴霾。

他们这一路上遍历坎坷，实在不想再有任何变故。

紫石见大家都盯着她看，心中微觉不安。小晏叹道："我们该走了。这里已是他们的土地，再无我们落脚之地。"他的目光远望出去，空寥而落寞。满空阳光中，似乎充满了某种眼睛看不见的微尘，一颗一颗，历数着喜舍人永远不能舍弃的青春之渴求。这里确实不再适合别的人类存在，喜舍人已经用一种特殊的方式将这片土地永远地据为己有。

杨逸之默不作声地折了些岸边的修竹制成一只简陋的竹筏，划了过来。众人都心头沉重，也不多说话。当下，紫石、小晏，还有牵着步小鸾的卓王孙与相思一起上了筏子。杨逸之青竹一点，流云一般划了出去。

水青如碧，天高可鉴。云隐林密，日照花妍。一路小溪流翠，风景倒是好得令人惊叹。步小鸾的眉头渐渐放开，指着溪边的风景笑说给卓王孙听。卓王孙也就随着她的问答说些闲话。相思静静地坐在筏尾，低头不语，也不知在想些什么。

步小鸾望着湖面上旋转的五色光晕，轻轻道："这地方真好，若是能长住在这里该多好。"

卓王孙摇头道："那些树林中腾起的烟气，被阳光一照，五彩斑斓，极为好看，却是腐臭之物集结成的瘴气，中人必死。"

步小鸾惊诧地看着那烟气翻卷，道："难为它这么好看，原来是毒气。这么说来，这里也不是好地方了？"

卓王孙淡淡道："你若想它是好地方，它就一定会是好地方。"

步小鸾没有听懂，偏着头看着碧波中盈盈游动的鱼类，一时兴起，跪在竹筏上，伸手将溪水拨开一团团涟漪。

突地，一尾一尺多长的白鱼由溪水中跃了出来，跌在竹筏上面。那鱼看上去肥硕雄健，鳍翅修长，鳞若朱丹，极为好看。

卓王孙笑道："这些鱼倒是颇通人性，知道你喜欢，就迫不及待地蹦了上来。"

步小鸾正要说话，溪水中又是几声响动，几尾大鱼蹦了出来，向筏中落下。其中一尾鱼在空中身躯乱蹦，扫向步小鸾。卓王孙轻挥袍袖，将步小鸾带向怀中，真气翻卷潮涌，瞬间已在周围张开一环无形之壁。那些鱼在壁上一碰，远远地落回溪中，肚皮亮起，已然被震死。

步小鸾轻轻叫了一声，似乎颇为那些鱼可惜。

卓王孙心中略觉奇怪。他的真气已然修到无相无色的境界，方才他并没动杀念，又怎会将这些鱼震死？

步小鸾道："我们将这些鱼捞起来埋了如何？"

卓王孙轻轻摇头，道："生于水，葬于水，不是很好吗？"

突地就听杨逸之道："小心！"就见溪水中一片白光闪烁，成百上千条鱼一齐跃起，鳞片被日光所映，熠熠生辉，宛如洒了一空水银一般。从竹筏望出去，整条小溪中都是纷飞怒跃的白鱼，景象虽极壮观，但也隐隐有种惨烈之感。

杨逸之心为之慑，住手不划。竹筏静立不动，满天白鱼昂首向天，突地纷纷落下。溪水溅起，宛如下了一阵鱼雨。

那些鱼一落水面，立即僵硬。

杨逸之脸上变色，试探着用竹竿划了划，那些鱼阔口张开，竟然都已死去。小溪上一片银白，也不知有多少白鱼就此一跃而死。

卓王孙脸上露出一丝惊讶之意。他举袖遮住步小鸾的视线，真气鼓荡，将先前落在竹筏上的白鱼激起。仔细看去，那鱼全身僵硬，仿佛已死去多时，但周身没有一点伤痕，浑然看不出死因。

小晏叹道："看来曼荼罗阵之厄重重相接，我们想要躲避也是不可能了。"

卓王孙冷笑道："不过重重障眼之法罢了。"

小晏回头注视湖面，道："它们挡住了溪水，这竹筏是不能用了。"

卓王孙淡淡一笑，道："正好趁此机会，领教一下殿下的轻功。"说着，一手微揽住步小鸾的腰，脚尖在满溪的鱼尸上一点，便如白鹤般凌空跃起，远远又是一点，没入烟岚之中。

紫石望着小晏，伸出手去，似乎想要搀扶他，却又顿在了中途。她犹疑地打量着小晏苍白的脸，想说什么又开不了口。

小晏释然一笑，摇了摇头，轻轻拉过她的手，袍袖微拂，向前滑去。他们广袖博带，仿若水流一般，却丝毫看不出起步落步。

杨逸之向相思看了一眼，相思轻咬了一下嘴唇，施展轻功向前跃出。杨逸之默不作声地跟在她身后。

相思的红装宛如飞舞的茶花一般，开了又息，息了又开。

远远就听卓王孙笑道："殿下留意了，这里可没有落脚之地。"

水声怒震，溪水突地从中断绝，形成一道几十丈高的瀑布，碧色远垂，落到下面一个小潭中。远远就见卓王孙与小晏身影一闪，随着瀑布落了下去。相思收不住脚，也随着那瀑布坠下。正在惊慌中，突然身前人影掠过，杨逸之左手在相思的手上一搭，一股若有若无的力量传了过来，带着她飞向溪边。

突地，树丛中光芒一闪，一柄猎叉向相思戳了过来。相思还未来得及格挡，杨逸之袍袖挥出，将那柄猎叉卷住轻轻一带，一个猎户模样的少年从树丛中跌了出来。

杨逸之脚步一错，带着相思闪在一边。那人兀自不肯罢休，大吼一声，挺着猎叉撞了过来。

杨逸之眉头皱了皱，出手将那人的猎叉抓在手中。那人全力回夺，杨逸之微笑看着他，也不见用力，那人脸皮挣得通红，却怎么都夺不回来。

林中一人气急败坏地大叫着冲了过来："莽儿，住手！"

莽儿听了，呆了一呆。林中奔出一中年猎户，还未说话，急忙扯住他，然后向着杨逸之跟相思不住打躬，口中直道："对不住，对不住。"

杨逸之放开手，道："没什么，只是以后不可如此鲁莽。"

莽儿突觉手上一轻，身子忍不住向后跌去。但随之一股柔和至极的劲力从猎叉传来，跟这后跌之劲相抵消。莽儿身形顿住，心中错愕至极，当真如丈二和尚，摸不着头脑。

杨逸之跟相思转身要走，莽儿突然瓮声瓮气地道："你这人厉害，我佩服你！"

杨逸之一笑。

莽儿走过来扳住他的肩膀道："我请你喝酒！"

杨逸之从未跟人如此亲密接触过，被莽儿一扳，心下顿感不适，但见他一脸憨厚，倒是发自内心的淳朴，于是只得微笑道："我们急着赶路，没有时间喝酒。"

莽儿还要再说，中年猎户举手一拱，道："这位兄台，可否借问一句，要去哪边呢？"

杨逸之道："我们要去藏边的岗仁波吉峰。"

中年猎户惊道："这边乃是云南西南，离藏边可远着呢。"

杨逸之淡淡一笑："远一点也无妨，早晚能走到。"

中年猎户道："反正道路遥远，现在天时已晚，不如到寒舍小坐，吃了午饭再走，您看如何呢？"

杨逸之见那人盛意拳拳，倒不忍拂了他的美意，笑道："我还有几个同伴，须要问了他们才行。"

那猎户笑道:"既然贵客还有同伴,我们自然一起延请。不知他们在哪里?"

杨逸之举手道:"他们从这瀑布上下去了。"说着,指向瀑布下面的小潭。

那猎户面上神色骤变,道:"他们去了龙神潭?"

杨逸之见他惊惶,不知为何,正要询问,小潭中突然轰然声响,一股怒浪冲天而起,溅起几十丈高,几乎与那瀑布平齐,隐隐然仿佛有什么巨兽怒吼。

杨逸之神色一变,携起相思飞身而去。一时莽然之声宛如牛吼,响彻四周。怒浪垂落,潭水四溢,将周围一起淹没。杨逸之还未奔近,就见卓王孙带着步小鸾凌空飘举,站在潭边的一块大石上,淡然微笑着望向潭内,却丝毫不见惊惶。浪花溅落,卓王孙衣带缓招,将那水花远远排了出去。牛吼之声更紧,潭中缓缓露出一个硕大的脑袋。只见那怪物遍体都是幽蓝的鳞片,碧眼??,额头上生了一只独角,长约三尺。阔口怒张,口中水箭四喷,满口都是一尺长的利牙。仿佛是条蟒蛇,只是身躯巨大,不似蟒蛇,倒似是蛟龙之属。

步小鸾偎在卓王孙怀里,好奇地看着它在潭底穿行翻滚,脸上的神情娇娇怯怯,却又颇有些兴致盎然的意思。

卓王孙笑着对步小鸾道:"这怪物有几分意思,捉来给你解闷好不好?"

步小鸾看着怪物,认真地想了想,道:"这么大的东西,捉来了之后可没有瓶子养它。"

两人说话之间,那怪物渐渐逼近。潭水化作一蓬蓬雾浪,向两人立身之处涌来。卓王孙傲然不顾,步小鸾却有些害怕了。她拉着卓王孙的衣袖,道:"我们……我们还是走吧。"

卓王孙道:"你怕吗?"

步小鸾点了点头。

卓王孙道:"世间之物,本无可怕。你越是畏惧,它就越会欺负你,等到你不怕了，它反而开始害怕你。你看——"

他带着步小鸾凌空跃起，向那怪物头上落下来。那怪物受激，怒啸一声，巨首摆弄，森森白齿张开，向卓王孙咬来。步小鸾发出一声尖叫，闭上眼睛不敢再看。卓王孙一脚凌空踢出，身子随着腾起，足尖用力，猛然踩在怪物的头顶。他这一踏之力何等巨大，那怪物一声怒啸刚到一半，便笔直落了下去。

卓王孙宛如一片孤云，带着步小鸾向岸边一处凸岩落去。

凸岩上湿漉漉地覆盖了一层厚厚的青苔，一株不知名的宽叶灌木从一旁的洞穴中伸出，横亘在岩石上方，正好将洞穴中透出的隐隐碧光掩饰住大半。

小晏与紫石正站在洞穴中，隔着花叶观看。

紫石看到卓王孙从容谈笑中戏弄蛟龙，露出惊讶之色："这位卓先生，不仅武功高绝，而且目空万法，横行无忌，实乃人中英杰，亦是少主人的劲敌。"

小晏微笑道："何止人中英杰，他的做派简直似极了兰萨祭祀中召唤的毁灭神主，令我有时候也不禁想，或许那些神怪之说都是真的——这位卓先生真是湿婆转世、魔王重生。"

紫石叹了口气："这样看来，雪山一战，杨盟主是凶多吉少了。"

小晏摇头："不见得。这位杨盟主虽少了睥睨天下之势，却如清风拂面，朗月照林，遇强则强，与卓先生实如日月双生，难分伯仲。"他看到紫石脸上的忧虑，宽慰道，"我此行并非为争雄天下，能与这样的人物同行，是我的幸运，你不必太过担心。"

紫石点了点头："说来也是奇怪，那个相思本是卓王孙的女人，入阵以后，他似乎有意冷落她，放任她接受杨盟主的照顾。这一点，我怎么想也想不明白。"

小晏淡淡道："这三个人之间一定发生过很多事，是旁人无从知晓的。依我看，他不是有意冷落相思，而是恰恰从她身上看到了某个心结。这结一定很深，连他也无法打开，才不肯面对。"

紫石若有所悟："真没想到，卓王孙这样的人竟也有无力打开的心结。"

小晏道："这并不奇怪。众生皆有情，神佛亦不能例外。无情者，谈何济天下、救众生？"

紫石抬头看着小晏："那少主人呢？"

小晏微微一怔，没有回答。

此时，两人面前的花叶突然动了。步小鸾拉着卓王孙的衣袖，抢先一步落到岩石上，惊喜地道："紫石姐姐，小晏哥哥？"

卓王孙道："原来殿下在这里。"

小晏微笑道："卓先生与小鸾小姐从数十丈之飞瀑上分开激流，直落湖心，鞋袜不湿，这份轻功并非在下可及。"

卓王孙道："殿下和紫石姑娘重伤之下，仍能凌波折转身形，从瀑布后的山洞中穿行至此，轻功倒在其次，这份眼力和决断让在下极为佩服。不过……"卓王孙略一望他们身后的洞穴，"看来殿下此次洞穴之行还另有所获？"

小晏笑道："卓先生真是无所不知。此处洞穴中堆积着大量人骨，还有法器和祭祀之物，看来正是这条蛇妖栖身之处。或可说，这条蛇妖乃是当地居民供奉的邪神。"

卓王孙道："生人为祭，如此畜类更是留它不得。"话音未竟，一道合抱粗的水柱突然从潭底直蹿而上，经瀑布一撞，散成满天水屏，直压下来，伴着一股浓郁的腥臭，诸人立身处的岩石都被震得微微动荡。接着，嘶鸣之声刺破水面，一块巨石砰的一声被激出数丈，又滚落潭中。一道粼粼蓝光迅如闪电，从水下直蹿出来。蛇身足有桶粗，裹着一层黏白的液体，碧鳞乱响，在空中翻拱交缠，突然一使力，钢尾横扫，向几人站处袭来。

步小鸾失声惊叫，卓王孙上前一步，轻轻将她推到小晏身边，顺势一掌挥出，随着蛇尾的来势划出一道半弧，一翻掌，已将蛇尾握于手中。

蛇妖一顿，回转头来。只见它利齿上沾满血迹，似乎刚才那一踏已让它头脑受伤。妖蛇碧眼中狂态毕显，怪啸连声，身子一纵，就要翻身噬人。

卓王孙微微冷笑，手腕突然一震，就见一道青气如闪电一般从蛇尾向蛇身振荡着透体而过。青气过处，蓝鳞纷纷碎响，脱得满空都是，宛如在幽潭之上乱坠一蓬碧蓝之花。那蛇妖仿佛无法承受这种剧痛，暴怒之下连声厉吼，身体却止不住随着青气的走势左右甩动，无论如何也挣脱不开。突然，那团青气裹着蛇头向对面山石直撞而去。只听轰然一声巨响，山石顿时被打塌一半，碎石纷飞。妖蛇本已受伤，加上这巨力一撞，真是痛彻肺腑，又被卓王孙内力一震，立时神志昏乱，忘了身子尚在悬空，不就势攀石逃脱，反用颈鳞扣住碎石，往怀中一扳。咔的一声，一块二尺来宽、三尺多长的危石尖端竟被妖蛇用力半腰扳折。妖蛇连身带石坠落下去。

蛇妖已受重伤，在水中翻滚哀鸣，良久才从水下透出头来，却已无刚才的狂态，碧眼委顿，望着卓王孙，满是哀求之意。

卓王孙摇摇头，缓缓抬起右手，正要一击。小晏突然道："卓先生息怒。据在下所知，某些部落有将尸体祭神的习惯，洞中所见尸骨并非定为生人。真相未明，若妄加杀戮，只怕有亏卓先生盛德。不如先向村民询问，若真为噬人邪神再加诛杀不迟。"

卓王孙淡淡道："入乡随俗，客随主便。他们祭祀生人死人与我何干？只是一介披鳞畜生，仗一些雕虫小技迷惑无知愚民，受人膜拜，以为神明，何等荒谬。不除此陋习，无以正视听。"

卓王孙话一出口，那妖蛇似乎已听出了他绝无网开一面之意，不由狂性又起，怒吼连连。蛇身翻滚，裹着一股恶浪向众人扑来，来势比方才更凶恶了几倍，完全是同归于尽的架势。

卓王孙随手向身旁的石壁一拍，一块一尺见方、利如刀芒的岩石被整块取下，随着他袍袖一拂，平平向潭中飞去。妖蛇怒吼一声，阔口中利齿森然，鲜血淋漓，将身体连拱三拱，其势如疾风骤雨，带着一股腥臭的阴风直蹿上来。

蛇身正拱在半空，宛如虹桥，却突然猛地一震，发出一声山崩地裂般的惨叫。原来那块岩石已被卓王孙内力所激，飞到妖蛇腹下七寸之处，它全力向前一蹿，正好迎了个正着。一股碗口粗的鲜血宛如泉涌，从妖蛇脖颈之下直喷而出。妖蛇创剧痛深，连声惨啸。无奈方才一跃之力过大，此刻哪里收势得住，又向前滑出了十数丈。而那岩石宛如一把利刃，直插在妖蛇身下，竟将妖蛇从腹下七寸到蛇尾整整破鳞分开。

妖蛇身在半空，不住负痛翻滚。猩红的鲜血化为满天花雨，将瀑布上一线天空遮了个密不透风，澄碧的潭水也被染得暗红，发出阵阵腥臭。卓王孙一挥袖，将零落的血雨震开。潭中血水宛如开锅了一般，不住乱滚，过了好一会儿才渐渐平静。又过了一会儿，蛇尸浮了上来，蜿蜒纠缠，几乎布满整个湖面。众人这才看清妖蛇全貌，竟足有七丈余长。

步小鸾呆呆地看了半晌，道："它……就这样死了？"

卓王孙微笑道："死是死了，不过千年妖异，必有内丹。不如我把它拖上来，将内丹找出来给你玩？"

步小鸾挥了挥袖，皱眉道："那么臭，恶心死了，还是走吧。"

这时，潭顶瀑布之上突然传来一声暴喝："无知刁民，杀害龙潭蛟神罪及九族，岂容你们说走就走？"

第十二章

❦ 仲天风雷侵碧城 ❦

卓王孙等人抬头一看，只见瀑布上方岩壁上站着一队人马，拔剑张弩。为首那人面如紫檀，鼻直如削，眼神阴沉而倨傲，身上红衣黑带，赫然是当朝九品武官的服饰。

紫石低声道："少主，这里居然有朝廷官差……难道我们已经走出了曼荼罗阵？"

小晏轻轻摇头，示意她不必出声。瀑布顶上，杨逸之从那队官兵身后走出，对潭底诸人道："卓先生，我们已身在云南省琐魍县治之中，请几位上来说话。"

卓王孙袍袖一带，如白云出岫，和步小鸾稳稳落到潭顶岸边。一个精壮青年抢上前几步，拦在卓王孙面前大声喝道："就是你杀了蛟神？"他这一声虽然不带什么内力，但嗓门天生奇大，直震得人头皮发麻——正是方才那个青年猎户。

步小鸾捂住耳朵，嗔道："吵死啦，你不会小声说话吗？"

卓王孙看也不看那人，拉起步小鸾转身要走。猎户愣了愣，脸皮羞得通红，猛地将钢叉举起，道："你转过身，接我三招！"

卓王孙似乎没有听见。

猎户咬了咬牙，掌中一聚力，猎叉就要出手。突然，他手中一空，大惊之下转头看去，猎叉已在杨逸之手中。

这猎户刚才已经和杨逸之交过手，一败之下，心悦诚服。他自幼生长山林，既没见识过高明武功，也没读过半字诗书，自小就是谁的力气大就佩服谁。突然见到杨逸之这样的绝顶高手，当然敬为天人，把他的一言一行都当成对的。见他出手阻止自己，立时不知如何是好。

杨逸之道："这几位正是在下方才提起的同伴。"

那中年猎户也从一旁走了出来。他眼见卓王孙徒手搏杀蛟神，知道此人武功之高当为平生仅见，绝非眼下这些人所能对付，何况同行诸人个个都非易与之辈。权宜之计，只有暂时瞒过这群人到县上报信，集合县民商讨出一个万全之策，将此人困住，为蛟神报仇。

他此念一定，将莽儿拉开，转身对诸人道："既然诸位同行而来，彼此已有照应，不需我父子带路了。我和莽儿就先告辞了，他日若有缘相逢，必当邀诸位于舍下小酌。"中年猎户一面说一面拱手往后退去。

"慢着！"那为首的武官打马而出，横了那猎户一眼，冷冷道，"斩杀蛟神乃滔天大罪，在场诸人一个也脱不了干系，来人，统统与我拿下。"

一时间，山道上人喧马沸，气势汹汹，但那群官兵心中也颇存忌惮，虽然喊得热闹，并没有人敢真正上前。

小晏飘身而上，来到人群中，拱手问道："诸位自称朝廷云南省项魁县下执事，却不知和这条妖蛇有何瓜葛？"

为首武官打量了小晏一眼，极薄的唇边挤出一丝冷笑："这条蛟神乃是当今国师吴清风大人五百年前收服，豢养于此，吸取天地灵气，只待圣上功成飞升之时导御銮驾之用。数十年来蛟神在此神龙潭中栖息，兴云作雨，护卫一方，当地万民敬奉，岁岁祭祀。如今蛟神却被此人——"他扬鞭一指卓王孙，"无知斩杀！渎杀神明，罪恶滔天，诛及九族。诸位要是和此人无关，就请乖乖跟我们回去，等问明实情、处置真凶之后，自然礼送各位出城，否则一概与凶犯同罪！"

那人说完之后，目光四下一睃，见一干人等都无动作，以为这一番离间恫吓起了作用，向手下使了个眼色。当头一排九匹良马齐声长嘶，马上官差拔剑挎弩，就要跃队而出。

卓王孙突然道："不必费力，我正想跟几位去项魍县一趟。"

那武官冷笑道："你当然跑不了，不过其他人也必须回去做个人证。"

卓王孙淡然一笑，遥望远方山路，道："那更好，劳烦几位为我们带路。"

虽是押送凶犯，那群官兵倒也不曾真的枷锁绳棍伺候，只让他们走在前面，自己一行远远骑马跟随着。卓王孙一行丝毫不以为意，一路指点风物，甚是悠闲。此处景物与来时已有很大不同，莽莽古林似乎已到了尽头，山峦林泉蜿蜒成趣，更似滇桂一代寻常景物，虽也幽静奇崛，但毕竟多了人烟。

路边古树参天，藤萝垂地，不远处有人傍着藤墙搭起一座凉棚，卖些茶水果子一类。一些村落田亩也散见于丛林深处。村落皆由竹石等寻常材质垒成，田里种植的也多是水稻瓜果一类，田坎上还不时有幼童牵着家畜玩耍。回想起这几日在曼荼罗阵中所见的奇人怪事，真有恍如隔世之感。

又行了半个时辰，来到一座城墙之下。城墙上站着几个官兵守卫，城门紧闭，当中挂着一面竹匾，虽然简陋但还不显破败，上有三个隶体大字：项魍县。此处城墙、匾额比起中原都会而言当然小了很多，但总算多日来第一次看见本国郡县，颇感亲切。

为首武官打马来到城下，勒马喝道："什么时辰，城门就关了？今天捉到了重要人犯，快开门放本官进去！"

城门里半天没有举动，良久，一人探出头来笑道："原来是都事大人。大人难道还不知道？城中突然暴发瘟疫，城内居民加上城外附近的村民，已经死了几百人，县尹大人今天中午已下令封城。无论是城中人想出城还是城外人想进城，都得有县尹大人的手令，否则一律格杀。所以，这城门是不敢给您开了。"

那都事冷哼一声道："县尹大人岂会如此昏庸？分明是你妖言惑众。今日上午本官出发之时还诸事平安，哪来什么瘟疫？"他手上马鞭一挥，沉声道，"本官现在所押乃冒犯御封蛟神的重犯，若有意外，休说你们，就是县尹也担当不起，赶快开了城门放我进去！"

那人赔笑道："都事大人明鉴，就是给小的九个脑袋也不敢造这样的谣言。的确是疫情凶险，大人您还是带着人犯先到附近村落避避风头，等瘟疫过去了，再进城办案。"

那都事脸色一沉，正要发作，突然城门开了一条缝，几个全身蒙着黑布的人推着一辆板车，上面横七竖八地躺着五六个人，都衣衫褴褛，血污斑斑，头上缠着一层厚厚的白布，透出大块猩红的血迹。有的已经全身僵直，有几个却还在呻吟扭动，指甲在木板上用力抓刮，听上去颇为恐怖。

蒙面人一声不吭，只将车推到城墙下一处已挖好的深坑旁，两人一组将人抬起来，一个接一个地扔下坑去。

那都事一指这些人，道："你说不能进出，这些人是怎么回事？"

那人道："这些正是奉了县尹大人手令出城烧埋的尸体。都事大人，您也看见了，实在疫情紧急，绝非小的造谣。何况不让您进城，也是县尹大人对您的体恤。"

那都事目光如炬，向那些人身上一扫，沉声喝道："人分明还在动弹，怎么就说是尸体？"

那人道："实不相瞒，这次瘟疫来势十分紧急，染病者不久就怕光、怕水、心智失控、凶戾噬血，根本无药可救。更可怕的是，几个时辰之后，就六亲不认，见人就咬。而被咬伤的人立刻便会感染。无奈之下，县尹大人只得下令将染病之人全部挖坑烧埋，以免病情扩散。"

城墙下蹿起一股浓烟，似乎蒙面人已在点火烧尸。一股恶臭扑来，众人都忍不住掩住了口鼻。那群蒙面黑衣人点燃尸身之后，匆匆进城去了，剩下那些还未气绝的"尸体"在土坑中连声惨叫，翻扒土石，听上去惊心动魄。

那都事一挥衣袖，将面前浊气扫开，轻蔑地道："县尹大人的主意真是高明。一些疯狗烧了也罢，本官无灾无病，他却下令把我关在城外，与疯病之人同住，这样的体恤也真是奇怪。"

那人哈哈两声："有病没病，可不是小的说了算的。这病刚刚得上之时，一切和常人无异，只是六个时辰之后，会在额头出现一抹青色，就好像……"那人伸手一指，手势却突然顿在了半空中，哆嗦起来，"这……这……"

那都事道："这什么，莫非你的舌头也被疯狗给咬了？"沿着他手指之处一看，却不由得也面色一变——紫石额头那道青郁的爪痕已赫然突出皮肤寸余！

"就是这样！"那人高声喊道，"正像一只利爪……这个女人既然已经得病，你们和她同行，很可能已经感染，现令你们立刻将这个女人诛杀烧埋，并在城外居住，起居行动都由我们监视，日后额头若无爪痕，则可进城。其间一旦想离开此处或者想冲进城内，都格杀勿论！"

都事手下军士已是大哗，就要冲上去将城门撞开。那都事扬手止住喧哗，道："你不是说要被咬才会感染吗？"

那人道："理虽如此，但人命关天，为了保险起见，也只有委屈几位了。"

那都事鼻子里发出重重一声冷哼，道："鹰爪犬牙之辈也敢囚禁本官？"言罢一挥手，手下诸人一起打马往城门冲去。

墙头那人也不答话，手中令旗一摆，只听破空之声大作，无数羽箭宛如一场密不透风的暴雨向几人立身之处当头罩下。

这些羽箭既多且准，显然早有准备。夜色中马嘶声、惨叫声不绝于耳。那都事虽然身手敏捷，挡落了不少羽箭，但手下多人已为羽箭所伤。

那都事虽然怒极，却也不敢再贸然上前。

紫石将放在额头上的右手缓缓退下，神色极为凝重。她默然片刻，走到小晏跟前，跪地道："少主……"

小晏摇头微叹了一声，向她伸出手去。

紫石没有起身，深吸一口气，轻声道："紫石的确毒入膏肓，无药可救。趁神志还未丧失，当自行了断，以免伤及他人。紫石性命非自己所有，特向少主告明此情，望少主恩准紫石立刻自尽于此。"

小晏注视着紫石额头上青郁的爪痕，道："这种瘟疫我在幽冥岛上曾听母亲大人提起过——奇毒随血液游走，直至头脑，颠倒病人神志。虽然至今为止还没有人力可救的先例，然而……"小晏默然片刻，道："不意味着先例不从我们而始。"

紫石双拳紧握住地上的沙土，道："紫石已觉心中狂乱不堪，已是苦苦支撑，只怕片刻之后就会神志全失，到时若伤及少主人……"小晏上前一步，强行将她扶起，沉声道："你既然知道性命并非自己所有，只要我一日不言放弃，你就必须忍受一日。"

紫石凝望着他，肩头有些颤抖，还要说什么，卓王孙道："既然如此，我们也不必强行进城，就在城外暂住一些时日，静观其变。"

小晏道："多谢卓先生体谅。"

正在此时，城门内又是一阵喧哗，还隐隐夹杂着哭声。侧门吱呀一声被打开，一群官差押着百十个村民从侧门中走了出来。他们中男女老少都有，大多衣着破烂，神情委顿，不少人还不住抬袖拭泪。

城墙上刚才那人又探出头来，不过已经换了一副笑脸，对下面喊话道："都事大人立功的机会来了。这些人都是病人的家属，被县尹大人驱逐出城，也要在城外暂时居住，疫情平息才能进城。县尹大人刚才吩咐，这期间这些人都归都事大人看管，出现病征或者不服管教者，立即格杀。至于食水，每天中午都会由我们从城头上用吊桶送下。县尹大人爱民如子，决不会亏待各位。"

那都事眼中透出鹰隼一般阴鸷的光泽，缓缓道："县尹大人真让我们住在这里，那也得送一些砖石铁架以搭建帐篷，总不至于让我们露宿野外吧？"

那人道："县尹大人说了，非常时期，一切从简。小的眼见附近有不少竹林，都事大人完全可以驱使手下这群村民砍些竹木，搭建帐篷。"

那都事哼了一声："他是怕我有了砖石铁架，改造兵器，反攻城内吧？"

城上那人打了个哈哈，再不回答。

都事冷笑道："要是这些村民中真有病人，我们看管他们，岂不都身陷危险之中？县尹大人这一招真可谓一石二鸟，阴毒至极。"

那人笑道："危险的确危险，但县尹大人说了，以都事大人的智慧，总能找到解决的办法。"

那都事目光如电，往那人脸上一扫，笑道："有朝一日，必定让你和某家易地而处，看看你又能想到什么办法。"他此话说得极为阴狠，听上去直令人毛骨悚然。墙上那人脸色一变，继而强笑道："这事情若是小的这种庸才都能办，县尹大人就不会特指派都事大人您了。"

那都事也不再答话，打马回身，立即分派手下人押着众村民砍树搭棚。

烈日当头，泥土都笼罩在一层晃动的热气中。这里休说竹木，就连野生的藤萝也多半数百年未经过人类开采，长得茎粗皮厚，极难砍伐。但在长刀皮鞭的催逼下，那群村民终于在日落前搭好了可供官兵休息的竹楼。而后村民筋疲力尽，只得各自拾起一些余下的断木碎草，在附近的大树下铺上一些简易的草铺。那些老弱妇孺就靠在树下聊为休息，青壮男丁则还要被官差编排成三队，分别守卫巡逻。其间城门打开了几次，几十具尸体和几百名村民陆续被押送了出来。城外难民越聚越多，呻吟啼哭之声不绝于耳。

红日渐渐坠入西山云影之中，斜晖照处晚霞渐盛，凝形变幻，四外大小山峦全笼上一层妖艳霞绢，云蒸霞蔚。湛蓝的天幕逐渐变成了紫金色，东方一弯新月低悬暮空边际，和未落的红日隐隐对峙，皎光辉映，越发显得天朗气清。

然而仅仅是片刻工夫，一股妖风卷着几座墨色云山从南天向这边推进。一开始无声无息，却是风驰电掣而来，转眼到了诸人所在上空。云山巍峨嶙峋，广约亩许，高数十仞，中心宛如旋涡，向上凸起，墨黑色中透出些许赤色火光，光彩耀眼。那团火光来到众人头顶上，渐渐带出隆隆风雷之声，过了片刻，更仿佛晓日初出扶桑，发出无数跳动的金光，时上时下。

众人方要惊叹，那无数道金光突然汇拢，返照出一团合抱粗的紫气，向下直落。众人还未来得及躲闪，只听一声巨响，紫光化作一道闪电，贯天透地而下！

众人高声惊呼，四下逃散，只觉大地震了几震，一株参天古木已被闪电从当中生生劈开，烈火扶枝攀藤而上，熊熊燃烧。四处雷霆之声不绝，山峦吼啸，林木哀鸣。瞬时，一阵刺骨寒风卷起满天埃土旋转而过，地上稍微羸弱一点的草木都被连根拔起，抛向半空。一场腥黑的暴雨宛如天海倾泻一般，向大地恶扑而来。

村人四散避雨，却惨叫倒地，原来雨水中竟夹杂着冰雹。那冰雹小的宛如酒盏，大的竟有碗口粗巨，稍一不慎被打上，轻则头破血流，重则脑浆迸裂。冰雹从暴雨黑云中崩坠而下，惊雷四响，狂风大作，满天沙石乱飞，声势甚是骇人。

那些村人已慌了手脚，个个抱着头，拼命将身体埋入地上淤泥之中，哭喊之声响成一片。而冰雹来势凶猛，哪是村人抱头抢地能躲藏得过的？

片刻之间，大多数人已经受伤。地上淡红色血水四溢，宛如一道道小河。

"过来！"透过风雷之声，一个清婉的声音在村民耳边响起。那群村民抬头望去，只见相思正对他们招手。她身旁，卓王孙一行人正倚着石壁而立。一道无形的气壁自卓王孙手中张开，宛如结界，将风雨冰雹全数挡在壁外。透过浓浓雨幕，只见黑风卷着无数碗口大的冰块向这道气壁乱撞，却只撞得碎屑纷飞，弹开数丈之外，没有一粒能够近身。

那些村民绝望之下见了生机，哪还顾得许多，纷纷抱头向那道气壁冲过来。说来也怪，那道冰块不能损害分毫的气壁对他们居然毫无阻挡。众人无知无觉中就走了进去，非但没有丝毫阻碍，反而心神为之一振。

有的人奔命心切，冲力过大，一时收势不住，径直往气壁后的石壁上撞去。小晏袍袖一带，将他们身形立住，然后为妇孺老弱安排一些比较舒适的位置。那些村民缓过气来，纷纷向几人道谢。小晏还微笑着对答几句，卓王孙却面若冰霜，毫不理会，只待人数过多之后，将掌心所抱半圆轻轻一转。那道气壁宛如受了催逼，顿时扩张出几丈见方。

气壁外冰雹渐渐小了下来，天色也略略变亮，只是暴雨狂风仍然肆虐不止。相思突然指着气壁外的一块岩石，惊道："先生，那里还有人！"

第十三章

❧ 城中黎老哭新坟 ❧

众人循她所指看去，只见岩石之下果然还有一个人。他右肩似乎已被冰块所伤，左手用力握住伤处，一瘸一拐地向这边走来。

相思对卓王孙道："他受伤了，我去接他一下。"

卓王孙摇摇头，没有答话。

那人虽然受伤，走得却不慢，片刻已来到气壁前，看出来正是莽儿。他扶着肩头不住喘息，似乎伤得不轻。相思正要叫他进来，他却突然指着卓王孙高声喊道："乡亲们赶快出来！这个人就是杀死小蛟神的妖人！"

雨声虽盛，但此人的嗓门真是天生奇大，气壁内诸人都听得清清楚楚，闻言面面相觑。过了良久，才有一位麻衣长者颤悠悠地道："你是说，小蛟神被人杀死了？"

莽儿似乎再也无力支撑，跌倒在淤泥里，喘息了好一会儿才咬牙道："正是。我亲眼所见，小蛟神正是被此人的妖术所杀。此人妖术极为厉害，乡亲们赶快走出他的妖阵，再晚恐怕就来不及了！"

气壁内惊声一片。那长者惊骇地打量了卓王孙一会儿，咳嗽了几声，道："这位……这位公子，神龙潭蛟神果然是你所杀吗？"

卓王孙并不回头，淡然道："正是。"

那长者哎呀一声，颤抖着手指对着卓王孙，似乎正要说什么，却突然面泛紫金，向后仰天倒去。身后的人立刻扶住他，只见他已是气怒攻心，昏倒过去。

113

众人慌乱之中哭成一片。

莽儿喝道："还不赶快出来，难道要等着他用妖术把你们全部杀死吗？"他一语既出，气壁中的村民如梦初醒，争先恐后地向气壁外冲来。卓王孙也不阻止，任他们冲出，然后合掌一转，将气壁恢复成原来大小。

那些村民踉跄着闯入雨幕，排成两行，向南跪地，一面叩拜一面高声痛哭，哭声撕心裂肺，十分凄怆。有人用头向地面乱撞；有人伏在泥土中，用牙啃咬地上的石块，直弄得满口鲜血；更多的人槁立雨中，呆滞的双眼直突突地盯着黑云深处，似乎极大的恐惧正从云山彼岸无声潜行而来。

腥臭的雨气中，一种死亡般的腐败气息渐渐盈满周围。

莽儿怒视卓王孙道："正是因为你杀死小蛟神，引得大蛟神震怒，才会降下这样的妖雨狂风，就连城内瘟疫也是你弑神的惩罚！"

步小鸾似乎听到了什么感兴趣的话题，拉了拉卓王孙的袖子，道："哥哥，他们说什么大蛟神，难道那怪物还有一只？"

莽儿斥道："你胡说八道什么？"

步小鸾被吓了一跳，赶紧躲到卓王孙身后。卓王孙一挥手，将整个结界的气脉敛于左手手心，腾出右手轻轻拍了拍步小鸾的头，示意她不必害怕，而后转身对杨逸之道："这里暂且拜托足下。"话音刚落，只见他一翻左腕，一道淡青色气脉顿时消散于无形中。与此同时，杨逸之轻一招手，幽暗天幕中微弱的光芒似乎瞬间被他收聚。刹那之后，一道银色的光壁无声无息地张满原来气壁的位置。

两人结界瞬间交换，行云流水般不见丝毫凝滞。

卓王孙姿态甚为舒缓，身形却宛如魅影，瞬时已到了莽儿面前，淡淡道："大蛟神在哪里？"

莽儿挣扎起身，却为来人气势所慑，张口结舌，半晌说不出话来。

"这位公子，请不要为难莽儿！"一人跌跌撞撞地冲出人群，正是方才那个中年猎户。

卓王孙道："我不想为难此间任何一人，只要你们如实告诉我大蛟神的下落。"

中年猎户犹豫了片刻，道："大蛟神乃是真龙谪凡，兴云施雨，来去无踪，并无固定所在。"

卓王孙冷冷道："若是如此，你们如何供奉？"

中年猎户一时哑口。此时，那个晕倒的长者已然醒转，长声叹了口气，道："事已至此，想必也瞒他不过，你就如实告诉他吧。"

中年猎户低声道："大蛟神传说为天帝所饲真龙，三对犄角，一双碧眼，可随意喷出水火风雷；通身金鳞护体，万物所不能伤；九爪七尾，一跃千里，被天帝封为风雷大将军，一向看守天庭，扫除魔氛。只因为九百年前诞下一子，形迹恶劣，以生人为食，祸害人间，引得天帝震怒，欲用天雷震死龙子。老龙苦苦哀求，愿意与龙子一起下界受罚，并且在蛮荒偏僻之地看守龙子，督促它磨炼心性。至今五百年期限将满，龙子就要重返天界，没想到却被你用妖术杀死。这场狂风暴雨就是老龙得知丧子之后的震怒，只怕不久还会有更加可怕的惩罚降临……"中年猎户长叹一声，"我等灭顶之灾将至，而这一切莫不由你而起。"他说到此处，周围的村民已是一片啜泣之声。

卓王孙并不理会，注目远方云山，缓缓道："若这些都是老龙的惩罚，那么将老龙杀了，惩罚也就无从谈起。"

中年猎户一愣："什么？你是说你要杀死大蛟神？那大蛟神乃是天庭真龙，不生不死，神化无方，凡人略有冒犯之意，都会顿遭天雷击顶而死，难道你想凭此凡俗之身渎杀神明？"

卓王孙淡淡道："我要做什么与你们无关，大蛟神到底在哪里？"他声音不大，却带着不可抗拒之力。中年猎户一愣，顿时说不出话来。

莽儿此时从地上强行支起身子，一面踉跄着向后退去，一面高声道："你妖法再厉害也是人，但大蛟神是神。人是没法子杀神的，你莫不是疯了？"

　　卓王孙眉头一皱，左手一招，只见莽儿惊呼一声，身形宛如一片落叶般向卓王孙手上飞落而去。

　　周围村民连声惊呼，尽皆变色。江湖中凌空取物的武功就算练到极高境界，也不过能将内力施展于三尺之内，隔虚伤人取物。内力能运用于一丈左右夺取敌人兵刃的已是匪夷所思，仅见于前代传说之中。然而此刻莽儿的身形离卓王孙已有两丈开外，身材更是魁梧，但卓王孙只轻一挥手就将他擒入手中，丝毫不见着力。其武功之高，休说这群山村野民平生未见，就连杨逸之、小晏这样的绝顶高手也暗自惊叹。

　　卓王孙左手提着莽儿的衣领，向四下看了一眼，淡淡道："难道非要我武力逼问，诸位才肯说出大蛟神所在吗？"

　　莽儿欲要挣扎，穴道却为卓王孙所制，休说动弹，连喊叫呼救也不能，又羞又怒，直憋得面皮血红，豆大的汗珠从头顶涔涔而下。

　　那老者惊道："这位公子住手，莽儿年轻气盛，言语冒犯，公子千万不要为难他。大蛟神就在城南二十里左右的天龙湫内。若沿着城内小河穿城而过，几个时辰就能赶到。只是如今城门封死，却再无第二条路了。"

　　卓王孙手一挥，莽儿的身体宛如为一道沛然无际的力道所托，向前滑出几丈，稳稳落到中年猎户身边。等他回头看时，卓王孙身形宛如一只巨蝶，已向城墙内飞去。一时间，城墙上呼喊连声，羽箭乱落如雨。待喧哗过后，空中哪还有一丝影子？只有数百支残箭铺了满地。

　　"哥哥！"步小鸾惊呼一声，身形跃起，似乎想跟在他身后。相思大惊，正想抓住她，然而步小鸾身法比她快了不止一倍，分花拂影，无声无息地向结界外飘去。

　　"小鸾！"相思纵身跟在她身后，却哪里追得上？

　　杨逸之皱了皱眉，五指微拢，步小鸾面前那块结界的光华顿时一盛，从无形变为有质，就要将她拦住。突然，寒光微动，一道宛如星光的柔丝从暮色中透出，轻轻缠在步小鸾腰上。步小鸾身形一滞，只这一瞬间，相思已经赶到，将她拉了回来。

小鸾在她手中挣扎："为什么不让我跟着哥哥，看他杀龙？"

相思惊魂未定，用力一握步小鸾的手腕。步小鸾仗着手痛撒娇，哭了起来。

相思无可奈何，转向小晏道："多谢殿下出手。"

小晏正要答话，一丝不安突然从他心中掠过——只短短一瞬，身边的紫石已不知去向！

结界一角传来一声惨呼，众人大惊回头，只见紫石十指如钩，死死嵌入一个村民肩头的皮肉，张口向他被鲜血浸染的脖颈咬去。

小晏大惊，正要出手，杨逸之右手凌空一弹。只见微漠的星光在紫石脑后一闪，紫石轻哼一声，瘫软下去。小晏上前一步将她的身体接住，另一只手用三枚银针从她头顶的穴道上直贯而下。

步小鸾惊得目瞪口呆，停止了哭声，躲在相思身后，怯怯地看着众人。小晏跨出结界，站在雨中，对受伤的老人伸出手，道："老伯请进来，我为你封住穴道，暂时可保安全。"

那老人颤抖着将捂在肩头的手掌拿到眼前，掌心是一片殷红的鲜血。老人注视手掌片刻，突然发狂一般大喊了几声，拼命向后跑去。小晏正要说什么，其余的村民哗地围了过来，警戒而仇恨地看着他们。

莽儿从人群中站出来，怒道："妖术伤人的是你，惺惺作态假慈悲的也是你！"

中年猎户拉了下莽儿的衣角，对几人拱手道："诸位侠士，我们山村野民，自知不是诸位的对手，小城破败，瘟疫横行，淹留此处对诸位毫无意义。诸位还是赶快动身，往城南天龙湫寻找方才那位同伴吧。"

莽儿瞪了中年猎户一眼，道："二叔，怎能这样放他们走？休说小蛟神大仇未报，单说那个妖女已经染上瘟疫，若放她走岂不是为祸他人？"

他身后一位长者颔首道："至于小蛟神之仇——方才那位公子敢孤身前去寻找大

蛟神，想必此事已经有个了断。但是这位姑娘染上瘟疫，的确不能就此放行。"

小晏道："那以诸位所见，要怎样处理紫石？"

"当然是立毙烧埋！"只见那都事带着十几个官兵一面整理着衣衫，一面从倒塌的竹屋下走出来。

方才冰雹正急，竹屋全被击塌。但此处竹楼样式与苗人不同，分为两层，一层在地面上，一层则掘洞而建。所以竹楼坍塌之时，所有官兵都躲到下层地洞中，未被冰雹所伤。

小晏道："此病虽然凶险，但并非绝无办法克制。一旦感染则立毙烧埋，诸位不觉得太过残忍？"

那都事冷笑着看着小晏，道："对她残忍则是对我们仁慈，哪顾得了那么多？公子你是聪明人，赶快把她交出来，免得伤了和气。"

小晏看了看昏迷不醒的紫石，轻轻叹息一声："诸位又何必逼人太甚？"紫袖微动，一道若有若无的寒光自他腕底透出。整个树林顿时如被冰霜，沉沉寒意潮水般从每一个人心头浸过。

突然，一声尖厉的狂呼打破了寂静："有救了，有救了！"只见那被紫石咬伤的老人仰面挥舞着双手，跌跌撞撞地向这边奔来。

"站住！"那都事一挥刀背，正拍在那老人腰上。老人站立不住，跪在当地，扶着地面干呕不止。

都事沉声喝道："有什么救，快说！"

老人脸上的肌肉虽因痛苦而扭曲，双眸中却闪烁出两道极亮的狂喜之光："南天上降下来的一片冰块，上面写着蛟神的神谕，我们的病有救了！"

那都事一皱眉："冰块在哪里？"

老人喘息道："我刚刚伸手一摸，冰块就化成一摊清水……但是……但是上边的字我全都记下来了！"

"上面说了什么？"

那老人神秘一笑，对都事道："都事大人，天机不可泄露，你凑过头来，我小声告诉你。"

那都事刚要凑过头去，心念一转，指着身边三个手下道："你们三个一起过去听他说些什么，彼此也好做个见证。若真能治好瘟疫，立下大功，我自有重赏。"

那三人答应一声，走过去将老人围在中间。那老人身材矮小，三人必须半蹲着才能将耳朵凑上去。

都事若无其事地退了几步，咳嗽一声道："说吧。"

老人嘿嘿怪笑一声，都事眉头一皱，知道不好，但已经来不及了。三个官兵齐声惨叫，耳朵竟然被老人用力扯在一起，各自咬下一块来！

那些官兵平日乃是欺压村民、横行霸道惯了，今天在一老头儿身上吃了这么大的亏，哪里忍得住，脱出身来挥手就是一刀。一时间血肉横飞，老人挣扎了几下就没了声息。

那都事大喝道："住手！"

其中一个官兵举着刀转过头来，满脸鲜血，也不知是自己的还是那老人的。只见他对都事露齿一笑："大人还有什么吩咐？"

这一笑诡异至极，那都事竟然怔住了，半晌才讷讷道："治病的办法呢？"

那官兵仰天大笑一声，手中长刀用力一捅，将老人尸体当胸穿了个大洞，沉声道："办法我们都已经听到了，要不要立刻告诉大人？"

都事心下已然明白，冷笑一声，一挥手，其他官兵顿时举刀围了过来，将他护卫在中心。

那三人彼此对视了一眼，砰的一声，将手上那具血肉模糊的尸体踢开，转身向村民站立的地方走去。那些村民大惊失色，不知谁叫了一声："他们都染病了，大家快逃！"众人如梦初醒，一窝蜂地向后逃去。

三个官差足一蹬地,飞身跃起,向人群扑去。几个闪避不及的村民被他们压倒在地,顿时遭到一阵疯狂撕咬。人群顿时大乱,哭喊着向四下逃散。

杨逸之挥手收去手上结界,飞身而出。只见他左手凌虚弹了两下,两道星光飞驰而过,在其中两个官兵眉心一碰,顿时散开一蓬青光。两人还没来得及喊叫就已气绝倒地。第三人眼见同伴惨死,心下大骇,转身正要逃走,突然觉得额头一冷,抬头只见杨逸之骈指正指在他双眉之间。

那人回过神来,顿时矮身一跪,哭道:"大侠饶命,小的也是迫不得已……"

杨逸之冷冷道:"他对你说了什么?"

那人指着远处老人的尸体,痛哭道:"是他,都是他妖言惑众,说只要在日出之前咬食七个健康人,就能得到大蛟神的宽恕,此病也会不治而愈。我们都是受了他的蛊惑,不是存心伤人,大侠你快放过我……"

他此言一出,四周一片沉默。那些受伤的村民先是疑惑地四下张望,继而不由自主地向身边健康的村民看去。其他村民都有所警觉,渐渐退开。此时皓月在天,青白色的月光将大地照得一片惨淡。那十来个伤者聚在一处,脸上神色急剧变化,从恐惧到痛心到绝望,逐渐透出一种妖异的狂态。

那都事皱起眉头,突然大喝道:"这些人全都疯了,我下令立刻格杀,立刻格杀!"

官兵们提着刀,却你推我攘,都不敢上前。双方对峙片刻,伤者们突然怪啸一声,也不惧官兵手中刀斧,一拥而上,无论村民还是官兵,只要抓着就一顿猛咬,哪怕下半身已被砍得血肉模糊也不肯松口。最为可怕的是,那些人一旦受伤,都会顿时加入伤者的阵营,向同伴攻击。有些人虽然不愿加入其中,但形势所迫,只得自保。只片刻间,城外几百人几乎个个都被咬伤。

这一下变化迅雷不及掩耳,小晏正全力照顾紫石,无暇分心,而杨逸之一直犹豫着,似乎打不定主意是否应该出手。

那都事见情况不妙,一侧身,装作倒地,在自己手腕上重重咬了一口,然后举着鲜血淋漓的手臂对众人喊道:"大家住口!"

此人积威日久,城外这些兵民心中对他都颇为忌惮。听他这么一喝,渐渐止住了撕咬。

那都事看着自己滴落的鲜血,神色极度阴沉,道:"我们都已受伤,就算再撕咬下去,也无论如何凑不够七人之数。不如我们杀进城去,那里边健康人多,以一换七也足够了!"

那些伤者一阵厮打抓咬,已是精疲力尽,心力交瘁。听到他这么一说,大家都觉有了希望。面面相觑之下,刚才反目的亲朋又渐渐坐到一处,一些人还点燃了火堆,商量着杀进城去的办法。

一人问道:"我们这里不过三百来人。城内兵民大概三千有余,是我们的十倍不止,又有弓箭手把守,哪能说冲就冲得进去?"

都事冷冷一笑:"刚才那个杀蛟神的重犯从城墙上一跃而过,我们当然也可以。"

村民问道:"那人有妖术在身,我们怎么行?"

都事似乎很不屑那人的说法,道:"他有妖术,我们可以有机关。我刚才想过,若伐竹做几座简单的抛石机,将重伤之人抛入城内寻机咬人,然后我们在这边高呼'咬伤七人即可治病'的话,那些被咬伤的人必定人心惶惶,攻击身旁的人。此刻,我们抛入的人只要不死,就可以趁乱打开城门放大家进去。"

村民疑惑地抬头看去,火光月影之下,青黑的城墙显得高大异常。村民犹豫道:"城墙少说也有一丈高,把人从抛石机上扔过去,只怕还没有咬到别人,自己就已经摔死了。"

那都事有些不耐烦,挥手道:"生死关头,当然要有人作出牺牲。只要有一人恰好落在墙头官兵的身上,大家就都得救了,死几个人又有何碍?"

村民七嘴八舌道:"那谁愿意去?"言罢都把眼睛放到别人身上乱转,心中默默祷告千万不要选到自己。

　　那都事冷笑道："现在是由不得大家了，来人啊……"他一呼之下，以前那些旧部又重新拿起兵刃，站了出来。那都事似乎很是满意自己的领导力，颔首一笑，而后深吸一口气，高声道，"所有村民在本座督押下抽生死签，若有不从，立刻斩首！"

第十四章
❧ 将军鸾台接紫云 ❧

说是抛石机，不过是在城墙下的一块岩石上放了一根略粗的杠杆。一端站着被抽中的村民，另一端并排站着三个身材魁梧的官兵。第一个被抽中的村民站在杠杆一头，低头往脚下望去，只觉脚下颤颤巍巍，头晕目眩，哪里还站立得住。他身子一矮，正要滑下来，两柄钢刀立刻架到了他脖子上。

村民立刻哭道："饶了我吧，我宁愿在城外等死。我老婆病得很重，这里两个孩子只靠我照顾……"

那都事看着他不住哭喊，手上一沉，那村民的脖子上立刻多了一道血痕。那村民的哭声立刻宛如被强行噎在了喉咙里一般。

相思心中大为不忍，正要上前一步说些什么，杨逸之伸手拉住了她的衣襟。相思回头，只见杨逸之向她轻轻摇头，示意绝不可上前。他温煦的眸子中透出坚定的神光，相思一时为之所慑，不敢再动。

那都事阴阴道："你既然也有家小，正该想到若是打开了城门，大家都有了活命的希望。为了大家，个人总要作出点牺牲……"

他唰地收回刀，向着浑身颤抖的村民一拱手，冷笑道："这一礼，算是下官为英雄送行，保重！"他话音甫落，向那三个官差使了个眼色，三人齐齐往上一跃。只听轰的一声，他们脚下那竹竿立刻裂开数道深隙，那一端的村民大声惨叫中，如断线的风筝一般，被远远抛了出去。

下面的村民也是连声惊呼。只见那村民的身体在空中一折，宛如一块石头，向城头沉沉砸下。只听咔嚓几声碎响，那人的身体撞在城头的砖石上。粉尘飞扬，一股鲜血飙出，他还没来得及惨叫就已经没了声息，身体在城头一顿，便向地下滚落。

下边的人有的已经不忍再看，捂住了脸。他的家属亲友更是痛哭出声。

突然有人惊呼道："呀，他还没死！"

众人抬头看去，只见那人的身体正好被衣角挂在了城头的一块断砖上。那人原本并未气绝，被这劲力拦腰一阻，又醒转过来，只是似乎全身的骨骼都已断裂，宛如一摊烂泥般挂在城头宛转哀号。

"成功了！"那都事脸上露出一片喜色，他向那人高喊道，"爬上去，爬上去！"

那人身子哪里还能动弹，只得将头颅在空中不住乱转，满脸鲜血，五官都因剧痛而扭曲，身子宛如孤叶，在空中荡来荡去，看上去真是恐怖至极。

正在这时，城头倏地冒出了一队守兵。他们也不问话，手起刀落，如切瓜剖豆般向那人砍去。可怜那人的头手躯干立刻被砍作数段，纷纷扬扬地向城下滚落，而中间那截残躯还稳稳挂在城头，宛如一面血肉旗帜，在夜风中飘荡。

一股浓重的血腥之气弥漫在城墙上空，连墙头上方那道冷冷的残月似也被染得微红。

那都事破口大骂，一时也顾不得其他，用刀指着另一个抽中的村民，让他爬上杠杆。那村民早就吓成一摊烂泥，躺在地上，无论如何踢打也不肯起来。

相思不忍再看，回头向杨逸之、小晏道："事已至此，你们真的无动于衷？还不出手阻止？"

她一回头，就看到小晏闭目盘膝而坐，周围的夜色都被一道浑圆的紫气隔开。淡淡紫烟从他身后逸出，似乎正在极力封印紫石的伤口。然而，他脸上毫无血色，似乎真气运转仍不能如意。

相思心中一怆，道："殿下身体尚未复原，更要为紫石姑娘疗伤，的确无暇出手，但是杨盟主你呢？"

　　她语气虽然强硬，但清冷的眸子在夜幕中莹若星辰，满是期待哀求之意。

　　杨逸之叹息一声，道："相思姑娘，这曼荼罗阵之意你还没有看透吗？"

　　相思答道："我是看不透杨盟主的心意。"

　　说者虽然无心，但这句话竟让杨逸之长久无言。

　　"我的心意？"他自嘲地一笑，将目光挪开。

　　她已忘记了一切，可他还记得。又如何去说他的心意？

　　只剩怅然。

　　相思却浑然无觉，追问道："难道你没有一点怜悯之心？"

　　杨逸之注视了相思片刻，嘴角浮起一丝无可奈何的笑意，将目光移向远方，道："自入阵以来，恶事不断，而共同之处就是我们的有为之心。"

　　相思道："何谓有为？"

　　杨逸之道："我们越想改变曼荼罗阵中之事，却越引得事情恶化。而且一切事件都由我们自身的某一种情绪引动。我想，这正是曼荼罗阵的用意所在。"

　　相思怔了怔，抬头道："可是我们已经走出了曼荼罗阵，这里是朝廷云南省顼魍县。"

　　杨逸之摇了摇头："顼魍治县，正是虚妄之县——我们还在阵中。"

　　相思讶然无语，过了良久才道："这样说来我们只能任由他们残害村民了？"

　　杨逸之道："曼荼罗阵亦幻亦真，亦虚亦实，我也不能完全领悟其中奥义。现在唯一能做的，就是静观其变。"

　　"进去了！"城墙下的村民突然高声欢呼，墙头上却是一片骚乱，惨叫连连。几个守兵厮打间宛如碎石一般从墙头跌落。村民在这边执着火把齐声大喊："日出前咬伤七人就能痊愈！""快放我们进去！""打开城门！"

　　熊熊火光之下，村民们病态的脸上都显出一股妖异的红光。又过了一会儿，村民们的喊声小了下去，城内的骚乱也渐渐平息。村民们的心情又沉重起来，也不知那边发生了什么。

城头上突然探出一双鲜血淋漓的手，接着一个人扒着墙头站起身来，隐约可以认出正是那个守军头领。他披发浴血，满脸凶光，在刚才的混乱中已经受伤。

都事仰面高喊道："我们都是同道中人，赶快放我们进去！"

那头领嘶哑着声音道："放你们进去？我们有今日全拜你们所赐！何况放了你们，还要和我们抢治病的药人。现在离日出的时候已经不远，我们要进城去找药人治病，你们这群狼心狗肺的东西只配在城外等死！"

他言罢，猛一挥手，一具被剁得毫无人形的尸体骨碌碌地滚落下来，虽然看不清面目，但大家都猜到就是刚才那个被抛入城中的村民。众人心中一凛，只听脚步之声渐远，似乎那群守军弃了城门向城中而去。那都事气急败坏，指着城门一顿臭骂。其他村民知道获救无望，纷纷坐在地上呼天抢地，痛哭不止。

那都事突然止了骂，转身喝道："都给我闭嘴！现在城门虽然关着，但城头弓箭手已不在，区区一扇门板岂能挡得住我们？来人，给我撞！"

他一呼之下，大家顿觉有了救命稻草，疯狂地冲了过去，肩顶头撞。后边的更是无头无脑，照着前面人的身体一顿乱推。众人山呼海啸，撞得城门嘎吱乱摇。

小小偏僻郡县，又非金城汤池，哪里禁得住几百人这般乱顶乱撞？只十余下工夫，城门就被撞出了一条大缝。都事又带领手下官兵刀斧齐上，一阵猛砍，顿时开出个一人高的大洞。村民们你拥我挤，冲了过去。可怜一些老弱还不待病发，就被踩踏成了肉泥。

城内一片死寂，灯火暗淡，哪里像有人烟的样子。众村民好不容易拼死进了城中，却半个人影子也没看到。加上这时毒血攻心，众人狂性触发，皆是爪牙俱张，面露狰狞，向四周乱望乱嗅，欲要找人咬食。

都事一指南方，冷笑道："刚才那些人往城中祭天塔方向去了，县尹和城内村民必定躲在那里！"

祭天塔是城内居民每年除夕祭祀诸神的地方。说是塔，实为一方高台，地面到台顶有十余丈高，只一道极窄的阶梯可通。台顶呈正圆之形，平整广阔，可容纳两千余人。四方围墙巍峨，沿边分布着九处哨塔，内储弓箭粮食，易守难攻，的确是危难之时的最佳藏身之处。那都事平日执掌全县军务，这些岂能不知？那些村民此刻毒血攻心，神志已乱，心中无非咬食生人一念，哪里还有别的主意，自然是唯都事马首是瞻。片刻间，一行人浩浩荡荡，向着祭天塔而去。

杨逸之等人亦尾随都事一行来到祭天塔下。

只见一座十丈高台巍峨耸立，台顶一根合抱粗的石柱又高十丈，直刺入茫茫夜空。柱顶栖着一只硕大的青铜飞凤，高踞群星之中，做仰天长鸣状。柱身"通天柱"三个隶书大字在星光下青光粼粼。台柱相加二十丈有余，通体石质，恢宏异常。休说在这等瘴毒蛮荒之地，就算放到中原都会，也堪称一时奇观。

台上火光熊熊，呼喊声不断。天台上的守兵正从台顶哨岗处往下抛滚石。台下那群本来守卫城墙的弓箭手正在头领的命令下向台上放箭。

由于天台太高，羽箭能射到台上围墙之内的不到一半，而那些滚石却毫不留情，几下就将弓箭手的队列砸了个七零八落。那守军头领手足都已受伤，一面破口大骂，一面亲自抢过弓箭往上乱射。都事见状哈哈大笑，直迎了上去。头领猛地转过身，漆黑的箭尖正对准都事的胸前，怒目道："你敢戏弄我？"

都事笑意不减，伸手轻轻挡住箭尖，道："大人不要误会。大人也看到了，敌人有地利之势，武备强劲，不是那么容易制服的。为今之际，只有你我二人联手，将高台上的村民一个个赶下来。"

那头领犹疑地看了他一会儿，道："你有什么办法？"

都事笑道："大人附耳过来。"

头领警觉地往后退了两步。

都事大笑道："你我都已受伤，难道还怕我趁机咬大人的耳朵？"

那头领犹豫片刻，终于将手中弓箭放下，凑过头去，道："快说！"

都事颔首微笑，低头做出耳语的样子，伸出右手往那头领肩上轻轻拍了几拍。他的手势突然一变，五指正落到头领的颈椎骨上，手腕用力一翻，已将头领的身体生生扭过来。

那头领反应过来，已然中计，暴怒之下欲要挣扎，无奈穴道被制，动弹不得，只有张口大骂，将都事祖宗十八代都问候个遍。

这一下变化兔起鹘落，那群弓箭手大惊之下竟不知如何是好。正在此刻，都事轻一挥手，手下兵士呼喝一声，挥刀向弓箭手扑来。都事的亲兵本来个个心狠手辣，如狼似虎，何况弓箭手一旦被近了身，就只能任人宰割。只片刻工夫，刚才那群甲胄鲜明的弓箭手就被屠戮了个干净。那头领亲眼见其惨状又无可奈何，只得狂骂不止。

都事见台下的人已杀尽，阴恻恻地在那头领背后一笑："围攻祭天塔是冒犯神明的事，只好用你和你的手下祭旗了。"手上一紧，只听一声骨骼碎响，那头领头颈之间的皮肉筋骨竟然被他生生撕开。头颅骨碌一声跌在尘土之中，鲜血喷溅在尘土中，足有丈余。

都事一手拎着无头尸体，一手夺过尸身手中弓箭，仰面对台上喊道："你们已经无路可逃，若乖乖走下来做药人还可以留个全尸，否则下场就和此人一样！"

台上一阵惊呼。围墙上火光大盛，一群官兵护拥着一个中年文官来到围墙边。那中年文官峨冠博带，长须飘洒，站在城头向下沉声道："李安仁，你家历代深受圣恩，本官平日也待你不薄，想不到此刻你居然鼓动愚民带头造反，天理良心何在？"

李都事冷冷一笑，道："县尹大人，如今瘟疫当头，不是你死就是我亡，这些天理良心，大人还是收起来的好。"

县尹道："亏你也曾受圣人教化，居然相信咬人治病的无稽之谈！古往今来，从未听说能靠传病给旁人治病的。彼此撕咬，除了多造罪孽之外还有什么好处？说是以一对七，实际多半咬足了七人后又被其他人咬伤，于是要再找七人。如此往复，永无止境，最后只能同归于尽，一人也不能逃脱！李安仁，你平时虽心术不正，却狡诈多智，怎么会受了这种谣言的蛊惑？"

李都事大笑道："县尹大人身在高处，当然侃侃而谈。须知这些道理对于我们这群要死的人而言毫无用处。我只问大人一句话，是下来还是不下来？"

县尹怒道："李安仁，你不但丧心病狂，而且不知天高地厚。你以为凭你区区几人，真能攻破天塔？"

李都事恻恻狞笑，将手中尸体抛开，伸手从旁人手中夺过一支火把，搭上长弓，倏地一箭向县尹射去。那火把虽然沉重，但来势比刚才的羽箭更快，瞬间已经到了县尹眼前。

县尹身旁侍卫大喝道："大人小心！"也顾不得冒犯，将县尹的身体往下一按，两人一起趴到了地上。火把挟着破空之声从两人头顶擦过，落在台顶上。

李都事虽然一击不中，却丝毫不见丧气之意，反而笑得更加猖狂。原来，台顶本为祭祀之用，常年在地面上堆积着一层厚厚的苞茅。台顶风吹日晒，苞茅早已干透，一见火，顿时熊熊燃烧起来。

县尹大惊之下，立刻下令灭火。台上村民七手八脚，好久才勉强将火扑住，但青烟仍袅袅不息，一经夜风，随时可能复燃，众人心情都变得极为沉重。

这些苞茅年年累积，已有半人厚，就算现在立刻往台下抛弃也是来不及了。李安仁久参县内机要，对这些情况了如指掌。他射入一支小小的火把，台上就几乎不能控制，若万箭齐发，这天台只怕立刻就要变成火海，村民高居天台上，更如瓮中之鳖，无处逃生。

李都事挥挥手中长弓，命令手下人都以火把为箭，虚然相对。他一面狂笑，一面伸出五指倒数。

澄碧的月光垂照而下，将他渐露狂态的脸映得阴晴不定，众人的心也在这一声声倒数中越来越沉。

相思突然回过头，注视着杨逸之道："杨盟主，你说的虽然有道理，但是我决不能眼睁睁看着数千人被活活烧死在台上。就算明知是幻阵，就算会触动更大的凶机，我也不能坐视不理。"

杨逸之点点头，道："好，那我们一起到台上去。"

相思惊喜地道："你同意了？"

杨逸之默默看着她因喜悦而红晕飞起的脸颊，心中微微一痛。

她抬头看着他，神色有些固执，有些冲动，却也如此纯粹，宛如一个初涉人世的少女。

在曼荼罗阵中，正是她一次次触动更凶险的杀机，但没有人责怪于她。至少杨逸之不会。他早知道她会这样。从塞外初见至今，她从未改变，永远只凭着自己最本心的善良行动，从来不会去计算得失成败，去衡量最大的收益，但这绝不是因为她幼稚、不通世故，而是因为她有自己的思想、自己的坚持。

在她心中，每个人都是珍贵的。善意本来就不需计算，也不能计算。

杨逸之望着她。两人对视的目光中似有纤尘泛起，开启了很多他刻意尘封的往事。月影变幻，他脸上也笼罩上一抹难言的忧伤。良久，杨逸之轻叹一声，道："曼荼罗阵中，本来就无对错可言，救是执，不救也是执。"

"那……殿下……"相思转身看着小晏。他气色已略为恢复，怀中紫石也陷入了沉睡。

小晏对相思淡然笑道："虽然劳顿，但还能勉强带着紫石上得这座石台。"

这时，李都事已经倒数到了"一"。几人相视片刻，身形跃起，几次起落，已宛如数道星光在暮色中一亮，轻轻到了台上。

几乎在同时，听得李都事一声暴喝："放箭！"

一时火光乱飞，宛如流星。

杨逸之轻轻推开相思，挥手间，一道光幕从掌心张开，将数十支飞至的火把弹落。

火光纷纷扬扬，坠落到暗黑的高台下。

县尹见来了救星，脸上露出一丝喜色："多谢几位大侠相助。"还不待几人答话，已转过身，脸色倏地一沉，对台上的守军道："立刻放箭，放滚石！"

那些守军岂敢怠慢，一时间弓箭滚石乱落如雨，向台下诸人砸去。李都事见半路杀出几个程咬金，不禁又惊又怒，一面后退，一面命令手下兵士就地寻找掩护。只苦了那些手无寸铁、来不及躲闪的百姓，被砸得头破血流，惨叫不断。

相思皱了皱眉头，正想求县尹手下留情，李都事已循着滚石落地的间隙，让手下绕着天台分散站立，寻机向台上放火箭，这样既能分散杨逸之的注意，也更易躲避滚石。如此几番来回，虽然在杨逸之和小晏的联手阻挡下，火箭没有一支能够落到台上，但天台上的滚石弓箭已快要告罄。而李都事手下的原料却是源源不断，又催逼几队村民就近砍伐竹竿，更从附近民居中搜罗出几大桶松油膏脂，就地制箭。弓箭手也分为两队，一队围射，另一队则退后休息，似乎要等到天台上的人体力不支再行动。而那些村民也面露狂态，循着唯一的阶梯往上攀爬，前仆后继，丝毫不惧上面的刀斧阻挡。

又过了近一个时辰，相思怕杨逸之过分劳累，于是也起身帮忙抵挡空中的火箭。其实她出手之间，往往将杨逸之张在台顶上空的光幕打乱，杨逸之反而要花出更多的心力随时弥补，然而她一片真心，杨逸之也不忍拂其美意。

就这样火光冲天，喊声动地，县尹和李都事更是杀红了眼，恨不得把对方从十丈开外直拽下来，食肉寝皮。正在难解难分之时，众人头顶通天柱上突然传来一声长啸："都给我住手！"

第十五章

❦ 一梦繁华成灰土 ❦

一道狂猛之力从塔顶直贯天地，整个天台似乎都在不住地颤抖。天地顿时沉寂，不敢有丝毫动作。只有山峦雌伏，回音隆隆不止。

众人战栗之下抬头仰望，只见一人傲然立于天柱顶端凤翼之上，一身青衣尽染血迹，身后长发如墨云一般在夜风中猎猎扬起。

来人左手提着一物，遍覆金鳞，大如栲栳，万道金光从他手中直泻而下，宛如提着一轮浴火的烈日。待到众人目中刺痛渐渐平复，才看清那物通体浑圆，上有三对犄角，如白虹倒悬，寒光粼粼；一双巨眼宛如酒盏，虽已合上，却突出眼眶足有三寸，眼皮覆盖下仍觉碧光流转，森然不可逼视；颔下数百道红须长约丈余，迎风乱舞，狰狞至极。

虽谁也没有见过此物，但已能猜出这就是本族历代供奉的神明大蛟神的头颅。

传说中千年修行、已是真龙之体的大蛟神的头颅居然被此人砍下，提在手中！

无尽的夜色宛如斗篷一般在那人身后飞扬变幻，周天星辰似乎都已暗淡无光。众人如见传说中魔君临凡，喉头顿时被无形之物哽住，连惊叫也不能。猩红的鲜血沿着天阶向台上滴滴洒落，沾湿台下诸人的衣衫，但他们仍觉宛在梦幻，无论如何也不敢相信这一切是真的。

"先生！"相思的一声惊呼在寂静中显得格外清晰。

卓王孙似乎看了她一眼，又似乎没有，只缓缓提起手上的龙头，沿着天阶一步步向下走来。他的声音宛如天雷阵阵："大蛟神已被我斩杀，一切天罚之说皆为虚妄！"

原来，瘟疫之根源本起于喜舍人体内积蓄的瘴毒。喜舍人的身体化为烟尘之后，瘴毒随风散入河流，凡在河流中饮水者皆被此难，而取用井水的村民则侥幸逃脱。大蛟神颅内元丹可抗此奇毒，乃是唯一解药。

卓王孙已经走到了天柱底端，轻轻一掌扣在龙头颚骨上。龙头巨口一张，一股腥血喷涌而出，内中夹杂着一粒幽蓝色的珠子。

卓王孙拂袖将腥血激开，内丹握于掌中，转身对小晏道："殿下，这粒内丹正好可为紫石姑娘治伤。"

他手腕一沉，那粒内丹裹在一团紫气中，须臾已传到小晏手上。还未待小晏答谢，天台之下的村民突然大喊道："两位公子，救我们一命！"言罢齐齐跪了一地，磕头如捣蒜一般。

卓王孙对小晏道："殿下，这粒内丹若直接给紫石姑娘服下，自可马上痊愈，若分给众人，则仅能封印体内尸毒四十九日，其间一旦再被咬伤，尸毒将立刻发作，毒气运行全身，再无可救。内丹已在殿下手上，到底如何处置，全在殿下一念之间。"

小晏略略沉吟，台下哭声、祈求之声已乱成一片。小晏叹息一声，缓缓道："诸位请听我一言。"此话一出，天地间顿时寂静下来，再无其他声音。

月色宛如浸了蜜的牛乳，从广漠的穹庐之巅缓缓流泻而下。夜风微振着他的紫袖，那粒幽蓝的内丹就被他修长的手指托起，轻轻旋转着。

小晏道："事情缘由，卓先生已经向诸位讲明。这粒内丹，就分给诸位。"

还不待他说完，下面已是欢呼雀跃，一片喧哗，哪里还想听他后边说什么。小晏眉头微皱，待人声渐息，继续道："尸毒暂且封印之后，为了诸位，也为了我的这位同伴，在下自会庶竭驽钝，找出彻底根治的办法。但是诸位也必须保证，得到内丹之后，一定请静心休养，反思己过，绝不可再互相撕咬。诸位俱出身礼仪之邦，自然知道'己所不欲，勿施于人'的道理。"

下面早已等得着急，只待他说完顿时诺声连连，有的更已泪流满面，痛陈己过；

有的则叩头打躬，说小晏恩重如山，乃再生父母；有的哭诉自己也是为人所迫，逼不得已；有的指天赌咒，发誓决不再伤人。

小晏轻叹一声，紫袖微动，一团淡紫的真气从他袖中凝形而起。那粒幽蓝的内丹就在紫气内飞速旋转，片刻之后，无声无息地散开。中心那团蓝光随之化作一片尘雾，从十丈的高台上飞洒而下。

台下村民仰面瞪目，彼此推挤，都巴不得那些飞尘只落在自己一个人头上。一些老弱伤病的村民被挤在地上，嘶声惨呼。

小晏回头对县尹道："既然他们体内的尸毒已经封印，县尹大人也可以领着高台上的村民下去了。一来台下村民半数有伤在身，缺衣少食，正需要县尹大人赈济；二来台上村民也劳累了整整一夜，应当休息了。"

县尹看了看台下，颇有些犹豫，对小晏道："这位公子虽然替他们封印了体内尸毒，但他们丧心病狂，损人利己之心已入骨髓，不是一时半会儿改变得过来的。"

小晏默然了片刻，道："无论如何罪大恶极之人，只要有一念自新之心，就应该给他们一个机会。何况台下村民许多原本是台上诸君的亲友邻朋。"

他此话一出，台上村民触动旧情，更兼兔死狐悲之感，已是呜咽声一片。

县尹沉思片刻，挥手道："打开天梯通道。"

台上官兵举刀持戟，先下了天梯，站在两边护卫，不久村民鱼贯而下。县尹随后也由一队官兵簇拥下来，站到杨逸之身边。台上台下的村民先远远互相观望，过了片刻，终于忍不住遥遥对泣。而后几对夫妻忍不住拨开守卫，冲上前去抱头痛哭，又过了一会儿，父子、母女、姑嫂终于也忍不住上前相认，台下哭声顿时响成一片。

相思似乎也为村民们劫后重现的亲情所感动。她感激地望着小晏，但小晏的脸色极为沉重。紫石在他怀中沉睡，额上爪痕青郁而狰狞，似乎随时可能从她苍白的额头中突破而出。

小晏紧紧握着她的手，脸上大有不忍之意。

突然，村民中有人惨叫了一声。一个女子疯狂地从丈夫的怀中挣脱出来，她脖颈之上赫然是一个深深的牙印，鲜血顺着她白皙的脖子流淌到衣领上，已成了墨黑色。她的瞳孔在月光下急速地收缩着，似乎承受着极大的痛苦。继而，她的全身如被电击般剧烈抽搐起来，一头扎进地上的泥土里，哀号了几声，就已气绝。

众人还未明白怎么回事，那群村民又开始疯狂地彼此撕咬起来。相思大惊之下想要上前阻止，可数百人一起疯狂撕咬，惨叫震天，凭她哪里制止得了？

小晏没有抬头，默默注视着怀中的紫石，眉头徐徐皱起，低声道："无可救药。"

他一拂袖，站直了身体，袖底无数道银光瞬时就如水波般在他身边环绕开去。森寒的杀意瞬时笼罩住整个广场。

然而，还没待他出手，卓王孙不知何时已无声无息地来到那都事身后，随手一指，抵住他的后颈。

李都事虽一直暗中注视着卓王孙的举动，但真到了他出手之时，休说躲避，连看也不曾看清分毫，只感到随着这颈间一指，无比森然的寒意已浸透骨髓。

相思先一惊，随即似乎看出了什么，恍然大悟道："是你鼓动那些人再次互相撕咬的？"

李都事冷笑道："是他们自己相信那咬人的鬼话，与我何干？"

小晏眼中透出浓浓的哀悯之色："想来你刚才对他们所说，必是'尸毒已被封印，就和健康人无异，若咬足七个即可病愈'之类的话语。可叹这寥寥几字就能让他们出尔反尔，六亲不认。"

李都事道："人本来就是出尔反尔、六亲不认的，否则又怎会受我的蛊惑？"

相思一时语塞。

小晏上前几步，环顾周围，长叹道："只是想不到，我舍弃了让紫石痊愈的机会，却不过让他们重新得到了合适的'药引'。而你其实并未中毒，鼓动村民自相残杀，却又是为了什么？"

李都事重重冷哼一声，道："我不仅可以告诉你们这是为什么，还可以教给你们终结这场灾难的唯一方法，只不过……"他瞥了一眼众人，"我要站在我身后那位公子向我保证，不动我一根汗毛，也不让你们几位中任何一个伤害于我。"

卓王孙道："讲。"

李都事抬头望着站在杨逸之身旁的县尹，眸子中寒光迸射，阴阴道："县尹大人，你还认得我吗？"

县尹一怔道："李安仁，你莫非也失心疯了？你李家三代全在本县为官，本官岂会不认得？"

李都事冷冷一笑，道："可是我本该姓齐的。"

县尹脸色顿时一变，怔了片刻，颤声道："难道你是齐云栋的儿子？"

都事大笑道："县尹大人没有想到，自己眼前居然上演了一场货真价实的'赵氏孤儿'吧？"

县尹脸色阴沉下来，道："李麒一生碌碌无为，且和你父亲并无深交，那时候居然肯用独生子换你。这个程婴本县可当真是看走了眼。然而，当时你父亲里通外国，犯上作乱，被判凌迟之刑，罪及九族，满门抄斩，这些都是圣上的旨意，与本官何干？更与项魃县百姓何干？何况二十年来本官待你不薄，委以重任，你报复本官一人也就罢了，竟然想要杀死满县百姓，连老弱妇婴都不放过，何尝不是忘恩负义、丧心病狂！"

都事冷哼一声，似要开口，又最终露出不屑置辩的神色，只低声道："县尹大人和全县百姓当初如何对我齐家，各人心中有数，又何必多言？"他突然抬起头来，眸子中全是阴鸷的笑意，"何止老弱妇婴？我当初发誓要整个项魃县鸡犬不留！县尹大人，其实里通外国、犯上作乱的是你。这十年来，你一直暗中从暹罗一代搜集军火，并耗费十年心血修筑祭天塔，名为祭神，实际上却在塔中储存军火粮草，意图拥兵自重，占城称王。而大人的这些举动，莫不在我参与之下。"

县尹脸色更加难看："只怪我养虎为患。"

都事道："当初祭天塔也是我为大人设计兴建的，而大人所不知道的是，我在塔中留下了一条可以随时引爆整个祭天塔内火药的密道。而密道的机关就在通天柱顶的青铜飞凤口中，只用轻轻转动丹凤口中铜环，左三右四，然后天地间一声轰然巨响……"他双目中狂态毕现，双手在嘴边做了个吹灰的姿势，继而大笑不止，仿佛已经看到了项魈县灰飞烟灭的一幕。

相思惊道："你所谓解决的办法就是将塔内的火药引爆？那这全县百姓……"都事突然止住狂笑，阴阴截口道："自然是一个都跑不了。自从此塔完工，我一直伺机在祭奠之时引爆机关，一网打尽。可惜三年来，每到关键时候，总有漏网之鱼。所以我一直苦等，这次瘟疫真是天罚项魈县，赐我良机。这塔周围本有数丈宽的护城河，我来的时候已经暗中派人将唯一的吊桥毁掉了。这些火药足足可以夷平整个项魈县，真是应了我当初鸡犬不留的话……"

他说到此处，又忍不住一阵狂笑，全身都抽搐着，连腰也直不起来了。那凄厉的笑声夹杂着旁边村民渐渐低下去的惨叫厮打之声，直令人毛骨悚然。

突然砰的一声巨响，都事的笑声宛如被生生扼碎在了喉头。他难以置信地望着对面的县尹，双眼简直要突出眼眶，胸前多了一个深深的血洞。

县尹站在夜色中，博袖迎风飘扬，脸上看不出丝毫表情，手上一支佛朗机火铳正冒着缕缕青烟。

都事身体僵直，向后倒去，双手狂乱地在空中撕扯着。卓王孙微一侧身，都事便重重地倒在地上。他死死盯着卓王孙，脸上肌肉抽搐不止，似乎还想挣扎着坐起来，但用尽全力，也只能从嗓子中迸出几个模糊的词句："为什么……不救我？"

卓王孙淡淡道："我只曾答应你，不让我们几人出手杀你。"

都事嘴动了动，刚想说什么，头一歪，已经绝了气息。

那县尹走上前，将火铳抛在尸体脸上，冷笑道："你既然知道我这十年一直收买军备，却想不到我随身带着火铳，实在愚不可及，死有余辜。"

137

他脸上的冷笑一闪而逝，随即又恢复了笑容，转身对卓王孙道："多亏几位侠士相助，元凶已被本县当场正法。只可惜这项魖县上千百姓的性命，却是无能为力了。"

卓王孙淡然道："这样说来，县尹大人也赞同引爆机关？"

县尹重重叹息一声，低声道："项魖县虽地处边陲，但上下一心，礼让友爱，安居乐业，乡亲父老更视本县如父母一般。如今若能以我一人性命换全县平安，本县万死不辞。然而事已至此，为了不让疫情扩散，危及邻邦，也只能行此下策。"

相思断然道："万万不行！那些染病的村民并非毫无治愈的可能，何况其间可能有不少没有感染的村民，事关几千条人命，岂能草率？"

县尹皱眉道："这位姑娘，请你转头看一看！"他拂袖一指那群奄奄一息的村民。他们中绝大多数已经毒发，目光散乱，满脸狂态，全身不停打着寒战，口角涎唾横流，或坐或卧，在淌满鲜血的地上蠕动着。有些就近趴在那些浑身黑血、面目狰狞的尸体上，机械地撕咬啃噬。他们肿胀的两腮抽搐般鼓动着，似乎只有当嘴里咬着血肉之时才能暂时平静。一时间，祭天塔下广场内尸体彼此枕藉，而更多的伤者就如行尸走肉一般，在血污中挣扎撕咬。夜空中不时传来人齿撕裂筋肉、啃刮骨骼的声音。火光照在诸人脸上，真是如地狱变相，恐怖至极。

相思含泪看着他们，终于低头不忍再看。县尹沉声道："这哪里还有人在，不过是一群行尸走肉！让他们早一刻解脱，就是最大的慈悲。"

他见相思默然不语，于是转头对卓王孙道："机关发动之后大概还有一刻时间，以几位的武功，全身而退并非难事。而本县一介文官，性命全仗几位侠士相救。事毕之后，本县自会呈请圣裁，一切罪过皆由本县一人担当，与诸位无关。"

卓王孙淡淡一笑："县尹大人倒是深明大义。"

县尹面不改色，一拱手正要答谢两句，卓王孙突然伸手往他背上一带，两人的身形顿时冲天而起，几次起落后，已到了通天柱顶凤翼之上。县尹反应过来时，身体已在十余丈高空，周围寒风凛冽，天穹几乎触手可及。饶是他素来镇定，此刻也惊得面

138

白如纸，矮身蹲在凤翼上，双紧紧抓住凤颈，喘息不定。

卓王孙微哂道："左三右四，请县尹大人发动机关。"

县尹看了看卓王孙，强行止住怒意，一咬牙将手伸入凤口中，飞速地转了几转。只听锵然一声响，如凤鸣九皋，金声玉振，在夜空中远远传开去。几乎在凤鸣同时，两人宛如孤云一般从塔上飘落，片尘不起。卓王孙挥手在步小鸾腰上轻轻一带，道："走。"

一行人纵身而起，去势极快，几个起落已过了天塔下的护城河，片刻过后已到了城门。几人在城墙上立定身形。就在此时，一声轰然巨响冲天而起，熊熊火光染红了整个天幕。远远看去，天空青紫金白，变幻不定，无数碎屑在空中乱飞。苍穹嘶吼，大地震颤，山峦回响，一阵阵灼人的热浪铺天盖地而来，身离天台好几里开外也能清楚地感到。

县尹勉强站直身子，脸上却毫无血色。那巨响一声接着一声，越来越烈，县尹的脸色也就越来越沉。

步小鸾看着漫天火光，也有些沉默。她虽天真无邪，不知人间苦乐，但也从众人的沉默中感到了一丝悲凉。她抬头，看到县尹哀痛的脸色，讶道："这位叔叔，你逃出来了，为什么不高兴，反而害怕呢？"

卓王孙淡淡道："这位大人不是怕，是心痛自己的火药。"

火光之下，县尹的脸似乎有些发红，他回头一拱手，正要说些感谢道别的话，突然，一团火光鬼魅般地扑来，他只觉额头一热，接着一种刺骨的疼痛直渗脑髓！

步小鸾惊叫道："火狐！"

县尹大骇，伸手往额头一抹，掌心顿时多了一摊腥黏的黑血。步小鸾凑到他面前，大叫道："叔叔，你怎么啦？你头上的爪印……"

县尹突然疯狂地向步小鸾扑过去。步小鸾大惊之下竟然忘了躲闪，被抓了个正着。那县尹死死按住她，张开森然白齿就向她脖颈处咬去！

只听噗一声闷响，卓王孙一掌正击在县尹天灵盖上。

他此击毫不留情，县尹还未来得及吭声，天灵盖至全身的骨骼就皆在这一击之下裂为齑粉。卓王孙轻一拂袖，尸身便直直向项魋县城内跌落。

相思惊呼道："先生！"

卓王孙默然遥望城内熊熊火海，抱起步小鸾，用衣服将她紧紧裹住。

相思讶然道："先生，你是要去哪儿？"

卓王孙道："跟着那只火狐。"

第十六章

🦋 天地浮生自芸芸 🦋

清晨，林间起了一层厚厚的雾气，宛如张开了一面无边无际的罗帐，将整个丛林盖得严严实实。一行人只走了几步，回望时，身后已然移形换景，来路再不可见，只有青白的山岚层层叠叠，氤氲升腾。

一个时辰后，雾气薄了些，四周的景物渐渐凸现。山路突然中断，一道泉水从地底岩罅中汩汩流淌，横亘眼前。空中几缕微弱的晨光仿佛被这道泉水硬生生地阻断，泉水这面云雾蒸腾，霞光渐盛；那一面则是一片深洞般黝黑的密林，郁郁森森，一眼望不到边际。

走入密林，才发现这里的树木并不十分高大，只是藤萝粗壮异常，蜿蜒盘旋，将树干紧紧裹住。有的简直已嵌入树干，从树心将树皮向外撑起，不像藤蔓，倒像是大树的血脉。树皮紧绷着，极为单薄，似乎随时会破裂，而树皮下盘绕的藤蔓似乎具有鲜活的弹性，正随着某种不可知的韵律在微微搏动着。

几人在这片莽林中历事甚多，本应见怪不怪，但这片树林不知为何有一种说不出的诡异。林中不时旋起股股寒风，带着冰冷的晨露坠落在众人身上。四周寂静得出奇，他们却似乎能感到空中、地底正传来一种强健的律动之音，宛如这些苍老树木的心脏正在整齐划一地跳动。

紫石在分得大蛟神内丹的粉末后，渐渐清醒过来，身体却处在一种反常的亢奋中。她一言不发，独自走在最前边，而且越走越快，脸上始终笼罩着一层病态的嫣红。

别人还好，相思终于有些跟不上了，不时倚着树枝休息片刻，再加紧步子赶上去。

杨逸之看了相思一眼。她双颊绯红，似乎真的有些累了，却不忍拖累众人，一直咬牙坚持，跟在大家身后。

杨逸之止步，对卓王孙道："连日赶路，大家有些累了，不如在这里休息。"

自从几人进入曼荼罗阵以来，除了步小鸾在卓王孙怀中睡了几觉之外，其他人根本没有合过眼。相思虽然不说，实在已经心力交瘁。卓王孙略一沉吟，凭直觉已感到这片树林绝不简单。那些鹊突而起的藤蔓宛如一只只触角，在暗中窥探着这些不速之客，并在他们不注意的瞬间轻轻触摸他们的身体，乃至精确地渗入他们的大脑，探查其中运转的每一种思想。

若这片丛林也归属于曼荼罗阵中某个怪异的部族，那么其主人的力量必当远在无繁、喜舍、顼魃诸部之上。

卓王孙犹豫了片刻，最终还是让相思带着步小鸾到前方的一棵大树上休息。小晏在左边的树上看护着紫石，他和杨逸之则在树下轮流值警。

周围传来微弱的清香，并不是花香，而是树木生长时特殊的气息。或许连日操劳真的心力交瘁，或许这片树林有着某种秘魔之力，几人居然都在林中沉沉睡去。

他们是被步小鸾的惊叫吵醒的。

卓王孙睁开眼，就觉丛林中的阳光宛如利刃一般从树叶的缝隙直刺下来。看来已快到中午，周围的树林居然是彩色的，有的一树火红，有的金光灿烂，有的碧蓝如玉，这些五颜六色的树木笼罩在一层极薄的水雾之下，无数道彩光环绕流转，炫目生姿，美丽异常。

"有人……有人。"步小鸾在树枝上跺着脚惊叫。周围的树叶哗哗落下，宛如下了一场七彩花雨。卓王孙一皱眉。他刚才就算真的睡着了，真气也会自动探出，笼罩全场，其中若是有生命之物闯入，他必会警觉。哪怕一只蝴蝶也不例外，何况一个人？

步小鸾大呼小叫，却一点都不带恐惧之意，相反兴奋异常："快看啊，那里有一个小孩！"

众人沿着她所指看去，只见她所在的那棵大树通体呈深紫色，树顶倒垂下数根藤蔓，顶端挂着一个椭圆的藤球，远看上去仿佛一只巨大的紫色蚕蛹。蛹身下半段已经裂开，一个小孩的头颅从裂缝中倒悬出来，一双小手抱在胸前，而双腿似乎还被缠在蛹中。

那孩子两三岁，头顶还留着几寸长的胎发，在阳光下柔柔地披拂下来，微微呈金色。小孩肌肤白皙红润，眉目清秀，如初生的莲花，似乎是个女孩。她虽然倒悬在蛹中，却睡得十分安详，粉腮上带着红晕，在湿润的空气中微微呼吸着，仿佛对她而言，这才是最自然、最舒适的姿态。

步小鸾站在树枝上，高兴地挥舞着双拳，喊道："好漂亮的妹妹，叫她下来陪我玩嘛！"她虽然在对卓王孙说话，可眼睛半刻也没离开过那女孩的脸。

卓王孙从未见过步小鸾这种欣喜若狂的表情，觉得有些蹊跷，对步小鸾道："小鸾，你先下来。"

步小鸾出人意料地转身瞪了卓王孙一眼，大声嗔道："不要！"话音未落，她突然往上一纵身，伸手去抱那蛹中的女孩。

这变化来得太突然，众人一怔之下，步小鸾已如鬼魅一般跃到了藤萝上。她一把抱住小女孩的身体，身形想要往下落，却惊觉那女孩的腿似乎还被缠在蛹里，怎么也拔不出来。步小鸾死死抱住她，不肯撒手，两人的身体都被藤萝悬在树上，不住飘荡。

相思惊道："小鸾，放手！"

步小鸾不知从哪里上来了一股倔劲，一门心思地要把小女孩挣到手中。她也没学过千斤坠一类的武功，只用蛮力死死抱着藤蛹，将身子在空中乱荡，小脸挣得通红。

一瞬间，满天紫叶噗噗乱坠，天空仿佛都被染成紫色。

突然，一声诡异至极的声音从地底传来，竟然仿佛是无数人齐声呻吟。众人大惊的一瞬，卓王孙伸手摘下空中飘过的一枚紫叶，一弹指，紫叶划过一道彩弧，向藤蛹飞去。

啪的一声轻响，藤蛹上几道婴儿手臂粗的藤蔓被齐齐划断。一声惨叫从树根深处响起，声音极为凄厉，宛如就在耳畔，细听时又无处可寻。众人正骇然间，步小鸾和藤蛹一起向地面坠来。

“小心！”卓王孙正要上前接她，步小鸾的身形在落地的一瞬却突然变势，向旁边平平滑出，轻盈地落在地上。

她一手抱着女孩，一手扶着腰笑个不停，仿佛天真的孩子得到了最心爱的玩具。

卓王孙依旧和颜悦色地对步小鸾伸出手：“小鸾，到我这里来。”

步小鸾往后退了两步，将小孩紧紧抱在怀中，噘嘴道：“不，我只要她陪我一个人玩。”她似乎不放心，低头看了看手上的女孩，脸上的笑容顿时凝固了。

她手中的女孩竟然睁开了双眼。

这样的一双眼睛，无论是谁，只要看了一次，必当永生难以忘怀。

她的眸子透着淡淡的紫色，这紫色是如此纯净，毫无半点渣滓，犹如天河中的红尘，经过了万亿年的时光沉淀而成。当大海冻结成冰川，天空凝化成星辰，人世离散成传说之后，才会由仅剩的浮光掠影锻结成如此动人的颜色。

然而这参透了万亿岁月的目光，来自一个第一眼打量人世的孩子。

相思心中一动，突然想起了那些靠吸取子女灵气而延续青春的喜舍人。难道这个婴儿也是因某种秘魔之术而获得了永生的妖魔？

但她立刻觉得自己的想法是可笑的，甚至有些亵渎。喜舍人那与容貌迥异的目光里沉淀的是数百年来人类最阴暗的渣滓：贪婪、怯懦、残忍、自以为是、死气沉沉。而这双眸子里沉淀的却是积淀过后的智慧。

更何况她的目光里还带着一种矫作不出的勃勃生机。只有初次见到美丽世界的人才会有这样单纯的喜悦，也只有真正领悟了生命意义的人才会对一花一木、一风一月有着如此深沉的眷恋。

那女孩对眼前几个陌生人微微一笑，然后开口了。

声音清婉动人，却是一种陌生的语言。几人正在皱眉，她又已经换了一种。到了第七种，正是清脆的汉语："此处蜉蝣之国，在下蜉蝣国民紫凝之。"

步小鸾一惊，下意识地松开了手。

那个自称紫凝之的女孩顿时跌落到地上。她一声不吭，缓缓从地上爬起来。虽然泥地上堆着不少树叶，但她秀眉紧皱，似乎摔得不轻。

旁边的几人谁也没有出手救援。一个理由是谁也没有想到这个看上去灵异如神的人，肉体居然和普通女婴一样脆弱；第二个理由则是她身上真的宛如刚出生一样，一丝不挂。本来，对于一个三岁的女孩，谁也不会有所顾忌，但她如此侃侃而谈，却让人很难以婴儿视之，自然不便贸然出手接住她。

相思颇有些内疚，上前扶她起来，顺便将包袱中步小鸾的一件衣物拿出来，却不知该如何出口相赠。

紫凝之站直了身体，轻轻一拂身上的尘埃，释然笑道："差点儿忘了贵客们都来自礼仪之国，女子妆容不整，不见外人。"她转身走到那株紫色大树下，从树根处取下一片数尺见方的紫叶，轻轻系于腰间。

步小鸾盯着她，讶然道："这就是你的衣服？"

紫凝之笑道："千里不同俗，敝国上下均是如此穿着。但主随客便，诸位若觉得不习惯的话，我可以换上你们的衣服。"言罢轻轻将相思递上的衣服接过，合十致谢。

步小鸾饶有兴趣地看着她，道："这么说来你们平时都不穿衣服了？"

紫凝之道："人生有限，耗于车马轻裘，未免浪费。"她微笑着看着手中如雪的衣裙，"若我没有看错的话，这种蚕丝出自尼八刺雪山之上，看上去虽然宛如冰雪，洁白无瑕，其间实际上暗绣了十余种花纹，在不同的光线角度可见不同的纹理。按照贵国隋唐时期的工艺进度，就这小小一件衣裙，大概要花十位刺绣师一年半的时间。"

步小鸾笑道:"那我可不知道,只是不穿衣服的确是方便多了,我平时也极不喜欢穿那些层层叠叠的东西。这里这么好,干脆我们都换上树叶做裙子好了。"一面说,一面踮起脚兴奋地扯着卓王孙的袖子。

卓王孙面色微沉道:"不许胡闹。"转而对紫凝之道:"姑娘博古通今,真可谓无所不知,在下深感佩服,对贵国风物文明更是企慕有加,不知姑娘可否带我等到贵国中一开眼界?"

紫凝之当着众人的面换上衣裙,动作却丝毫不显局促,仿佛这是一件再自然不过的事。

她微笑道:"正要请诸位到敝国一游。"

步小鸾的衣服虽然小,但在她身上还是大了一倍不止,大半都拖在地上。步小鸾看了她半天,皱着眉头道:"哎呀,这个衣服穿不得,你还是脱了吧。"

紫凝之摊开双臂,笑道:"想必不久就正好了。"阳光照在她凝脂一般的身体上,光晕流转,亦幻亦真。

相思恍惚间似乎觉得她竟然已经长大,大概有八九岁的模样了。

穿过那片七彩森林,是一条藤萝织成的隧道。好在此时日色已盛,阳光见缝插针地从隧道顶上洒落而下。隧道极短,尽头处炫目的碧绿光华宛如太阳一样临照在前方。

眼前是一片开阔的无花果林。

无花果树和榕树一样,藤萝可垂地生根,生生不息。年岁一长,每一株都能自成一林,占地极广。这里的无花果树看上去皆千岁有余,主干高入云霄,附近更有上千株小树环绕围拱,枝繁叶茂,藤蔓横生,荫翳数亩,蔚为壮观。树洞中不时有和紫凝之同岁的男孩、女孩出入往来,他们皆面容秀丽,腰间也围着各色树叶,看来这群蚌蛴国民正是以树洞为居。

这个天然巨树村落中心的广场上有一面藤壁，上面爬满了各种各样的葛蔓，五颜六色，绚丽异常，细数来有二十四种之多。其中第九种葛蔓上花团锦簇，碗口大的花朵呈翠绿色，中间杂着点点月牙形的银斑，绚烂异常。

紫凝之注视着藤壁上的鲜花，若有所失，轻叹道："想不到我醒来的时候已是这么晚了。"

步小鸾笑道："一点都不晚，我平时都要太阳到了中天才起床的。"

紫凝之一指藤壁，怅然道："翠龠之花已然全盛，赤潋方要出蕊，已经是曦露之时。"

步小鸾一怔道："你在说什么？我一点也听不懂。"

紫凝之道："大地悬于宇宙中，自转一周之时，我们称之为一天，正好是二十三时五十六分四刻，略等于二十四时。每一时也就大概等于贵国的半个时辰。而大地绕太阳而行，每一周又略等于三百六十五日六时九分十刻，是为一年。"

步小鸾嬉笑道："什么大地悬于宇宙中，什么转来转去的，说得我好糊涂，倒是这些花是从哪里来的？这么好看。"

紫凝之道："这些花正是敝国农家学者培育而成的计时之花，一天之内，二十四种轮番开放，以应时光运转之象。四季如此，经冬不谢。"

步小鸾喜道："这么好玩，不如妹妹送我一把，让我带回家种着玩。"

紫凝之微笑着摇头道："这可不行，这些花朝生暮死，次日在枯根上重开，并不会留下种子，根系也绝不能移动。"

步小鸾只觉好玩，恨不得伸手将每种花都摸上一遍。

卓王孙拱手道："贵国天文历法、种植培育之术当真已精进到不可思议的地步。此番无心而入宝山，自然不能空手而回，不知姑娘能否带我们到贵国琅缳福地一览宝卷？"

紫凝之还礼道："公子客气了。只是敝国非但没有一册藏书，连文字也不曾使用过。"

见众人都稍露惊讶之色，紫凝之淡然一笑，道："太初而有言。敝国学者认为，语言为天地之间至为精妙玄虚之物，若用于创造诗篇文赋，则妙化万端，大美无极；若将之作为记录的工具，则落了下乘，有亵渎之意。所以，敝国百万世以来，从不曾有文字出现。"

卓王孙道："那么贵国诗篇文赋又是如何传世的？"

紫凝之道："只因为我们都能直接承受母辈的全部记忆。"她眸子中透出敬畏，遥望远天，"本来文学之玄虚奥妙就非文字能全部传达的。仅就诗歌而言，贵国自《风》《骚》以降，建安风骨、盛唐气象，人才之盛，在天下万国中皆可称佼佼，若非为文字章句所限，成就自当可与敝国并肩，只可惜仍落入以辞害意的圈子。倒是贵国大贤庄周'言不尽意''得意忘言'之说，与敝国之人所见略同，又可惜千百年来真能领悟此语者寥寥，终究是隔了一层。"

众人听完这一番话，心中多少有些不自在。想中华文章极盛，人才辈出，自以为傲视天下，无可比肩，想不到在这个边陲小地，一垂髫幼女在此侃侃而谈，说什么中华诗文若非拘于文字则可与其并肩，真是耸人听闻。若遇到别人，早将那些夜郎自大、坐井观天一类的词一帽子扣在此女头上，狠狠讥诮嘲讽一番，再哈哈大笑而去，但卓王孙一行人没有一个笑得出来。

卓王孙道："自古文无第一，诗文之道，自是天外有天。我等九州之外，得晤贤达，幸如何之，不知姑娘可否将贵国诗文赐教一二？"

紫凝之望着他，嫣然笑道："恕凝之力有未逮。"

卓王孙道："难道姑娘不能记诵一二名篇？"

紫凝之道："敝国人人能诗，佳作妙篇浩如烟海，凝之性虽驽钝，不能一一记诵，一二名篇还是记得的。只是凝之能记诵的，是本国之语言。自古诗无达诂，何况整篇全译？稍有瑕疵，皆为诸位方家所笑。凝之一人颜面是小，若玷污佳作，则无面目见前贤于地下矣。"

紫石突然从小晏身后闪身而出，重重冷笑了一声，道："紫姑娘绘声绘影，为贵国诗文颂扬了半天，却终究不肯一露真相，不知是嫌我等驽钝，还是根本就是子虚乌有。"

她这几句话咄咄逼人，和平日语气大不相类，小晏不由得皱了皱眉。

紫凝之丝毫不以为意，笑道："凝之虽不肖，却并非说敝国之内就无可达诂诗作之人。"

卓王孙道："敢问高人仙踪？"

紫凝之道："无所谓高人，术业有专攻而已。方才诸位所见往生林中不同色彩之树正代表了不同的学术世家。若诸位往村北而去，极北面三棵粉色大树就是敝国内的三个九方语世家。诸子之学为紫色，言辩之学为赤，诗文之学为青，神学为黑，书画之学为白……凝之不才，正是国内百种诸子学传人之一。"

紫石冷冷接口道："说起九方语和诗学，杨盟主也可谓当世名家了。这位姑娘不如将名篇背诵出来，让杨盟主品评。"

紫凝之笑望着杨逸之道："方家在此，可容在下献丑？"

杨逸之淡淡道："不必了，数年前我已经看过。"

紫石道："那盟主以为如何？"

杨逸之道："匆匆一瞥，只见宝山一角，但已觉锦绣满目，超拔出尘，叹为观止。"

众人一时默然。

杨逸之平生绝少赞人，肯出如此评价，可见紫凝之并非自吹自擂之人。倒是步小鸾在一旁听得一头雾水，早已不耐烦，指着村内道："你们看，那边有好多小孩子跑出去啦！"

只见几百个十来岁的男孩腰间系着树叶、手里拿着些木杆，向村北走去，嘴里还唱着歌，看上去快乐至极。他们在村边一排无花果树下停下来，自动分成几组，一组用木杆抽打树枝，一组拾起落在地上的果实，一组干脆直接爬上树去采摘无花果。

小鸾眨着眼睛，好奇地道："他们在干吗？"

紫凝之道："他们在为全国人采摘午餐。"

小鸾歪着头，看了看道："为什么都是小男孩呢，他们的妈妈呢？"

紫凝之笑道："所有蜉蝣国人都是同岁的。"

小鸾惊道："啊，这个好玩。但是女孩呢？"

紫凝之道："蜉蝣国中，男子负责采摘食物，兴建、护卫家园，运转国家机制；而女子则从事文明的构建。"

步小鸾道："文明？"

紫凝之道："我们把诗文、哲学、天文、书画等学定义为文明，而其他如衣食宅邸等叫作物利。"

步小鸾睁大了眼睛，似乎不明白她在说什么。

紫石突然冷笑道："原来这里的风俗是女尊男卑，倒是少见。"

紫凝之眸子中波光微动，如一潭春水。她注视着紫石道："姑娘此言差矣。我们早已将生死看淡，再无半点私心，名利尊卑又何足挂心？只是蜉蝣国人生命比其他民族都要短暂，欲要有所成就，必须分工明晰，人尽其用。男子身体健壮，女子心思细密，此种分工是再恰当不过，只因天资有别，绝无高低贵贱之分。就敝国女子而言，一切物质之利于我们莫不淡若浮云，然而若无男子护卫供养，一切文明又何尝不是空中楼阁？"

紫石冷笑道："你说女子心思细密，适于构筑文明，而就我所知的文坛圣手、道学宗师莫不为男子。"

紫凝之笑道："姑娘可是来自日出之国？就在下愚见，一来贵国男尊女卑，女子不出闺门，眼界狭小，未受教育，纵有天才，也不过明珠蒙尘，碌碌一生，可谓哀其不幸；二来贵国女子大多已惯于安闲生活，相夫教子，如此求仁得仁，只能永为男子附庸，我们也只能怒其不争了。而在蜉蝣国中，无论男女，皆勤谨黾勉，好学不止。

150

若有天资聪颖的男子不再愿执役事，要转学诗书，或有女子自认才力不济，愿虚位而待来贤，我们也绝不阻挠。"

紫石深深吸了口气，只觉她的每一句话都离经叛道，不可思议，但头脑中一时千头万绪，纷纭杂乱，如驰奔马，根本不受自己控制，紫凝之的话更不知从何驳起。

紫石脸上阴晴急剧变幻，小晏皱眉道："紫石……"

第十七章

浮生欲老花间树

突然，一股奇异的花香传来。香气馥郁浓沃，华贵逼人，让人顿如置身万芳阵中，心神为之一振。

村落中心的藤壁上，第十种鲜花已然绽放。赤红的花朵在晨风中如朝阳一般熠熠生辉，富贵堂皇，不可方物。

紫凝之微笑着一揖："诸位，敝国女王加冕之礼在即，不得不失陪了。"

步小鸾一把拉住她，道："女王，你们的女王是谁啊？"

紫凝之道："女王是前一代国民在往生树林中沉睡之时共同选定的。每天这个时候，都有一位女孩会接受那顶带着全族意志的桂冠，同时得到前代女王的所有记忆。至于这个人是谁，要等加冕仪式后才能知晓。这个仪式历来不许外人参加，诸位不如到村落中心的草地上暂且休息，礼成之后全国喜宴就在这里举行，凝之到时再来向诸位讨教。"

卓王孙微笑道："愿凝之姑娘能顺利当选。"

紫凝之嫣然道："多谢公子。其实蜉蝣国内很少有人愿意做这个女王。"她轻叹一声，"'朝菌不知晦朔，蟪蛄不知春秋'，所谓蜉蝣之国，就是朝生暮死。我们的一生只有常人一天的时光。对于我们而言，生命真如白驹过隙，一瞬即逝。而在此短短一生中，将本派学说推进一步、解答一个千古难题、创立一个新的流派，是我们毕生的梦想。只不过这个梦想在大多数人看来不过是痴人说梦、不可思议罢了。"

卓王孙道："文明进展到贵国这种程度之后，其前进的速度必定是外人不可想象的。"

紫凝之对他盈盈一笑，颔首道："难得公子倒是蜉蝣民之知己。本国女王必须为全族承担一个最神圣的使命，对她个人而言，也是一个重大牺牲。因为从此女王再也没有时间来完成自己的理想。"紫凝之轻叹，"和传说中的不老之术不同，我们的生死都是真实的，生命只有唯一的一次，那些传承了我们记忆的后代并不是我们本人。所以无论对哪一位女孩而言，当选女王既是莫大的荣幸，也是莫大的遗憾。"她恬淡的脸上透出一丝怅然，双眸中神光盈盈而动，似乎深有所感。

突然，一阵袅袅歌声从村东升起，宛如天籁，清远悠扬。紫凝之宛如从梦中清醒，道："我已经迟到了。"言罢回头对几人歉然一笑，转身向村东跑去。那些沉沉记忆似乎在这一瞬间消散而去，少女的天性在她身上不经意地迸发，雪白的裙裾飞扬跳跃，盈盈消失在晨雾中。

众人才发觉，小鸾的衣服在她身上突然变得合身起来，紫凝之看上去竟然已经有十一二岁了。

村落里，高大的无花果树屋星罗棋布，房屋上方被带着巨大树叶的树枝盖得严严实实，根本找不出屋顶具体的所在。走近了才发觉这种木屋并非砍伐树木搭建，而是利用无花果树天然的空心洞穴，未作丝毫修饰。这些树洞虽然变成了蜉蝣国人的居所，但大树并未死去，仍在缓缓生长，树洞内地面的青草和四壁的蘑菇随意散布着，长得极为茂盛。

树屋中央拱卫着的那一大片空地就是所谓喜宴广场了。说是广场，其实不过是一块天然生成的草坪，上面休说建筑，就连一个石凳、草垫也看不到。一些男孩往来穿梭，将采来的无花果用泉水洗净，用几片硕大的树叶托着，围着中心的花屏摆成一个大圈；另外一些男孩把一种坚壳果实破开，做成水杯的样子，盛上半杯清泉，放在无花果旁。除此之外，宴席上再无别的食物。

众人都有些惊讶，想不到一群站在天下文明顶峰的人，他们的举国大宴竟然简单到了寒酸的地步。

然而这群蜉蝣男孩十分慷慨好客，争先招待卓王孙一行人先到席上坐下，你一言我一语地问起中原的风物人情、诗书礼乐。虽然以水代酒，却也宾主两欢。步小鸾在一旁抓起一把把无花果大快朵颐，平日劝她吃一点东西都难，今天她却尽显饕餮本色，吃了个不亦乐乎。

突然，那些男孩脸上换了一种肃穆的神色，纷纷站起身来。只见一个腰间系着白裙的少女出现在花屏之后。她的身体看上去极为柔弱，腰肢仅足一握，通体肌肤宛如冰雪，几乎与小晏那种终年不见阳光之人相似。

她轻轻分开藤蔓，缓步行来，真如西子扶病，楚楚动人。

那少女来到诸人跟前，似乎感到十分劳累，抚着心微微喘息。她的脸极为清瘦，眉目细长，眸子却极黑极亮，波光流转，宛如大海深处最亮的那一颗黑色贝珠，其中隐约流露出一丝沉着而倨傲的笑意。

众人几乎不敢谛视她的脸。这张脸虽然算不上完美无瑕，却有一种高贵之气逼人而来，几乎让人窒息。

更何况这位少女的身体几乎完全赤裸着。

还没等众人说话，她已经开口了："在下白蕴之，世代于蜉蝣国内执丹青之事……"还没待她说完，步小鸾已抢着道："白姐姐快去选女王，再不去会迟到的。顺便叫紫妹妹……不对，要改口叫紫姐姐啦，叫她选完了赶快回来，这里的果子可真甜。"

白蕴之微微一笑，道："凝之那丫头最为懒惰，大家都起床工作的时候，她还在往生林树上呼呼大睡。也是大家一时心软没叫她，她就连早晨的功课都错过了。要是这次真的让她当了女王，这蜉蝣之国非成懒虫之国不可。"

步小鸾道："那白姐姐你呢？"

白蕴之淡然一笑，摇头道："我没有当选女王的资格。"

步小鸾眼睛转了转，道："为什么没有呢？难道白姐姐比紫姐姐更懒？"

白蕴之淡淡笑道："因为我诞生的白色大树上，刚刚产生过一任女王。敝国人相信，三世之内连任君主弊端甚多，有违国家的正义。"

步小鸾似懂非懂地点点头，接着埋头吃手上的无花果。白蕴之目光盈盈，往四下一转，缓缓道："诸位的问题在下已解答，若无其他，请容在下向诸位提一个请求。"

她的话语中并没有丝毫盛气凌人的意思，但听来极为自信，似乎已然知道普天之下绝没有人能拒绝自己的请求。

卓王孙笑道："白姑娘请讲。"

白蕴之正色道："时间有限，蕴之也就不再虚礼，蕴之此来，是请这位公子助我完成一幅未完之画。"

她纤手一扬，正指着小晏。

紫石秀眉一皱，道："你说少主人？"

白蕴之并不看她，只注视着小晏，点头道："正是。百二十代前，白家先人受国中一位高僧所托，为其绘制一幅《释迦本生图》。然而苦于所见典籍有限，此图绘了百余世都未完工。此间白姓先人想尽办法，观看一切佛教造像画册，最终仍无法完美刻画佛陀之庄严法相。虽然此后百余代中，那位僧人的后代再也未向白家提起此事，但这幅画已成了两家的一块心病。"

紫石似乎明白了什么，道："难道你是要照着少主人的容貌来完成这幅《释迦本生图》？"

白蕴之笑道："姑娘真是冰雪聪明。我第一眼看到这位公子，就告谢上苍，两家百代心愿终于可以在蕴之手上完成。若这位公子可助我一臂之力，又何止蕴之之幸、蜉蝣之幸，亦是天下丹青之幸。"

紫石冷笑道："这位姑娘倒是一点也不谦虚。"

白蕴之道："蕴之以为，天下最无聊之事莫过于'谦虚'二字。若作者心中诚以为自己的画作天下无双，而口中却说一些'涂鸦''末流'的俗套，岂非口是心非、惺惺作态？若作者自己也不相信天下第一的作品能出自自己笔下，那么画虽未作，气度已颓，这样的作品，实在是不画也罢。"

紫石脸色一沉，正要说什么，只听小晏微笑道："姑娘的画技虽尚未得见，但言谈从容，气象森严，足以让人预想其妙。只是释迦得道前于世五百年，转于六道，度化众生，其间化身千万，无一相同，姑娘又何以认定在下的容貌正好符合心中所想？"

白蕴之淡然一笑，道："这正是我作为画师的直觉。"

她说这句话的时候，神情仿佛一位洞悉六界的智者。无论在芸芸众生眼中，这些问题是如何纷繁芜杂，在她看来，无非无数个"是"与"不是"这样简单的元素构成，轻轻一测，已一目了然。

小晏颔首道："既然如此，不知在下应该如何相助？"

白蕴之微笑道："不必，我已经完成。"

紫石先是一惊，继而皱眉道："你难道是在拿我们说笑？"

白蕴之看着她，秀眉微微一挑："传神写照，重在神韵。释迦太子何等人物，这位公子何等人物，若是强作姿态，贴身临摹，岂不落了恶道？"

紫石脸色更沉，几次欲言又止。相思赶忙岔开话题："那么白姑娘的大作呢？什么时候才能一睹为快？"

白蕴之也不回答她，回头对小晏悠然一笑道："请公子褪下上衣。"

众人都是一怔。

紫石脸上阴云密布，似乎随时都要发作。

白蕴之悠然道："这位姑娘，蕴之绝无羞辱阁下及贵主人之意。只是风俗有别，若不说明，只怕会引起诸多误会。在敝国画者心中，图画乃是至高无上的艺术，每一笔都应和着天地间至美的韵律。所以，它只能用于绘画本身。"

紫石冷冷道："不必讲了，想必又是什么正因为绘画文字的高贵，不能用于记录，所以你们的绘画也不能画在能够流传的载体上，而要画在人的身上。真是奇谈怪论，荒谬至极。"

白蕴之道："作为客人，你有权觉得我们荒谬，然而这的确是我们所信所持的。"她脸上始终带着淡淡的微笑，一种傲气和执着从她轻柔的话语中透出，顿时有了不可辩驳的力量。

紫石顿了顿，道："既然如此，你还画出来做什么，一直留在脑海中岂非更好？"

白蕴之笑了笑，道："姑娘只怕是从未作过画的人。虽有成竹在胸之说，但事实上，心中所想和手中所绘绝没有完全重合的时候。一开始是笔法无力完美地表达思想，但到了后来，则是每一笔都能带来新的灵感，让思想再进一层。如此往复，永无止境，这也就是丹青之道的魅力所在。"

紫石的脸色更加阴沉，道："你这些话我听不懂，也不想听。"

众人渐渐觉得有些异样。紫石以前虽也不近人情，冷若冰霜，但行事极为谨慎，若非小晏问起，她绝无一句多余的话。如今她不但语气逼人，神情也极为烦躁，宛然换了一个人似的。

白蕴之却毫无察觉，依旧笑道："我记得释迦本生故事中有舍身饲虎之说，想来释迦太子慈悲为怀，连血肉之躯都可以舍弃，贵主人生就神佛一般的面容，却连一袭衣衫也不肯脱下吗？"

紫石脸上浮出一丝古怪的冷笑，低声说了句："胡言乱语！"就在同时，她突然出掌，往近在咫尺的白蕴之胸前拍去。

白蕴之大骇之下，指尖下意识地动了动。

紫石此招毫无征兆，又极准极狠，完全是要立毙对手于掌下的架势。小晏震惊之余，欲要救援，手上却迟疑了片刻。

因为他已看到白蕴之指尖的动作。

这轻轻一动之下,她的手已经放到了破解此招最恰当的位置上,一分也不多,一分也不少。仅从这一动的见识、时机而言,白蕴之的武功当远在紫石之上。

卓王孙、杨逸之心中也是一震。

难道蜉蝣之国的所谓文明之中还包含了天下四方的武学?若真是如此,那么千百年来,在这从不为人所知的林中小国里,在蜉蝣国人近乎苦行的世代经营下,它又已发展到何种境界了?

然而,就在这一瞬之间,紫石双掌已经重重击在白蕴之胸前。

一声闷响,白蕴之整个人宛如断线的风筝一般飘了出去。紫石的掌力竟没有受到分毫阻碍,尽数击上了她的身体!

小晏心下一沉,身形跃起,稳稳地将白蕴之抱在怀中。

然而已经来不及了。紫石这一掌全力施出,掌力之盛,江湖上武功稍弱者都难以抵挡,何况白蕴之这样一个毫无内力的柔弱少女?白蕴之面色如纸,嘴角、胸前都被鲜血染红,胸膛上已看不到一丝起伏。小晏迟疑片刻,仍反手将七枚银针刺入她头顶,内力顺着银针徐徐注入她的体内。

然而谁都知道,这不过是白费工夫而已。小晏终于叹了口气,轻轻将白蕴之的尸体放下。他修眉紧锁,神色变幻不定,却始终没有抬头看紫石一眼。

紫石猛然退开两步,愕然注视着自己的双掌,似乎极度惊讶于自己的所为。

她突然跪倒在小晏身边,伸手想拉住他,喃喃道:"少主人……"小晏轻一拂袖,站起身来,转身对草地上那群蜉蝣国男子一拱手,正要开口,村东却传来一阵欢快的歌声,看来女王加冕之礼已然完成。

蜉蝣国男子默默站在草地上,脸上是一种震惊、沉痛到了极致之后的木然。他们生命中那短暂的欢乐如今被一群不速之客随手撕裂。在蜉蝣国的漫漫历史中,根本没有"杀戮"二字。对于他们而言,最大的痛苦不过是思辨的痛苦。他们能从浩如烟海的典籍中理解人类的一切,但当杀戮和伤害真的来临,真的直面同胞鲜血淋漓的尸体时，他们却完全不能理解。

远处歌声袅袅，纯真得如来自天庭的喜悦之声衬着此处浓浓的血腥，显得如此生硬。

小晏摇了摇头，欲说的话却再难出口。过了好久，那群蜉蝣国男子似乎终于明白过来，默然向中心聚拢。当中走出一人，小心翼翼地抱起白蕴之的尸体。其他人围绕在她周围，低头无语。

小晏不忍再看，长叹道："如今……"当中那人抬起头注视着眼前的来客，声音极为沉痛，却也极为坚决："事已至此，诸位也不必多言。目前有两条路让诸位选择。"

小晏歉然道："请讲。"

蜉蝣国人道："一是诸位跟我到王宫，请女王处罚；二是诸位将我等全数杀死，然后自可离去。以诸位的武功，杀死我们当然轻而易举，然而我们中若有一人不死，决不让诸位离开此处半步。"

这几句话一字一顿，讲得很慢，语气算不上慷慨激昂，也丝毫没有恫吓之意，只是极为认真，认真到让你无法不相信这一点：任何人要想离开此处，就非得从这几百个少年的尸体上踩过去不可。

紫石跪在小晏身边，脸上的惊愕还未退去，面色更是苍白如纸。她含泪仰视着小晏，道："少主人，我……"

小晏叹息一声，低身扶起她，回头对蜉蝣人道："在下和紫石姬愿意前去王宫，听凭女王处罚。"

他这么说，大家都没有异议。就在赤潋花就要开败的时候，他们在蜉蝣人的带领之下，来到村落东头的皇宫之外。

一株巨大的无花果树参天耸立，枝藤垂地，从外看去，竟不知这座树宫到底占地几许。巨树顶端覆着层层茂密的树叶，四周环墙为合抱粗的藤、根编织缠绕而成，阳光透过千姿百态的空洞，将七色光晕投照于树宫之内。远看去，巨叶滴翠，枝干蜿蜒，裹于万道彩虹之内，真是聚天之灵，别有一种堂皇森严之气。

无花果树可牵藤寄生于其他树木上，起初只是绕着树干往上攀爬，抢占阳光养分，待长成气候，藤根会越来越粗，越缠越紧，最后将寄主勒毙怀中。待原来的大树完全枯朽腐烂之后，藤根仍然保持着原来的形态，就会形成完全由藤萝缠绕而成的树状空筒。

这棵无花果树藤缠绕的空筒极为巨大，足有数十人合抱粗细，可谓骇人听闻。看来寄主本就是数百年树龄的榕树一类，被勒毙后，无花果树独占天机，又生长了近千年，才会形成这样一座雄伟广大的树宫。

蜉蝣男子在宫口止步，示意几人可以自行进入。几人抬头一看，眼前是一片浓浓的翠色。

阳光透藤而入，一地芳草长得萋萋茂茂，点缀着各色野花，织成一幅天然的地毯。宫内几乎未经过人力布置，物什寥寥，看上去一目了然。一块略为平整的树根盘在树宫南面，似乎被用作案桌，上面摆了些树叶树枝。树桌后，一位半裸少女紫发垂地，随意斜坐于草坪上，托腮闭目，似乎在思索什么。

步小鸾叫道："紫姐姐！"

紫凝之轻轻睁开双眼，淡紫色的眼波隔空传来，说不出地柔和，却也说不出地尊贵，就如晚春中最后一朵紫莲，触目温柔婉约，却又风骨高洁，让人不敢起亵玩之心。她似乎轻轻叹息了一声，从桌子后走了出来。她虽然不会武功，但动作极为轻盈，全身唯一的装饰不过纤腰间一片紫叶，徐徐临风而动。

她走到步小鸾跟前，将手上叠好的裙子递给她，微笑道："小姑娘，你的衣服姐姐穿不下了，现在还给你。"

步小鸾瞪目结舌，呆呆地望着紫凝之，道："紫姐姐，你真好看。"

紫凝之淡淡一笑，将衣服交给步小鸾身旁的相思。她的紫眸中掠过一丝沉沉的忧伤，对小晏道："蜉蝣国历史上，从来不曾有过杀人凶手。"

小晏歉然叹道："出了这样的意外，不只害了白姑娘的性命，还让白家百代心愿灰飞烟灭，在下心中也极为难过。只是请女王陛下相信，紫石体内尸毒未清，心性大变，此番出手伤人绝非她的本意。"

紫凝之看了小晏一眼，轻轻道："这位公子的话我当然是相信的。然而，在蜉蝣国中，每一个人的生命都是世间最值得尊重的东西，只有有了生命，才能创造一切。亵渎生命是世间最残忍的罪过，必将受到最重的惩罚。这并不以犯罪者是否知道、是否情愿而改变。"

小晏叹道："女王陛下言之有理。那么按律，紫石姬当承受何样的惩罚？"

紫凝之轻轻看了他一眼，道："不是她，而是公子你。"

小晏还未回答，紫石已骇然抬头道："你说什么？"

紫凝之叹息道："记得《左传》中有个故事，赵穿弑杀君主，太史董狐记录此事，不书'赵穿弑君'而书'赵盾弑其君'。赵盾辩解说：'犯罪者为赵穿。'董狐说：'你为国家正卿，既不能逃亡出境，也不能讨伐逆贼，不是你又是谁？'孔子听闻此事，赞叹道：'董狐，古之良史也，书法不隐。'何者？赵盾职责所在，不可免罪。正如这位姑娘为公子仆婢，犯下的罪过，自然要归于公子督管不严。"

紫石道："紫凝之，人是我杀的，有什么惩罚你尽管动手，不必牵连到少主人！"

紫凝之淡淡道："法则如此，我也没有办法，除非——"她看了小晏一眼，"除非你的主人立即将你逐出门下，你二人再无瓜葛，所有罪责自然归你一人承担。"

紫石双拳紧握，胸膛起伏，过了良久才平静下来，转身对小晏道："紫石不才，请少主人立刻将我逐出门下。"

小晏微微摇头，道："紫石自幼跟随我左右，名为主仆，实同兄妹，她惹下的过错，自然该由我承担。"

紫石抬起头，脸上一片惊讶之色，喃喃道："少主人……"声音哽咽，再也说不下去，眼泪如断线之珠，纷纷跌落。

紫凝之将目光挪开，叹道："我族人若犯下罪过，只需女王动手，将其记忆中有罪的那一部分清除掉。恶念越重，清除的范围越大。此后，此人恶念既除，族中之人也就不再以犯人视之。"她注视着小晏，缓缓道，"对于我族而言，极刑为清除此人的全部记忆。千百年来，我族从未有过杀戮之事，也从未有过处罚的先例。我本以为这种刑法只存在于传说中，是对族人的威慑，没想到此罚居然自公子始……"

紫凝之摇头微叹："不知公子以为这个处罚是否公道？"

小晏叹道："世人信奉杀人偿命之道，往往代代仇杀不止。如陛下这样，既能消其恶念，又能给罪人一个自新的机会，何其睿智仁厚。但愿世间国度都能如蜉蝣一般。"

紫凝之微笑道："公子舍己为人，深明大义，消除这样的记忆真是凝之的罪过。然而法不容情，只有得罪了。"言罢，缓步走到小晏面前。

紫石突然扑上前去，挡在两人中间，高声喝道："你住手！"

紫凝之轻轻抬起一手，道："这位姑娘还有什么话说？"

紫石冷笑道："你可知道眼前这个人是谁？"

紫凝之微笑道："我看得出这位公子不是普通人，不过王子犯法，与庶民同罪，难道不是吗？"

小晏皱眉喝道："紫石姬，你退下。"

紫石猛然回头，拉住小晏的衣袖，一字一顿地道："少主人，你身为天潢贵胄、幽冥岛唯一传人，身份何其尊崇。而紫石算什么？仆婢、猎犬、工具，岂值得少主人以身代之？就算少主人情愿，为什么不为老夫人十八年的苦心孤诣想想？"

小晏脸色陡然一沉，默然无语。

紫石转身对紫凝之道："紫凝之，你若动手清除少主人的记忆，将犯下莫大罪孽，届时诸天神佛震怒，岂是你小小蜉蝣国能够承受的？"

她每一个字都说得极为认真，丝毫不带恐吓夸张之意。紫凝之怔了怔，轻轻道："姑娘的话，凝之一时不明白。"

紫石冷冷笑道："那你是否明白，少主人注定是千年来凡尘间唯一的转轮圣王？"

此话一出，休说众人，就连小晏也悚然动容。他沉声道："紫石姬，你在说什么？"

紫石望着小晏，泪光盈盈，哽咽道："这个秘密本来只有我和老夫人知道，只待机缘成熟，天智开启，少主人自会明白……然而少主人却一再不珍惜自己，辜负了老夫人的期望……"她声音一颤，垂下头去，再也说不出话来。

紫凝之略略沉吟，道："转轮圣王之说原出于古印度传说。佛家云，转轮王为世间第一有福之人，于人寿四万八千岁时出现，统辖四天下，具四福报①，出现之时，天下太平，万民安乐，十方皆成乐土。只可惜转轮王不修出世慧业，所以仅成统治天下之圣君，却不能修行悟道证果。若据典籍推算，这一世的转轮圣王确已出世，不过……"

紫凝之凝视着小晏，轻声道："真的是你？"

那一瞬间，时空仿佛变得无穷广袤，往后拉升而去。数千年的历史、文明、征战都仿佛被浓缩于万亿须弥芥子中，在眼前欲沉欲浮。人类千千万万的杀戮、痛苦、聚散离合，不过是神佛冥冥中的随意安排，最终注定在悲凉中被遗忘，然后抛开、腐烂。最后剩下的只有泯灭一切差别的光芒。那光芒仿佛亘古已有的传说，在天地的血脉中不尽流传，几千年来也不过凝聚到几个人身上。

那是注定应劫而生、解民于倒悬的伟大君主。他拥有不计其数的赫赫功绩和无穷无尽的传说，其中任何一页都足以让每一个后人热血沸腾。

那是无数荣光的最终归往者、万民心中的圣王，就连九天十地的神魔见之都要退避。

---

① 转轮圣王来自于佛教传说，梵语 cakra-varti-rajan。据传将于人寿四万八千岁出现，拥有七宝（轮、象、马、珠玉、天女、居士、兵臣），具备四种福报（长寿、无疾病、容光绝世、宝藏丰富），一旦出世，将征战四方，最终统一须弥四洲，以正法御世。其国土丰饶，人民和乐，开创了前所未有的太平盛世。

然而，这个天选之人是否就在眼前？

难道这个美得连诸神都要叹息的少年，这个温和、优雅得宛如释迦太子般的王子，他的宿命竟然是披上金色战甲，征战九方，扫除魔氛，最终执天下圭臬，开创一个太平盛世？

寂静。

无限的寂静沉重地压在蜉蝣王宫之内，众人几乎连呼吸都遗忘了。沉寂中，只听小晏轻轻叹息了一声："原来，这才是母亲的心愿。"他的语音中没有一丝喜悦，反而是隐隐的失落与忧伤。

转轮圣王才是母亲想要的儿子。

他澄如幽潭般的眸子中渐渐透出苦涩与哀伤。

突然，众人眼前一花。紫石身形如鬼魅一般，已欺到紫凝之身旁。她手中不知什么时候多了一把匕首，森然抵在紫凝之胸前。

小晏从沉思中醒来，皱眉道："住手！"

紫石脸上神色似笑非笑，诡异至极："你在叫我？"声音嘶哑中带着说不出的妖魅，与往日的紫石大不相同。

众人心中都是一沉。

阳光投照在紫石脸上，显得她的双眸死寂无光，而笑容却极为狰狞。她冷笑一声，手腕往前一送，紫凝之胸前顿时多了一道血痕，宛如一朵在雪地里绽开的梅花。紫石高声尖笑，刺得人耳膜发痛，而后张口露出森森白齿，往紫凝之胸前咬去。

紫凝之只轻轻合上了双眼。

卓王孙一扬手，一股惊天动地的力道宛如钧天之雷，从半空中直劈而下。

相思惊道："先生！"

突然，飞旋的时空宛如在一瞬间被冰封而止。卓王孙掌下那股巨大的真气不进不退，凝聚在半空之中。小晏默默站在卓王孙面前，他淡紫的衣衫被真气鼓涌而起，宛如一只振翅的巨蝶。

他眉头紧锁，一字一顿地对卓王孙道："卓先生，请手下留人。"

卓王孙一拂袖，空气中的真气立即消逝而去。他淡然道："此事本不该我过问。"

相思忍不住道："你们到底在干什么？"

紫凝之轻叹一声，神色中没有一丝惊恐，轻轻道："这位姑娘的神志已被一种妖异之物侵入，不受自己控制。杀她无辜，所以她的主人要救；然而此时出手，可以将妖物和她一起立毙掌下，所以这位公子要杀她。"

紫石手上突然发力，匕首又生生刺入半寸。只听她厉声道："你住口！"

紫凝之只蹙了一下眉，道："令主人何等风仪，姑娘却如此粗鲁，不觉得惭愧吗？"

紫石冷笑道："力强者胜，自古以来都是这个道理。"

紫凝之道："姑娘以为自己的武功真的很高吗？若刚才凝之在姑娘出手到四分之三的时候，左手取你任脉璇玑穴将会怎样？"

紫石一怔，随即重重冷哼道："那又如何？你们身上全无内力，空知道破解的方法又有什么用处？须知武功乃是生死杀戮，不是纸上谈兵！"

紫凝之轻叹道："武学到了极致，一举一动都蕴含着天地间至美的节拍，实在是赏心悦目至极。这个道理或许姑娘还不明白，但那三位公子是明白的。"

紫石冷笑道："只怕你明白了也是没用。"紫石手上渐渐施力，仿佛根本不是要将匕首刺入紫凝之的心脏，而是在缓缓地剐割她的肌肤。

紫凝之脸上掠过一丝痛苦，合上双目，缓缓道："你以为我真的不能脱身？"

紫石一面旋转刀刃，一面狞笑道："你不妨试试看。"

紫凝之突然睁开双眼，喝道："看着我！"她紫色的双眸宛如暗夜中闪亮的第一颗星辰，照亮了沉沉暮色，连天地都为之暗淡。空气中似乎有一脉轻轻潜动的幽波，就从她湖水一般深邃的眸子深处澹荡开去，越来越广，最终化为一种不可抗拒的力量。

这种力量并不是曼陀罗眼中那种妖异的媚惑，而是一种敬畏——让你仿如突然置身深谷大海，凝视无穷无尽的夜空，油然而起一种战栗的卑微，一种对人生有限、而宇宙无穷的终极敬畏。

紫石凝视着她的双眼，竟然渐渐痴了。紫凝之轻一抬手，将她从自己面前推开。

然而就在这一瞬间，四周的空气仿佛被某种无形之力抽空，巨大的振荡隐隐而来。这振荡无处不在而又无处可寻，仿佛并非来自外力，而是来自自己的身体。这骇然是一种与自己脉搏共振的律动！

紫凝之低低呻吟了一声，跌倒在地上。她用力支撑着身体，似乎想抗拒这种搏动，却无能为力。秀丽的眉宇间第一次刻上了深深的痛苦之纹。

小晏道："女王陛下……"

紫凝之捂住胸口，用尽全力坐起来，目光却痴痴凝望着远方，喃喃道："往生林。"

第十八章

⑤ 弦绝霓裳羽衣舞 ⑤

往生林!

当他们一行人赶到这片七彩之林的时候,那彩雾蒸腾、灿如云锦的树林竟然开始枯萎!

参天的大树失去了傲岸的姿态,树枝树叶全在风中瑟瑟发抖,变成灰色,再也看不到以往的华光。那些四处盘亘着的经脉毫无当初的生气,一条条萎靡不堪地勉强悬挂在树干上。

更为骇然的是当中那棵高大的紫树,也就是紫凝之诞生之树。树顶三条藤萝无力地垂拂在半空,里边正汩汩冒出深紫色的液体,宛如一个巨大的创口,血液已将地面染得一片暗紫。

紫凝之跪在地上,用手捧起一把染血的树根,埋头亲吻着。她身后站着的蜉蝣国民面色极为沉重,那些睿智而骄傲的眼睛中第一次流露出无法抗拒的恐惧。

紫凝之轻轻抬头,望着步小鸾道:"是你弄伤这棵往生树的?"

步小鸾愣了一下,道:"我只是想抱你下来啊。"

卓王孙上前将步小鸾拉到身后:"出手切断树藤的人是我。"

步小鸾睁大眼睛,喃喃道:"我……我惹祸了吗?紫姐姐,你会清除我哥哥的记忆吗?千万不要啊!"

紫凝之转身长久地注视着卓王孙,似乎要将他看透。

"先祖曾留下过一句谶言。蜉蝣一族本是无识无觉的飞虫，只因有一日屠戮众生的魔王偶然露出怜悯，挑灯火而救之，蜉蝣族才从此繁衍下去。千代之后，其国度亦将因魔王一怒而灭，了结这段因果……没想到会应在这里。"

小鸾不解地看着她。这番话就如无根之木，玄妙难解。

卓王孙也看着紫凝之，似乎在思索她的这番话，又似乎没有。

两人隔着步小鸾长久对峙。终于，紫凝之收回目光，摇头苦笑："这是我们的宿命，怪不得任何人。"

她缓缓站起身来，环顾四周，朗声道："三分钟以内，各家族选出代表，站到前排来。"

仅仅片刻，十数位身系各色彩裙的少女默默站到了前排，没有争执也没有退让。紫凝之脸上露出一丝欣然的微笑，然而仅仅片刻，又已冷若冰霜。

她的神色极为肃穆，缓缓道："往生林的枯萎，意味着我们的记忆将在暮涟花开的时候彻底中断。天意既然如此，一切悔恨、抱怨不过愚者徒劳之举。尚可为的不过是这剩下的短短时光。蜉蝣国何去何从，正要和诸位讨论。"

一位赤裙少女出列道："死生于我们无非尘土，当务之急是记录我们的文明。蜉蝣国立国以来，绝无文字传世，如今危难之时，当打破陈见，借助异国文字尽力记载我们各派文明所达到的顶峰。"

对面一位青裙少女摇头道："何谓顶峰？蜉蝣国文明博大精深，浩如烟海，沧海一珠也非区区异国文字能写尽的。"

赤裙少女道："那依你所见？"

青裙少女朗声道："全璧既已不存，玉碎何妨？"她说到"玉碎"二字时，轻轻叹息了一声，眼中波光盈盈而动，神色甚为凄凉。

众人心中也是一恸。毕竟蜉蝣国立国数千年来，每一代人莫不竭尽每一分秒架构这举世无双的文明殿堂。如今到了要亲手将它拆得七零八碎、再用一种笨拙的方式勉强记录下来的地步，真有撕心裂肺之痛。

四周一片寂静，正午的阳光透过枯萎的树林，轻轻笼罩在蜉蝣人身上。每一粒尘埃都那么耀眼。良久，一位黑裙少女长叹道："可以言论者，物之粗也。能记录下来的，无非琐屑。就此而言，玉碎的确是蜉蝣人最好的选择。然而若就众生而言，轻言放弃，未免太自私了。须知每一种文明莫不是上苍恩典，是苍生共同的福泽。只是蜉蝣国人聪慧勤劳，率先领悟而已。若仅为了我们心中对它的所敬、所爱，而任它消逝，不教与他人，岂非辜负了上苍一片造物之心？"

她的话一出，蜉蝣人的神色都为之一动。她正要再说什么，身边的绿裙少女微微冷笑了一声。

黑裙女子道："妹妹有什么高见？"

绿裙少女道："我只是在想，世间文明的进程冥冥中自有进度。一个简单的理念，若外族人并未领悟而我们强加给他，何尝不是一种强迫、一种侵略？最终的结果，无非是被他们视作巫术、妖法，带来无穷的争端和痛苦。其实，人类的快乐并不以文明的高低而改变，正如把成人的思想勉强教给孩子，既破坏他们本应有的童趣，又养出一些少年老成的怪物，反而扼杀了他们自己一步步向上探索的可能。"

赤裙少女摇头道："无论你怎么说，让我们世代流传的文明永葬于此，我总是心有不甘。"

一位黄裙少女幽幽道："难道我们不懈追求文明巅峰的目的就在于让别人知晓吗？我们想要得到的，其实已经得到了。"

蜉蝣诸女长叹一声，都不再开口，将目光投向紫凝之。

紫凝之四下环顾片刻，缓缓道："花开、花谢，日升、日落，我们朝生暮死，千年如是。然而，蜉蝣人总是宠辱不惊，用每一分每一秒的光阴默默构筑自己的理想。我们从不为任何事情而惊慌、恐惧，只因为……"她顿了顿，提高声音道，"世间绝没有一种东西能摧毁一群已看淡生死的人的尊严！如今，我决不能看到我的子民为了拾起我们文明的一点点碎屑而仓皇经营，奔走如丧。"

她双眸中神光凛凛，所触之处，其他人都低下了头。紫凝之长长叹息一声，将目光投向云天之际，道："数千年来，我们拒不接受他族的文字，不是因为它卑微，而是因为我们自己的高贵。文明的进程本有定数，或许正是因为我们将它推得太快，上苍才故意让它终止下来。"

"诸行无常，盛极必衰，既是天意，何妨从之……"她的声音一顿，轻轻叹道，"我知道大家心中的痛，就宛如在你一生最心爱的人的弥留之际，不得不面对的残酷选择。与其让她以扭曲而残缺的身体痛苦地生存，不如让她在最美的时刻完整地逝去。"

"或许'成全'的意义正在于此……"

蜉蝣诸女默默站在丛林中，泪珠第一次不可遏制地从她们秋水般的双眸中滚落，然而没有一个人哭泣出声。紫凝之深深吸了口气，道："我已经做出了决定。大家若无异议，就分头做自己的事去吧。只是请大家记住，这一日与以往并无两样，不过是无尽时光运行中的一站。"

她站在树丛中，轻轻向蜉蝣诸女挥了挥袖。林间的阳光青青郁郁，将她的微笑衬得有些凄怆。

蜉蝣国少女们默然片刻，叹息着散去了。

这一日对于她们，真能如往日那样从容不迫地度过吗？紫凝之不知道，也再不必知道了。唯有那些蜉蝣男孩依旧站在林中，似乎还在等候着什么。

紫凝之目送蜉蝣少女走远，轻轻叹了口气，转身道："接下来将是我的事。"

步小鸾终于忍不住，道："什么事？"

紫凝之对卓王孙幽幽一笑道："我幼年时曾向公子提起过，蜉蝣女子一旦当选女王，就再无力完成自己的理想，因为她要为国家担负一个使命。而这个使命就是为全族人生育后代。"

众人都是一怔，只觉她的话不可思议。作为女子，当然可以生育后代，然而绝没有一个母亲能在一生中生育出千千万万的儿女，延续整个种族。除非这个母亲不是人类，而是蜂、蚁。相思心中突然生起一种奇特的感觉，难道他们在曼荼罗阵中所见到的一切都是心魔诱发的幻阵？或许南柯一梦之后，才发现自己不过在梦中走入了丛林中的某个蜂巢、蚁穴？

自从入阵以来，他们每个人的心魔都似乎被无形的妖魅引诱而迅速膨胀。妒忌、傲慢、好奇，乃至慈悲之心都成了催动曼荼罗阵越转越速的根源。若果真如此，这个传说中的上古阵法到底要将他们带向何方呢？

相思突然感到莫名的恐惧，抬头望着眼前的紫凝之。

紫凝之脸上依然淡淡微笑着，浓紫色的大地衬托着她飞扬的长发，宛如天地开辟之初她就站在这里一般。她环顾众人，缓缓道："延续生命是女子值得骄傲的使命，然而我们拥有的时间的确太短暂了，所以我们不得不把这个使命集中到一个人身上，让其他人能够更自由地追逐真理。也许在你们眼中，只有妖魔或者蜂皇、蚁后才能在短短一天中产下数千儿女，然而我要说的是，生命的缘起、演化、繁衍虽然是天地间最深奥的秘辛，却并非不可破译的。芸薹花谢的时候，我就要走入往生林当中那棵大树的树根之中，产育蜉蝣后人。虽然往生林已经枯萎，这些后人或许永远不会被孵化出来，但这是我必须完成的使命。"

卓王孙道："女王陛下又为什么把这一切告诉我们？"

紫凝之看了他一眼，叹息道："我们已经洞悉了人类繁衍的奥义，却不愿背叛造物对阴阳交合的最初定义。也就是说，虽然我们的生育已不需要男子参与，但我们依旧保留了这个仪式，这是对造物的尊重。"

她看了看站在四周的蜉蝣男孩，最终将目光投向卓王孙，轻轻道："这个仪式就是，女王将在进入树根之前，选择一位所爱之人，让他用藤蔓缠绕住自己的身体。而我想选的人，正是你。"

诸人不禁又是一惊，卓王孙缓缓道："为什么是我？"

紫凝之微笑道："也许有很多理由，然而我已经没有时间一一告诉你了。芸荽之花就要开败，允与不允，请你马上答复我。"

芸荽最后的花香盈盈缭绕在天地之间，似乎在用最后的盛开来为自己的凋零作祭。

众人的目光都落在卓王孙身上。

卓王孙沉吟片刻，淡然道："恕在下爱莫能助。"

紫凝之眸中的涟漪如冰封前的最后一点波光，立刻消散了。她微微一笑道："既然如此，凝之先告辞了，希望他日能有再会的机缘。"她轻轻转过身，向当中那棵还在滴血的巨树走去，在树根围成的半座莲台中盘膝坐下。蜉蝣男子向她合十轻轻一礼，也转身向村中去了。

往生林中，只剩下他们和紫凝之。

刺目的阳光已经过了中天，缓缓往西方滑落。往生树林中不知何时起了一阵极轻的风，万千欲要凋谢的树叶似乎同时在幽幽哭泣，纷纷坠落，宛如下了满天的枯雪，轻轻覆盖着被鲜血染透的大地。那棵垂死的巨树勉强伸出孱弱的枝条，将紫凝之整个包裹起来。青郁的藤蔓一点点爬上紫凝之白皙的身体，宛如一位垂死新娘的嫁衣。藤蔓颤抖着，似乎想尽力温柔地触摸紫凝之的身体，但是它们本身已不再柔软光滑，而是枯朽如刀，每触上她的肌肤，她的身体就轻轻颤抖一次。鲜血从她凝脂一般的肌肤下缓缓流出，那些血竟然也是紫色的，和大树的血毫无分别。

或许她本应生于树，死于树。

紫凝之闭目而坐，全身都已被藤蔓包裹，她正在承受着巨大的创痛，这是她千年的记忆中所不曾有的，然而那已被藤蔓半掩的脸庞上没有一丝痛苦、愤怒、怨恨，反而安详得惊人，也美丽得惊人。

宛如她面对的不是死亡，而是安眠。

一阵狂风自林穴而起，树木摇落，似乎整个树林都在为她而哭泣。那声音凄凉无比，时远时近，万窍怒号，叱者、吸者、叫者、笑者、咬者，前唱后和，哀声动地。

而那些枯朽的树身发出极其轻微的噼啪声，宛如某种东西正在树皮下潜滋暗长。诸人愕然抬头，只见树干顶端那些朽败的树叶瑟瑟发抖，一叶叶飘落于地，而主干的顶端却渐渐隆起一个个藤茧之茧，正和紫凝之诞生的那个藤茧一般无二。

那一个个藤茧宛如被裹在藤蔓中的心脏，正在微微搏动着。它们每经过一次搏动似乎都长大一分，且伴随着一声巨树的呻吟，似乎它们每次生长都要榨尽树木的最后一滴精血。巨树的根系死死抓住浸血的大地，每一寸泥土似乎都随之颤抖。痛苦的哀鸣声响彻山谷，回荡不绝。不久，树叶落尽，许多合抱粗的藤蔓和枝干也纷纷仳离，轰然倒坠在地，宛如无数枯朽的残肢。

步小鸾脸上已惨然变色。她抬起衣袖捂住双耳，惶然道："哥哥，我们现在该怎么办？"

卓王孙摇了摇头，并不回答。

日坠月升，藤壁上的鲜花已经开了又谢。

枯朽的树木被夜色掩盖，反而看不出垂死之态。一切都仿佛回到了昨天他们刚刚踏足这片树林之时。只是那些悬在半空的藤茧的搏动渐渐微弱，号哭、怒吼、挣扎最终都渐渐平息，树丛中只传来几声若有若无的叹息。

蜉蝣人栖身的巨木已耗尽最后的力气，彻底朽败了。那一只只尚未长成的藤茧孤独地挂在光秃秃的枯枝上，宛如一颗颗永远不再绽放的蓓蕾。

四周只剩下无穷无尽的寂静。

死一般的寂静，或者寂静一般的死。

蜉蝣人所创造的不可思议的文明，终于烟消云散，永沉入这寂寂泥土。

而他们什么都没有留下。一座宫室、一道城墙，甚至一行文字都不曾留下。

当往事成为记忆，记忆化为传说，人们寻章摘句地考辨前人那些所谓的微言大义之时，无论如何也不会相信有过这样一群人，曾经和神一样接近过天地间最深的奥义。

卓王孙站在枯萎的大树前，一言不发。

月色宛如流水，轻轻滑过树林。他身后不远处，相思垂首看着满地狼藉。夜风吹过时，她觉得自己突然想哭，却又不愿被卓王孙知道。她忍住眼泪，悄悄退开，退向数十步开外的另一棵大树下。

卓王孙似乎并没有察觉她的离去，又或者察觉了，却不在意。

刚刚走入树下，相思就再也忍不住地跪了下去，泪落如雨。自从入阵以来，她无时无刻不在恐惧、疲乏、愧疚之中，心头实在郁积了太多情绪，需要在此一并宣泄。然而，她又不敢哭得太大声，只得跪倒在枯叶泥土中，用衣袖紧紧捂住脸，不住抽搐。

她看上去不像是在哭泣，却似要把自己的心呕出来。

不知过了多久，她听到身后传来一声叹息："曼荼罗阵中，一切皆是梦幻泡影，你不必过分悲伤。"声音不高，却无比清晰，带着令人安定的力量。

相思一惊，抬头看去，却是杨逸之。

斑驳的树影下，杨逸之隔着一段距离，静静地看着她，似乎已经在那里站了很久。

相思抬起泪眼，问："泡影吗？可紫凝之是真实存在的。我们亲眼看着她从两三岁的婴儿成长为少女，继任为王，又亲眼看着她死去……短短一天，却似过去了一生。我想不通，为什么，为什么要对她如此无情？"

这一问有些突兀。杨逸之却明白，她真心想问的人不是自己，而是卓王孙。蜉蝣国之灭，因步小鸾而起，也因卓王孙而起。他挥手斩断藤蔓，是无心之过，可紫凝之最后的心愿，他并没有太多拒绝的理由。毕竟，那仅仅是个仪式。

这是她恸哭的真正原因。她接受不了蜉蝣国的毁灭，更接受不了卓王孙在这件事中的冷漠与无情。

杨逸之沉吟良久，斟酌着答案："缘生缘灭，自有定法。他如果不拒绝，因果就无法终结。"

相思抬头看着他，目光依旧迷茫而痛苦："这是何意？"

杨逸之不知如何向相思解释。他能理解卓王孙的做法，是因为没有人比他更了解曼荼罗阵。也因为卓王孙本是一个行为乖张的人，普天之下，并没有几个人能理解他。

除了自己。

杨逸之轻轻叹息："我想说的是，无论有什么疑惑，都该选择相信他……回去吧。"言罢，他转身走入了月光下。

相思看着他的背影，渐渐平静下来。终于，她深吸一口气，擦干眼泪，走向卓王孙所在的大树。

在两人到来前，卓王孙轻轻挥手。

一枝藤蔓坠落下来，落在紫凝之死去的地方，仿佛一场无人察觉的祭奠。

大树顶端闪出一丝微亮的光泽。一只巨大的藤茧正在几条赤红藤蔓的包裹下无声无息地律动着。四周的枝干都已枯萎成灰，唯有它似乎得到了某种秘魔之力的催动，在不断壮大。

难道蜉蝣人还存着最后的希望？

相思讶然抬头，仰视着这枚仅存的硕果。它身上发出妖异的光泽，有力地蠕动着，宛如一张古怪的笑脸，每一次搏动都是它对一切发出的最尖锐的嘲笑。

相思骇然间不禁退了一步。

这绝不是蜉蝣之女，只能是恶魔之子。是蜉蝣人埋下的种子在经历生死的一刹那被魔鬼占据，还是魔鬼本来注定了要借助这场劫难而复生？

就在她脑海一片空白之时，一道赤红之光从藤茧中冲天而起，伴随着桀桀怪笑，从树端闪电一般向她扑来。

相思花容失色，手足宛如被无形之针定住了一般，再也动弹不得。突然间，就听卓王孙喝道："不知死活！"

只见他一振袖，数道凌厉的劲风斜飙而出，瞬时将那团跃动的火光钉在了半空中。只听那物厉声嘶鸣，声音如老枭夜啼，直听得人毛骨悚然。

卓王孙飞身上前，手腕一沉，已将那团火光牢牢控于掌下。

那团火光骇然正是一次次引动曼茶罗阵的线索、死神曼陀罗所饲之使者——火狐！

第十九章

❦ 春心堪破两意痴 ❧

火狐被卓王孙抓住后颈，稍一挣扎便奇痛刺骨，不由得又痛又怒，回头欲咬，却始终差了那么一分，只得嘶声哀号。只见它全身红毛蓬起，宛如火焰，两排森森白齿在月光下寒光凛凛，极为骇人。

卓王孙冷冷一笑，将它在半空中轻轻一抖。那只火狐一声惨号，全身一阵颤抖，顿时委顿下去。它挣扎着回过头来望着卓王孙，一双碧绿的眼睛欲开欲合，宛如一只受伤的狸猫，眼中波光盈盈而动，媚态横生，让人不得不起怜悯之心。

传说中很多猎人都会在最后关头放走自己追踪了几天几夜的老狐，原因正是它们有一双无尽媚惑的眼睛。

此刻，这只火狐的眼睛比任何绝代佳人都要楚楚动人。

卓王孙却丝毫不为所动。他手上又一紧，那火狐宛如一只被突然踩到尾巴的病猫，厉声惨叫，身子狠命往上一蹿。这一蹿突如其来，力量十分巨大，根本不像一只小小火狐，反而如一位穷途力士在危急关头的奋力一击。然而卓王孙的手宛如有某种秘魇之力一般，火狐越是挣命，就被扣得越紧。几个回合下来，那火狐已然叫不出声，身体在半空中不住抽搐，发出断断续续的哀鸣。

要命的是，这哀鸣听起来宛如婴儿啼哭，惨恻婉转，让人再也不忍听第二声。

同行诸人都忍不住转开了脸，只有卓王孙丝毫没有松手的意思。相思忍不住道："先生，你这是做什么？"

　　一个熟悉的声音从他们身后的密林中幽幽传来："他这样做的目的，无非是引我出来罢了。"地上青草沙沙作响，一个红衣女子仿如一瞬间划开了浓浓夜色，从另一个时空中缓步而出。

　　赫然正是幻阵的发动者曼陀罗。

　　卓王孙冷冷道："你终于出来了。"

　　曼陀罗微笑道："堂堂华音阁阁主、武功天下第一的高手，为了见我一面竟然下手折磨一个披毛畜生，曼陀罗真是受宠若惊。"

　　卓王孙并不理会她言中的讥诮之意，淡淡道："既然来了，就请你做一件事。"

　　曼陀罗笑道："莫非是要我交出尸毒的解药？"

　　卓王孙沉声道："解药就在你身上，我随时可以取走——我要你立刻带我去见曼荼罗阵的主人。"

　　曼陀罗脸色一变，良久才恢复媚笑，道："操纵曼荼罗阵的人不是就在你面前吗？"

　　卓王孙看也不看她："你还不够资格。"

　　曼陀罗眼中闪过一丝怒意，却又克制住了："我劝你还是不要去见他的好，因为——"她深吸一口气，脸色或许是敬畏，或许是仰慕，更或许是深深的恐惧，"从没有人能在他手下走过三招，就连你们……也是一样！"

　　卓王孙冷笑一声："现在已由不得你。"

　　曼陀罗一怔，似乎觉察到什么，她猛一抬手，身体顿时以一种不可思议的速度向后退去。然而，几乎就在那一刹那，她的身体如被冰封般突然止住，唯有额头上冷汗涔涔而下。

　　卓王孙微笑道："你不妨试试还能不能用土遁逃走。"

　　曼陀罗并不答话，似乎在努力让自己镇定下来。然而她碧绿的眸子里还是透出了掩饰不住的恐惧。

　　因为她发现，此时卓王孙、小晏、杨逸之三人已成鼎足之势将她围在了当中。

而他们足下所站的位置正好布成了一个邬阕之阵。

这个阵法的原理极为简单，实施起来却极为困难。因为必须由三个武功相若的绝顶高手联手共布此阵。这个阵法并非真正的战阵，因为这三位高手联手非但不能加强功力，反而会彼此削弱——此阵唯一的效用就是将一切遁法都封印住。

实际上，世上能运用遁法的人已是寥寥无几，而遁法的威力又往往和地域息息相关。能如曼陀罗这样借助曼荼罗阵将遁法运用到神乎其技的人千年难遇，因此，为了封印遁法而找齐三位绝顶高手联手，未免大材小用。是以历史上关于此阵的记录少之又少，这个阵法也渐渐失传。

直到如今，它在曼荼罗阵中重现人间。

曼陀罗缓缓环顾着三人，极力想找出他们中间的弱点，然而最终只得一声叹息："当今天下，绝无人能从这个阵中逃脱。"

卓王孙道："既然你明白，就领我们去见阵主。"

曼陀罗默然了片刻，抬头注视着卓王孙道："我答应你，你能将它还给我吗？"

她说的是那只火狐。

卓王孙道："好。"一扬手，那只火狐轻轻向曼陀罗手中飞来。曼陀罗身影一动，然而她并没有去接火狐。火狐落地的一瞬间奋力一跃，已扑进了路旁的草丛中。

谁也没有去看那只火狐一眼。几乎就在同时，曼陀罗猛然扭转身形，迅雷一般向小晏飞来。

卓王孙袖手一笑，丝毫没有举动。小晏一抬手，数点微亮的光芒就在他身前的夜色中布开，升腾旋转，宛如一幕星云。那些分布于他身前的逞蚕丝锋利得几乎能划开任何东西，就是那九天星河的内力也足以让一百个曼陀罗粉身碎骨。

然而曼陀罗没有一点躲避的意思。

在她的身体就要触到那团星云的一瞬间，她突然出手了！

那一招与其说是强大，倒不如说是妖艳、诡异至极，宛如清晨的织女在天河中轻一挥手，采下夜空中第一朵星辰。

更为不可思议的是，曼陀罗那一招上，居然未带上丝毫内力。

以小晏的武功，任何人不带内力地往上一撞，都无异于自杀——无论她的招式多么玄虚神妙。然而就在她出招的一瞬间，小晏身前那幕飞旋的星云突然消散，连一点痕迹都未留下。小晏猝然收手，脸上尽是惊骇之色。他似乎想问什么，可还没来得及出口，曼陀罗的一只脚已然踏在了邬阗阵之外。

曼陀罗高声狂笑，身形飞速向夜色中退去。卓王孙脸色一变，因为相思此刻正站在小晏身后！

一道苍白的月光破空而下，曼陀罗的笑声在空中戛然而止。她缓缓转身，另一只手赫然已扣在相思的咽喉之上。

小晏眼中依旧是不可思议的神色，他摇头道："你怎么会……"

曼陀罗冷笑道："你问什么我都不会回答，可惜你们现在再也没法子逼我开口。"

卓王孙沉声道："你想怎样？"

她猛一挥手，将相思死死按在旁边的一棵枯树上，森然回头道："你刚才是怎样对我的火狐的，我现在就怎样对她。"说着手腕猛地一抖。

相思痛苦地闭上了眼睛，喉咙里发出一声极轻的呻吟。

曼陀罗阴阴一笑，道："卓王孙，这声音好听吗？"

卓王孙脸色极为阴沉："你想求死？"

曼陀罗笑道："是啊，我正好和她同归于尽。只不过——你真的不在乎她吗？"她口中爆发出一阵尖厉的笑声，手上缓缓施力。相思被迫仰起头，脸色绯红，全身颤抖，额上冷汗淋漓而下，却始终不再出声。

曼陀罗猛地止住笑，将相思的脸扭来正对自己，道："你为什么不呼救？你难道怕自己一旦惨叫出声，你的主人就会杀了你？你虽然很蠢，却了解他的为人。他的确宁愿要一具尸体，也不愿一个在对手手上婉转呻吟的女人！我一介小卒，甘愿为了一个畜生涉身险地，他是天下第一的高手，却根本不想出手救你，甚至连看都不想看你一眼！"

曼陀罗说话间有意微微松开手，让相思能够勉强侧过脸，看到卓王孙的表情。暗淡的树影下，相思紧紧咬着嘴唇，脸上是一片病态的绯红，眼中波光盈盈，似乎已有了泪痕。

小晏低喝道："放手！"

曼荼罗讥笑着道："看不下去吗？不知道这是转轮圣王应有的慈悲，还是仅仅心痛她？"

紫石断喝道："你说够了没有？"

曼陀罗脸上挤出一个古怪的笑容，道："你神志清醒了？也来管这样的闲事？其实你心中很想她死，不是吗？刚才解药就在我身上，只要抓住我就能救你，可是你的主人不敢动手，只因为我手上的这个女人！你自己想想，在他心中谁更重要？

"喜舍尸毒，天下再无第二个法子可解。我现在最想看的就是，你和那位活死人小鸾小姐，哪一个死在前面。"

"你！"紫石双拳紧握，胸口不住起伏，一句话也说不出来。

卓王孙脸上毫无表情，这种怒极之后的森然沉静却更为可怕。

曼陀罗冷笑着环视众人，突然回过头去，双手死死扼住相思，森然道："我是不是该立即在你这玲珑浮凸的身子当中切开一个十字，献给毁灭之主，以平息神怒？"此话一出，众人只觉眼前陡然一暗。满天的月光似乎都被聚为实体，如惊鸿，如匹练，破开沉沉夜色，向曼陀罗所在之处横扫而去。

"你终于出手了！"曼陀罗厉声尖笑，她的身体宛如被这道月光拦腰劈开一般，两半各呈现出一种诡异的姿态。而她的身体就保持着这样的姿态，极为缓慢地在微漠的光晕下扭曲着缓缓上升，然后砰的一声，如烟云一般消散开去。

而相思也随之不见了。

杨逸之默默站在夜色中。余风澹荡，扬起他雪白的衣袂，似在惋惜，也似在嘲讽。终于，他转过身逼视着小晏："你是故意放她走的？"

小晏叹息一声，没有答话。

紫石怒道："你这是什么意思？"

杨逸之道："方才曼陀罗向你出招之时，你突然将内力撤回，让她有了冲出此阵的机会。既然如此，曼陀罗的下落，想必你也很清楚。"

紫石喝道："胡说八道！你明明知道曼陀罗可以借光遁形，却还是向她出招，这到底是谁的错？"

杨逸之望着冷冷月色，没有回答。他知道，这一招出与不出都是一样的。曼陀罗在曼荼罗阵之中，借一粒尘土、一道微光、一丝清风都能遁形无迹。

然而，在她的生死面前，他还是忍不住。

只是，这一击不中，会不会反而害了她？她现在又在何地？想到这里，他不禁无言。

紫石冷笑道："杨盟主真是好打抱不平。她可是这位卓先生的人，卓先生尚且袖手，你急什么？"

此话一出，众人都是一怔。杨逸之欲言又止，将目光移开。卓王孙的脸色更冷。

步小鸾愤愤道："紫石姐姐，你这样说就不对了，你生病的时候，我家姐姐可曾经照顾过你！"

紫石冷哼一声，道："要怪只能怪这位杨盟主。须知这曼荼罗阵本是为了处罚教内叛徒，算起来，我等都是陪着他来走这一遭的。"

杨逸之淡淡道："杨某并没有强求诸位。"

紫石冷笑道："杨盟主倒是推得一干二净。当初，你辜负兰葩在先，眼睁睁地看着她历受酷刑而不顾；大威天朝号上，你不敢言明真相，以致七条人命惨遭杀戮。到了这个时候，你却不能坐视……杨盟主，你对相思姑娘的这份关心，是否有些不顾卓先生的颜面呢？"

卓王孙一言不发，脸色极为阴沉。

杨逸之负手而立，冷冷道："姑娘如何看待杨某都无所谓。事情到底如何，你何不自己去问殿下？"

小晏点头道："杨盟主讲得不错，的确是我临时撤回内力，以致曼陀罗逃脱的。"

紫石愕然道："少主人，你为什么……"

小晏叹息一声，却不回答。

紫石骇然望着小晏，摇了摇头，喃喃道："为什么？难道，难道真的是因为她？"她向后退了一步，声音有些颤抖，"就因为她在曼陀罗手上，你才将曼陀罗放走？"

步小鸾眼睛转了转，奇怪地道："这就不对了。小晏哥哥放走曼陀罗在前，曼陀罗抓住我家姐姐在后啊，这位姐姐真的气晕了头吗？"

紫石怒道："你闭嘴！"

步小鸾做了个鬼脸道："好不讲理的姐姐！"

紫石秀眉倒立，似乎就要发火。

杨逸之冷冷道："在下可以继续追问令主人放走曼陀罗的原因了吗？"

紫石如遭电击，舍了步小鸾，回头望着小晏，含泪道："少主人，你为什么放走她？"

小晏遥望着曼陀罗刚才消失的夜幕，缓缓摇头，似乎还在冥想那无比妖艳的一击。

杨逸之冷冷看着小晏道："你还要顾左右而言他到什么时候？"

小晏没有回答。

紫石突然恸哭出声："你为什么要放走她？"她双目黯然失神，就这样一遍遍地问，似乎心智已被某种无形之物完全撕裂，只剩下凌乱的片段，下意识地不停迸散。她的声音越来越高，到最后几乎是在嘶喊，刺得人耳膜发痛。

步小鸾觉得一阵眩晕。时间似乎在某一瞬间被不知不觉地扭曲了，茫茫夜色笼罩在一种微漠的光芒之中。这不是月亮或者星辰所发出的光芒，而像是天地在某个时刻错位后拼接出的裂隙。山峦、树木似乎都以某种不可知的速度缓缓旋转，且被旋转之力扭曲，向高空辐聚着，呈现出不同寻常的变形。所有置身其间的人都涌起一种奇异的感觉——周围的人和事物都是幻觉，唯有自己的身体是真实的。这世界上余下的纷纭碎屑，在无处不在的沉沉压力中飞旋着，发出巨大的喧嚣声，让人几欲昏倒过去。

步小鸾突然用力捂住耳朵，跺脚道："烦死了，烦死了！"

卓王孙突然喝道："都给我住口！"

第二十章

八瓣梵花出玉府

他这一喝，声音并不是很高，但天地间顿时寂静下去，再也没有别的声音。

众人的目光都落在他身上。

他轻轻搂过步小鸾，一字一顿地道："再这样下去，我们将永坠曼荼罗阵中。"

众人神色都是一凛。只听他沉声道："所谓曼荼罗之阵，传说是由梵天的八子幻化而成。入此阵者必永堕轮回，在阵中生生死死，转劫不休。我们所看到的无萦、喜舍、项魈、蜉蝣四国之民，俱是千年来被禁锢阵中者。他们世世代代生活于此阵之中，以往的一切都已忘记，只按照阵主的暗示，形成不同的面貌、性格、习俗，世代繁衍生息下去，全然不觉周围皆是幻境。"

小晏皱眉道："按照卓先生的意思，我们若不能堪破此阵枢纽，下场就和这些人一样？"

卓王孙道："正是。"

小晏道："敢问此阵枢纽何在？"

卓王孙脸上浮出一丝笑意，缓缓道："八苦谛。"

小晏眸子中神光一动，道："你是说我们入阵以来所历诸事俱是附和佛家八苦而来？"

卓王孙微笑道："殿下果然言出必中。"

小晏若有所悟，正色道："佛家云，生、老、病、死、怨憎会、爱别离、求不得、

185

五蕴盛为人生八苦，凡尘之人，莫能超脱。就我们入阵所见而言，无綮国入土复活，贪恋于生；喜舍人不舍青春，执着于老；项魁郡瘟疫横行，破毁于病；蜉蝣国朝生暮亡，纠结于死。莫不集世人之大成，以为代表。我们一路行来，正好尽皆亲历。"

卓王孙道："不但如此。阵法的每一次引发，皆因为我们自身不可超脱的情孽。而每次我们摆脱之心越重，所经历的灾劫也就越大。当八苦完全历受之时，也就是我们本性迷失、永堕曼荼罗阵之日。而刚才，最终的末劫已经运转了。"

众人神色都是一变。步小鸾看了看手指，摇头道："生、老、病、死。无綮、喜舍、项魁、蜉蝣……不对呀，我们明明只经历了四种，最后的阵法怎么就开始运转了呢？"

卓王孙道："前四种劫难为外力之苦，也能靠外力终结。所以我们虽偶然涉足其间，但终能摆脱。而后四种劫难却为心魔，除了自身定力，一切武功、机智、谋算皆为无用之物。更为凶险的是，其发动毫无征兆，也无实际的人物、国度依附，突然袭来，我们几乎都堕入其中。"

步小鸾不解地道："你是说，后边那四种苦已经发动了？我怎么没看出来？"

小晏颔首道："的确。刚才曼陀罗挟持相思姑娘之后，故意出言相激，分别引动紫石姬的怨憎会之苦以及……"他本想说杨逸之的爱别离之苦，犹豫了片刻终于改口，"卓先生的爱别离之苦……"

他还没说完，已被步小鸾摇头打断："真是听不明白，那五蕴盛又是什么意思？"

小晏也不生气，耐心解答："所谓五蕴盛之苦，正是前边七苦的综合。当我们每人心中的弱点都被引动，众苦汇聚之时，五蕴盛之苦也就实现了。八苦历毕，末劫随之潜行而至，若非卓先生强行喝止，我们想必都已坠此劫中。而我们几人之中，又以紫石修为最浅，所以心魔最重。我和杨盟主心中各有隐情，故也被触动。倒是小鸾姑娘心中一物不存，反而受害最轻。"

步小鸾脸上露出一丝得意的微笑，又突然想起了什么："可是……姐姐被曼陀罗抓走了，你们为什么不去救她？"

卓王孙淡淡一笑道："不必。"

步小鸾疑惑地道："为什么呀？"

卓王孙拍拍她的头，微笑道："因为曼陀罗根本没有逃走，她一定正在附近听我们讲话。"

步小鸾惊道："啊？"急忙向四周张望。

小晏和杨逸之也是神色一动。杨逸之看着卓王孙，似乎想询问相思的下落，终究觉得不便开口，拂袖背过身去。

小晏道："卓先生的意思是？"

卓王孙笑道："她只要踏出一步，也会堕入此阵之中。"

步小鸾扯着他的衣袖道："为什么？"

卓王孙将她抱得更紧了些，缓缓道："曼荼罗阵之玄虚，正在于只要有情之人入此阵中，皆会受其迷惑。曼陀罗之所以能来去自如，是由于阵主预先在她身上种下的封印能隔绝一切情缘。然而这一次我们抢占先机，捉住火狐，将她困在邬阆阵中。她虽然将计就计，趁机诱发我们心中诸魔，借光遁走，然而这最后一着终究是行得仓促了。她虽引动我们'怨憎会''爱别离'两种苦谛，却少了'求不得'之苦。而自我们入阵以来，一举一动莫不在阵主监视之下，这次又怎会任曼陀罗失手？"

小晏皱眉道："依你所见，是阵主另行诱发了'求不得'之苦，最终逼我们进入'五蕴盛'之境？"

卓王孙道："是。这'求不得'之苦的寄主却不是我们，而是曼陀罗本人。"

小晏沉吟片刻，道："你是说阵主为了发动五蕴盛之苦，宁可放弃曼陀罗，因此在不知不觉中解开了她身上的封印？"

卓王孙点头道："其实，阵主虽然解开了封印，但是若非曼陀罗自己心中存着求不得之念，也是无法引动的。从我们一踏入曼荼罗阵时，她就提出过，要将相思献给苏醒后的毁灭神，这就是她的所求。看来，阵主对曼陀罗这一执念早已了然于心。"

小晏道："如果是为了献祭，为何不趁相思姑娘落入她手中之时痛下杀手呢？"

卓王孙摇头道："我早发现，曼陀罗的目的并非杀了相思，而是要将她带走。恐怕她所说的毁灭神，并非真正的神明，而是一个人。此人对相思，必有祭祀之外的诉求。曼陀罗之所'求'，就是把相思带到他面前。至于'不得'……曼陀罗自己本可以借遁法离开，但若想带着另一个人逃走，必然要先引动此人的心魔，让猎物舍弃意识，才能施法。然而她没有料到，相思的意识并未完全被她操控，这让她的遁法大打折扣。曼陀罗虽借着杨盟主一击，将自己和相思的身形潜藏于夜色中，实已是强弩之末，再走一步也不行。她若趁着阵法尚未完全发动，仍可扔下相思逃走，但她心中的执念竟十分强大，不肯舍弃相思。有心而无力，是为'求不得'。我们现在所说的话，她都历历在耳，却一声也不敢出，一动也不敢动。因为只要稍有动作，遁法就会完全破解，使她暴露于我们眼下。"

卓王孙淡淡一笑，道："曼陀罗，若是你师妹兰葩在此，一定会明智地走出来。否则，再过半盏茶的工夫，相思的神志一旦完全恢复，遁法便会不攻自破。到时候，你一定后悔没有把我们带到阵主面前。"

风中传来一声极轻的微响，宛如一道透明之壁砰然破碎，化成一地淡淡荧光。夜幕宛如被撕开了一道缝隙，而曼陀罗就站在夜幕之后。相思熟睡般躺在她身旁的草地上，红裳宛如一朵绽开在夜风中的优昙。

曼陀罗犹豫地看着她，最终还是伸手在她额头上轻轻一点。相思睁开双眼，立刻从地上坐起来，警戒地望着曼陀罗。

曼陀罗看了看她，摇头叹息道："我只是没有想到，竟然没能引动她的心魔。"

卓王孙冷冷道："你错就错在太得意，故意给了她一个机会去看我的眼神。"

曼陀罗苦笑道："我是没想到你居然那时候就已看透了曼荼罗阵的枢纽所在。也没想到在那种情况下，她居然能在短短一瞥中看透你的心意。"

卓王孙示意相思过来，对曼陀罗淡淡笑道："她就算不是全懂，也至少懂了一部分，这就够了。"

相思似乎刚刚从梦魇中醒过来，眼中还残留着惊惧的神色。她迟疑了片刻，突然站起身，飞一般扑到卓王孙怀中，轻轻啜泣起来。入阵以来，他的冷漠的确曾让她惶恐、不安，她越来越感到自己和他之间有某种很深的隔阂。她忍不住去想，自己是否做过一件很错的事，让他无法释怀，却始终找不到线索。渐渐地，她又怀疑，也许不是因为某件事，而是在他心中，自己一直是无足轻重的小卒。然而就在她即将绝望之时，杨逸之的一番话又让她重新坚定了信心。无论如何，她必须相信他，也只能相信他。

卓王孙拥她入怀的时候，月光从云层中透出一线，照出他目光深处的一丝柔软。两人心中的隔阂消失了一瞬——却也仅仅是一瞬。

杨逸之远远看着两人，目光中说不出是欣慰还是落寞。

卓王孙轻轻拍了拍相思的肩，转而望着曼陀罗，似乎在等她做决定。曼陀罗注视着他，缓缓道："卓王孙，我以前的确是小看你了。

卓王孙微笑道："现在呢？"

曼陀罗深深吸了一口气，道："现在，我可以带你去见曼荼罗阵真正的主人了。"

传说中，亘古已存的曼荼罗阵每一代都会在世间找到一个主人，运转、维持、扩张这个古往今来最神秘、最强大也是最宏伟的战阵。而这个人，无疑拥有着不可思议的力量。

夜已深，山中雾气正浓。然而去见曼荼罗阵主人的小路平静得异常。连这几日来最常见之物——惊飞的夜鸟、盘栖树枝的巨蟒、夜间跌落的果实，甚至连一只飞蛾、一点流萤都无影无踪。

万物都在退避，敬畏地遥望着丛林正中那条毫不起眼的羊肠小道。

那条小道荆棘丛生，似乎很多年没有人走过了。两旁的巨木参天耸立，密不透风——与其说是树，不如说是两道墙。曼陀罗走在最前边，步子不快也不慢。她似乎根本不需要在夜色中稍稍顿足，来寻找方向，而是宛如被一种无形的力量召唤着，在那些几乎无穷无尽的小道中来往穿梭。

每一条小道都几乎完全相同。然而，没有人怀疑曼陀罗是故意带着他们在原地打转，因为此刻就算她自己踏错一步，灵魂也将永远被禁锢在曼荼罗之阵中。

不知不觉，东天已经微微发亮。小道两边的树墙突然中止，淡淡的晨曦透过雾气照临四空，周围的景色顿时变得无比开阔。拨开云雾，他们这才发觉，自己赫然是在一座山的山腰。

方才在夜色中摸索前行的时候，居然谁也没有发觉这是一条向上的坡路，只觉道路崎岖狭长，似乎永无尽头。若不是亲眼所见，谁会相信这无边无际的莽林中会有一座奇峰秀岭拔地而起？

山不在高，只是耸立于莽莽林海之中，顿时有了一种照临天下的气魄。远方的浓雾被山岚吹开，显出一圈圈七彩光晕，似乎朝阳就要诞生于此。而这座郁郁森森的山峰就在幻彩镏金、奔腾涌动的云海中傲然挺立。

山岚缥缈，一切都若有若无，亦幻亦真。若回望山脚，会发现这片丛林身在其中时，莽莽苍苍，横无际涯。然而居高俯瞰下去，一切似乎都被微缩为一面棋枰。枰上东、南、西、北四块的苍翠之色各自呈现出微弱的深浅差异。宛如曾有一把天庭巨剑将之十字切开，分成四个规整的区域。从南自北，正好分布着来时路过的无繁、喜舍、顼魑、蜉蝣四个国度。

入阵以来，他们正是在那只火狐的引诱下绕着这座山峰一周，历经生、老、病、死四苦。而最后的山脚下，则是发动怨憎会、爱别离、求不得、五蕴盛之处。

曼陀罗站在氤氲的雾气之中，轻轻叹息了一声："这就是曼茶罗山，曼茶罗阵的枢纽。你们要见的阵主就在山顶的宫殿之中。"

沿她所指看去，山顶沐浴在绚烂的朝霞之中，云气流动，宛如天界。

一座巍峨的宫殿屹立峰顶。

宫殿足有十数丈高，通体由巨石砌成，沐浴在无数光晕之中，宛如一座空中之城，美轮美奂、金碧辉煌，在蒸蔚流动的云气中欲沉欲浮。白玉阶梯宛如缎带，从宫门外一直垂到他们脚下。天梯陡峭，高不可攀。曼陀罗遥望神殿，脸上突然透出神秘的笑意。她双手在胸前结了个法印，轻轻合上双目，道："感谢湿婆大神的恩典……"

她祷祝了片刻，睁开双眼道："上面是梵天神殿，你们可以自行上去了。"

相思讶然道："你们既然是湿婆的教徒，为什么曼茶罗山上会修着梵天的神殿？"

曼陀罗冷笑了一声，似乎对相思的说法极为鄙夷："湿婆的力量无处不在，他有毁灭、风暴、战争、苦行、舞蹈、性力、兽主七种化身，与整个宇宙合而为一。所谓创生、守护、破坏之力量本是三位一体。因此梵天也好，毗湿奴也好，本是湿婆大神在不同时空与轮回中的不同显身而已。①"

相思道："你为什么不和我们一起上去？"

曼陀罗轻轻叹道："我宁愿留在这里等。"

相思道："等什么？"

曼陀罗轻轻一笑，道："等你们死在上边。"

她话音未落，突然轻轻往后退了一步。她的身体不知什么时候已经到了悬崖边上，

---

① 她的说法仅仅为部分湿婆教派信徒的说法，以提高自己信奉的神的地位。在本部小说的神话背景体系中，这三位神明并不是一体的，具有独立的神格。

这一退，她的整个身体宛如一片绯红的树叶一般，轻轻向滚滚云海中坠去。

那一瞬间，她的衣裙如花绽放，虽是惊鸿一瞥，却美得惊人。

相思惊呼一声，赶到悬崖边的时候，曼陀罗的身影已经不见。山腰的白云依旧卷舒如故，连一点撕裂的痕迹都没有。仿佛曼陀罗并不是跌入谷底，而是在缥缈的云朵上被瞬时融化了一般。

相思愕然立在崖边，浓浓的雾气衬得她的身影孤单而恍惚。卓王孙不知什么时候来到她身后，淡淡道："我们走吧，她还会回来的。"

第二十一章

❦ 龙吟神峰间阖开 ❦

天梯尽头，梵天神殿洁白的宫墙肃立峰顶。朝霞绚烂，白云凄迷，这一切混合成一种慑人的魔力，让人站在峰顶云间之时，不由自主地从心底生起一种深入骨髓、惊心动魄的大欢喜、大敬畏来。

这座神殿的宫墙上却没有门。

宫墙应该有门的地方塑着一双巨手，手里握着一柄足有一人高的石剑。石剑通体晶莹剔透，毫无装饰，只有彩霞流转的光环围绕其上。迎着夺目的阳光仰视而上，接近天幕的宫墙顶端，塑着五个巨大的头像。这五个头像分别有红、黑、青、白、紫五种色彩，都是由天然宝石整块雕琢而成。神像表情各异，上边镏金重彩，华丽得有些诡异。

神像的神情或喜或怒，却每一尊都隐皱眉头，似乎在思索这个宇宙的奥义。

众人都没有说话。五道耀眼的阳光从神像眉心的印记中缓缓透下，宛如五只巨大的手臂，庄严而悲悯地触摸着每一个站在面前的生灵，甚至，每一粒微尘。任何人站在这道阳光之下，望着那只有高高仰视才可见的神的面孔，能感到的只有神的无边威严和人的纤弱渺小，都会忍不住在这神的力量前卑微战栗，祈求神的宽恕。

步小鸾呆呆地凝望着神像，喃喃道："这到底是谁呢？"

杨逸之道："梵天。曼荼罗教供奉的是三位一体的湿婆，藏边总教乐胜伦宫内供奉着湿婆神像，而在印度和中国两个分坛供奉的则分别是毗湿奴与大梵天两个化身。"

卓王孙微微一笑道："难得见杨盟主开口。"

杨逸之皱眉道："我已说过，并非不愿开口，而是曼荼罗阵中一切莫不在阵主掌握之中，我在阵中的一言一行都可能不利于诸位。"

紫石冷笑一声道："原来杨盟主是为我们大家着想，不知为何到了此时，又直言不讳了呢？"

杨逸之沉声道："只因到了此时，我们无论做什么，结果都已一样。"

紫石一怔，冷哼道："危言耸听。"神色却不由一寒。

相思道："那么这梵天神殿，我们到底要怎样才能进去？"

杨逸之缓缓摇头道："梵天神殿殿门传说为将作大神亲手打造，上面有着梵天的祝福。若非主人开启，凡人之力万难破坏。"

相思一怔，道："那神殿的主人在哪里？"

杨逸之道："神殿的主人也就是曼荼罗阵的主人。他既然知道我们前来，又闭门不见，唯一的目的就是试探我们中是否有人能强行开启此门。"

相思道："可是……不是说这神殿之门万难破坏吗？"

杨逸之道："的确如此。"他的神色有些暗淡，良久才道，"我滞留曼荼罗教中之时，曾听过一个传说。梵天作为天地之始、创生之主，却爱上了湿婆的妻子。由于迷恋她的美貌，便生出了五个头颅，以便能从各个角度欣赏她的美丽。湿婆得知后暴怒异常，挥剑将梵天其中一头斩下。后来是众神求毗湿奴劝阻，湿婆方才罢手。从此梵天只剩下四个头颅。当梵天清醒过来，亦为自己的行为感到羞愧、悔恨，但他同时也开始怨恨湿婆，于是诅咒湿婆将永世流浪以赎罪。"

他发出一声轻轻的叹息，似乎在感慨这悲伤的命运。相思却浑然不觉，道："这个传说我也曾看过，然而和这座宫门有什么关系？"

杨逸之沉声道："若我想得不错，机关开启的枢纽就是要有人取下梵天手中的石剑，斩下神像其中一颗头颅。"

相思道："那……究竟应该是哪一个？"

杨逸之摇头道："我也不知。只怕若斩错了或者不能一剑斩下，我们就再也无法离开此处了。"

相思神色一凛，道："难道只有一次机会？"

杨逸之点了点头，将目光移向远方，不再看她。这个来自异域的传说似乎触动了他心中久藏的隐痛，引得一阵黯然神伤。

山崖峻兀，他们已无法回头。凄迷的风雾中，梵天的五首更显狰厉，相思的心也沉了下去。

只有一次机会，却要决定一行六人的生死，这责任岂非太重？

又该让谁来承担这责任呢？

众人只觉口吻也同这石剑一样沉重，无法叫出任何人的名字！

却听一声轻叹，卓王孙缓缓走上前来，道："让我来。"

相思脸色顿时变得苍白，道："先生……"她眼中神光颤动，透出浓浓的关切之意，却不是为了这一行人的安危，而只是为他。

杨逸之眸中神光一暗，悄然转过身去，望着远方蒸腾的云霞。卓王孙脸色微沉，再不理她，径直向大门行去。山风激荡，将他的长发猎猎吹起，他青色的身影如坚毅的高山，伫立在蒸腾的云霞之中，仿佛比那巍峨的神像还要庄严。

相思忍不住惊呼道："先生小心！"

卓王孙的身形微微一顿，手腕猛然翻转，已然将那柄八尺高的石剑凌空摄在手中！

电光暴闪，卓王孙丝毫不停，石剑急斩殿壁神像。

他这一剑竟如随手挥出一般，连山中劲风都没破开。

相思的心一沉，就见那剑从神像中划过，脱卓王孙之手而出，铮然一声插在了山石上。

相思脸色苍白地注视着他，似乎要问什么，又不敢出口。突然，头顶上方传来一声轻响，那尊白色的梵天头颅从眉心撕开了一道若有若无的裂痕。裂痕越扩越大，一声巨响传来，宛如天地劈裂一般，四周山峦雌伏，隆隆不绝。

梵天头颅竟裂为两半，轰然坠地。

紧闭的神殿宫门也随着这声轰然巨响缓缓开启。卓王孙淡淡道："走吧。"当先向殿中走去。

只听一声淡淡的叹息从神殿深处传来："卓王孙，我知道你必然能打开此门，你果然没有让我失望。"

那声音有些冷漠，却极轻极柔，赫然是个女子。

众人都不禁一怔。难道悚动天下的曼荼罗阵主，居然是个女人？

卓王孙双目中的神色渐渐冷下来，淡然道："你就是曼荼罗阵主？"

那声音淡淡道："贵客远到，何不进来说话？"

大殿内极为高大宏伟，也极为空旷，当中摆着一张狭长的石桌，足有十余丈长，纵贯了整个大殿。石桌的这头，已经左右各摆上了三张石椅。

殿内通体素白，四周看不到一幅彩绘，与宫墙上的金碧辉煌相比，宛如两个世界。更为奇特的是，石桌远端的正前方并没有如人所想那样陈设着宏伟的梵天神像，却是一座高台，台顶放置着一个白玉石座。

远远望去，石座上坐了一个人。

这个人全身都为一袭巨大的黑色斗篷笼罩，脸上似乎还戴着面具。她所坐之处距此甚远，然而声音听起来却极其自然，宛如就在对面与人轻声交谈一般。

黑衣人道："诸位俱是当世俊杰，屈尊驾临，真令此地蓬荜生辉。某本应尽力款待，无奈客来仓促，准备不及，唯有薄茶一杯，不成敬意。"言罢轻轻一挥手，六盏茶碗从十余丈外的石桌远端无声无息地滑过来。

茶盏和桌面恰好保持着一根发丝不到的距离，看上去来势极缓，似乎每一分移动都能看得一清二楚，但实际上速度极快，瞬间就已分别来到左右共六张石椅前。

六盏茶碗同时停止的时候，盏底恰好与桌面贴合，几乎让人感觉不到它本是隔空传来的。

这个动作虽然简单，但其中包含的内力、计算、掌握非同凡响，黑衣人做得却极为自然，也丝毫没有显示武功的意思，仿佛这不过是一个再平凡不过的动作。

相思和紫石脸上已骇然变色。

卓王孙依旧淡淡微笑着，随手揭开了茶盖。

淡青色的雾气带着一股清泠彻骨的冷香冉冉升起。烟雾袅绕，在空中渐渐腾开，宛如一个被谪红尘的仙人，终于控鹤而逝，又忍不住对芸芸众生最后一顾，而后绝尘一去，了无痕迹。

步小鸾看得目瞪口呆，直等到烟云散尽，才惋惜道："就不见了吗？"

黑衣人道："小鸾姑娘若是喜欢，何不打开面前的盖子？"

步小鸾啊了一声，迫不及待地去掀面前的茶盖。相思见那缕茶烟来得蹊跷，一把拉住了小鸾的衣袖。卓王孙端起茶盏微呷一口，随意放在了桌上，对相思道："让小鸾打开吧。下毒这种手段，这位前辈是万万不屑做的。"

相思一松手，愕然道："前辈？"小鸾趁机一把将盖子揭开，里边蓬然开出一朵绯红的烟雾之花，优昙的香气顿时散得无处不在。

卓王孙淡淡道："当然要叫一声前辈。说起来，这位前辈和你倒是大有渊源。"

相思讶然道："我？我怎么会和她有关系？"

卓王孙微笑道："她既曾是华音阁三大元老之一，仲君，亦曾同你一样司职上弦月主，何尝不算渊源？"

听到"仲君"两个字，相思不禁一怔。

华音阁垂世近千年，制度极为森严。阁主之下分天暑之司、玄度之司、云汉之司三派。天暑是日之别称，为阁中男性弟子的编制，其下又分青阳、少昊、离火、元冥四宫，分别司医护、刑杀、外事、内政四事。玄度为月之别称，为阁中女性弟子的编制，以明月运行之相为名，上弦月主、下弦月主之下，又有正盈月妃、娥眉月妃、新月妃、朔月妃四职，各自统领一派。云汉为星辰之别称，他们的存在是华音阁的机密之一，除了阁主之外再无人知道他们的身份、年龄、名字。这些人分散于江湖各个门派之中，有的是已成名的江湖宿老，有的是默默无闻的奇人异士。平日里他们各司其职，仿佛与华音阁毫无关系，但只要阁主一封密令达到，他们便会毫不犹豫地为阁主效奔马之劳，直至献出生命。

华音阁盛极数百年，制度完善、人物鼎盛便是其中两个重要原因。然而，只有阁中少部分人知道，以上仅是华音阁内的正常编制。传说阁中历代还存在三位神秘的元老，名为元辅、仲君、财神。自阁主以下，华音阁最大的权柄其实存在于他们手中。

三位元老极为神秘，或不在编制之中，或兼任天罂、玄度、云汉三司执事。① 阁主以外，绝少有人知晓其底细。元辅相当于宰相之位，帮助阁主处理一切事务；财神顷刻可聚财亿万，顷刻之间又可将其散去，华音阁每年庞大的花费都由他供给；仲君负责保存、开拓阁中武功，因此，每一任仲君武功俱是高得不可思议。自上一任仲君离去后，卓王孙便将此功高震主的勋位封存。数百年定例从此打破，华音阁已再无仲君一职。

是以，当相思听到"仲君"二字时，脸上也不禁流露出惊讶之色。

那黑衣人冷冷笑道："只可惜姬某早已不在华音阁中，否则遇到卓先生你，还要尊称一声阁主。"

卓王孙道："前辈如何称呼在下倒是无所谓，只是前辈当年离开华音阁的时候，

---

① 卓王孙上任前，步剑尘为阁中元辅，兼任东天青阳宫主之职。姬云裳为阁中仲君，兼领上弦月主之职。卓王孙上任后，锐意改革，打破华音阁数百年定制，将一切大权尽归于阁主手中，废弃元辅、仲君二职，从此不再设立。

一直没有交还上弦月主的信物。"

黑衣人冷冷道："只因我当时不愿再见华音阁阁中之人。不过苍天令我最终还是托吉娜带给你了。"

相思恍然大悟道："你……你是上任月主姬云裳,也是暗中传授武功给吉娜的人!"

黑衣人道："你就是这一任上弦月主吗?"她冷哼了一声,"可惜,可惜!"

相思不解道："可惜?"

黑衣人冷笑道："可惜了'上弦月主'四字!曾经,上弦月主尹痕波,公认的天下第一高手,连当时的华音阁阁主也不敢撄其锋芒。我虽不才,近二十年来也从未遇过对手。而你……"

姬云裳摇摇头:"你本非习武之料,却也有几分特异的资质,若当年交由我调教几年,断不至此。"

相思脸上一红,讷讷道："尹月主和前辈您都是武林中公认的不世出之人才,休说华音阁中,就是古往今来的女侠之中也要以二位为翘楚。相思性本愚钝,自然不敢望其项背。"

姬云裳重重冷哼一声,道："不求上进!"

卓王孙道："姬前辈自认与华音阁毫无瓜葛,相思的武功自然不劳前辈费心。倒是以姬前辈的武功才智,本不应委屈于曼荼罗总教中阴魔一职,名位与兰葩、曼陀罗等人并列,实在大材小用。"

姬云裳淡淡道："你想得不错。若没有别的目的,就算曼荼罗总教教主挂冠易位,也未必留得住我。你既然能从茶中看透我的身份,这个目的想必也瞒你不过。"

卓王孙笑道："姬前辈的茶艺当年名动一时,华音阁中无人不晓。与此齐名的还有前辈的容貌。据说任何人一见之下,必当终身难忘。在下常常叹恨晚生了几年,未能一睹风采。上一次侥幸因缘际会,与前辈会于华音阁中,只可惜前辈来去匆匆,又不肯以真面目示我,在下未免殊为遗憾。却不知今天有没有弥补的机会。"

姬云裳看了他一会儿，缓缓道："当年步剑尘力阻你继任华音阁阁主，一者以为你寡情少恩，二者以为你阴狠暴虐，如今看来还应该加上一条自大轻狂。"

她冷笑了一声，道："这个小姑娘就是步剑尘的女儿？"

步小鸾正一手抓着茶盖，好奇地拨弄茶盏里的香雾，听到这里，突然抬头道："你说的是我吗？你说我爹爹叫……步剑尘？"

她当然知道自己的父亲姓步，却从来不知道名讳是"剑尘"二字。

姬云裳道："他从来没有告诉过你？也好，有些事情你若知道了……"她叹息一声，不再说下去。

卓王孙淡淡笑道："糊涂有时候的确是一种福气，然而人往往不愿消受这种福气，总要求个明白，正如当年前辈离开华音阁一样。"

姬云裳默然了片刻，缓缓道："当年华音阁之人负我不浅，直到如今我也不后悔当初所为。"

卓王孙道："当年的事，我也无心过问。只是姬前辈与华音阁决裂，远走边陲，既非出于义愤，也非仅仅为了避祸而已。"

姬云裳淡淡道："我为的是《梵天宝卷》。"

第二十二章

⟨ 一世尘缘镜中来 ⟩

《梵天宝卷》！

众人的神色都是一怔。

这部宝卷是天罗十宝之首，只是传说之物，据传自远古以来一直藏于雪峰之巅的乐胜伦宫中，由四圣兽看守。乐胜伦宫位于神山岗仁波吉峰中，为佛教、印度教、婆罗门教之共同圣地，自上古以来，冒死寻访者不可胜计，却一直没有人真正见过。直到百年前，乐胜伦宫被一位奇才打开，天罗十宝从此流传于人间，其中《梵天宝卷》不知所终。

传说这部宝卷由极为古奥的符号写成，常人根本无法看懂，更不要说修炼了。所以，《梵天宝卷》名声虽显赫，但在一般人眼中，连上边到底记载的是什么——武学秘籍、宝藏秘图或仅仅是一卷经书，都无法知晓。

卓王孙笑道："在下本也只是猜测，却没想到前辈如此坦诚。"

姬云裳冷冷道："最初决意寻找《梵天宝卷》的人不是我，是尹痕波。"

卓王孙点头道："尹月主一生好武成痴，才旷当世，绝无匹敌，难免把红尘俗事看淡，追寻一些出世之物了。"

姬云裳道："尹痕波的确如此。她花了十年寻找宝卷，又花了十年来领悟宝卷的涵义。半生心血、旷代天分尽耗于此。据说她为解此书，不眠不休，呕心沥血，不惜容颜老却，一头青丝尽为白发，最终将宝卷中潜藏之旷世武学整理为汉文副本，而后长笑一声，溘然辞世。"

卓王孙叹息一声道："尹月主才高难偶，孑然一身，天下万物除武道之外再难挂于其心，也可谓殉道之人。"

姬云裳默然了片刻，似乎心有所感。良久，她悠悠道："我却与尹痕波不同。我寻找此宝卷的目的只有一个，就是练成上面的武功，横扫天下，再无匹敌。"

卓王孙淡淡笑道："当年姬前辈在华音阁中之时，就算不是天下第一的高手，却也相差无几了。"

姬云裳冷笑一声，道："在这个世界上，天下第二的意思，就是说还有一个人能随时杀了你。在他眼中，你和蝼蚁仍然没有任何差别。"

卓王孙叹道："前辈既然如此执着，想必这些年来已经练成了《梵天宝卷》上的武功，得偿所愿了。"

姬云裳道："你错了。这部宝卷分正副二册。留有尹痕波注解的汉文副册，我在十余年前就已交予尹家后人。梵文书写的正册却一直存放在曼荼罗教的梵天地宫中。早在离开华音阁之前，我便已来到此地，将宝卷正册取出。我研看了数年，宝卷上的武功果然博大精深，叹为观止，每一笔都可以说是天下武学的极致，然而……"她自嘲地轻笑一声，"却由于某种极为滑稽的原因，不能修炼。因此，对于只执念于强力的我而言，这部宝卷也就毫无意义了。只是想到它是上古神物，一时没舍得将它毁掉罢了。"她的眼波突然一凛，直落到杨逸之身上。虽然隔着十余丈的距离和厚厚的面具，森寒之气仍直刺骨髓而来。

姬云裳冷笑道："然而五年前，这部宝卷被此孽徒盗走，远遁中原。本来此人倒也天资非凡，若真能奋发精进，让宝卷得其所用，也未尝不可。只可惜他修习了五年，舍本逐末，未得法门，不能发挥其威力于十一。宝卷在他手中，真可谓明珠暗投。"

卓王孙摇头道："前辈此言过矣。以杨盟主今日在剑术上的造诣，言一句出神入化亦未为过。"

姬云裳冷冷笑道："较之常人，自然是百倍胜之。然而他在嵩山之顶，万人注目之下，竟然败于你的春水剑法。在那之后，尚不知闭关图强，反而行走塞外，虚度光阴。更为荒谬的是，堂堂武林盟主，人称剑道君子，竟血衣锈甲，数度出入军营，与异邦蛮兵拼死厮杀，后又沦入一黄口小儿的掌控，被囚于地心之城，奇装异服，亵渎神明，终至于体发污秽，周身浴血，斯文扫地。全然不知用剑之人应当气度从容，风仪优雅。这样的人，出自我姬云裳门下，真可谓奇耻大辱。[1]"

小晏摇头道："杨盟主此举，或许是以苍生为念，何尝不是从容磊落。"

姬云裳冷冷道："未有救苍生之力，妄存济天下之心，便是该死。更何况，他此举为救苍生，还是救一人，只有他自己明白。"

她的目光从相思身上一掠而过，又落到杨逸之身上。杨逸之猝然合眼，不敢直面她的目光，心底仿佛被撕开了一个巨大的创口，显出淋漓的血迹。

相思浑然不觉，卓王孙的脸色却更加阴沉。

姬云裳淡然道："他明知此次岗仁波吉之行败多胜少，却依旧应战。一路与劲敌同行，亦不知通过谋略削弱对手实力。这样的人，与其让他再败于天下人面前，不如死在曼荼罗阵中。至此，姬某才真正起了诛杀之念。否则他又岂能活到今天！"

杨逸之深吸一口气，强行将心中的刺痛压下，淡然道："前辈若要取我性命，尽管动手。只是杨某早已不是曼荼罗教中人，前辈不必以孽徒视之。"

姬云裳淡淡道："你既已承认叛出我门下，我正好清理门户。"她这句话说得极为自然，丝毫没有恫吓之意，然而森寒之气已从石桌那头隔空而来。

卓王孙喝道："慢！"

姬云裳缓缓道："难道你还有心插手本门之事？"

---

[1] 事详《华音流韶·风月连城》《华音流韶·彼岸天都》。

卓王孙笑道："前辈要替曼荼罗教清理叛徒，卓某当然不便插手。然而卓某要为华音阁清理叛徒之事，倒是非出手不可。"

姬云裳目不转睛地看了卓王孙一会儿，突然笑了起来，道："你是在说我？华音阁主果然是自信非凡。"她目光往众人脸上一扫，"你们三人和我都大有渊源，仅以武功而论，在当今天下也算得上是出类拔萃。想必能在你们任何一人手下走上十招的人都寥寥无几。然而……"

她微微一笑，道："若是三位联手与我一战，自认能有几成胜算？"

卓王孙淡淡笑道："未见其真，不敢妄言。"

她点了点头，将目光投向小晏。小晏道："我只想知道我与前辈的渊源到底何在？而曼陀罗所出那一招又从何而来？"

姬云裳宛如没有听见，淡淡道："逸之，你呢？"

杨逸之犹豫了片刻，缓缓道："若不算上前辈这五年的进益，我们应当有五成胜算。"

姬云裳大笑起来，道："五成？看来你这几年的武林盟主没有白做，倒真是多了几分狂气。就凭这一句，我也当给几位一个联手的机会。"

卓王孙道："不必。"

姬云裳冷笑道："卓王孙，你或许平生未逢一败，然而我若说能在十招内败你于剑下，你是信还是不信？"

卓王孙淡然道："信与不信，华音阁之事都绝不容外人插手。"

姬云裳点了点头，道："既然如此，你们都到后殿来吧。"

大殿的中央赫然横亘着一道裂隙。

裂隙足有两丈宽，中间只松松地搭着一条乌金索。从上往下看去，只觉其中隐隐有火光流动，宛如地狱烈焰，深不可测。几人在神殿中待了那么长的时间，居然没有一个人发现这条裂隙。似乎它本不存在，只因主人一句话，才无声无息地从地心处延展开裂而成。又或者，这座曼荼罗山本已被一柄远古巨剑劈开，而这座神殿正好跨越裂隙而建。就连那张纵贯大殿的石桌也是两半遥遥相对而成，中间正隔着这道罅隙。只因为大殿地势、光线布局巧妙，才让人产生了浑然一体的错觉。

姬云裳冷冷道："以各位的轻功，从乌金索上走过来并非难事。然而，诸位请抬头看看殿顶。"

殿顶上赫然镶着一面巨大的镜子。这面镜子上别无其他装饰，只是镜子边缘的巨石产生出被高温熔化之后的奇特姿态，将镜子牢牢包裹其间。镜中飞速旋转着微漠的乌光，宛如夜空中绽开的巨大旋涡。

姬云裳道："这就是轩辕宝镜。传说这面镜子能直洞人心深处。任何人心中若有亏欠，都将被反照在这面宝镜中，而他足下的乌金索就会在瞬间绷断，令人跌入阿鼻地狱。"

步小鸾怯怯地看了看裂隙，道："我们能不能不从这里走啊？"

姬云裳冷冷道："诸位以为自己还有后退的余地吗？"

卓王孙微微一笑，向前迈了一步，正要踏上乌金索时，姬云裳道："慢！"

卓王孙道："前辈还有什么吩咐？"

姬云裳道："只是警戒你们三人切不可轻敌大意。这道裂隙并非很宽，若在往常，就算不借助绳索也能凌虚而过。但在这里，只要宝镜上照出一丝愧疚追悔之意，绳索上之人就会立刻跌落，纵然是轻功天下第一的高手也万难逃脱。"

卓王孙笑道："在下虽然寡情少恩、阴狠暴虐、自大轻狂，但对平生所行之事，绝无半点愧疚。"他话音甫落，身形已凌空而起，也不故意炫耀轻功，只如闲庭信步一般，轻轻落在罅隙对面。

步小鸾犹豫着，抬头看到卓王孙在对面向她伸出手，终于一咬牙，闭上双眼，身体猛地往上一纵。只见她白衣飘飘，宛如一片风动之花，轻轻落到了卓王孙怀中。

紧接着，小晏、相思、紫石也安然跃过了裂隙。

那面宝镜依旧悬于殿顶，没有一丝改变。难道这心镜之说只不过是姬云裳故弄玄虚？

这时，只听姬云裳悠悠笑道："逸之，轮到你了。"

杨逸之的神色有些沉重。他缓缓来到乌金索前，负手而立，似乎在思索什么。宝镜中乌光流转，望上去深不可测，宛如整个宇宙都可缩于其中。

杨逸之深深吸了口气，向前迈了一步。

天地间的光线似乎突然一暗，杨逸之的身影瞬间凭空消失在众人眼前。还没等大家回过神来，那道两丈余宽的裂隙已轰然合上！

小晏身形一动，已来到杨逸之刚才所站的地方。他伸手一触地面，脸色顿时一沉。地面是一整块巨石铺成，根本没有裂隙或乌金索的踪迹。

或许这也只是阵中幻觉，根本不曾存在过？然而杨逸之呢，他现在又身在何处？

相思脸色苍白，喃喃道："不可能，杨盟主他……"

不远处的高台上，姬云裳爆出一阵长笑。

巨石王座上镶满了金色龙牙，她一袭黑袍，高坐其上。大笑之声震得整个宫殿都在微微颤动。众人只觉眼前一花，卓王孙的身影已如雷电一般向姬云裳袭去。他当然知道眼前这个人可能是平生未遇的劲敌，所以这一招极沉、极狠。

姬云裳大笑不止，而她的身形却稳如磐石，一动不动。

卓王孙掌上劲气劈空而来，凝为一道利刃，已触到了姬云裳的衣襟。姬云裳依旧不躲不避，连笑声也未有分毫改变。卓王孙心中一动，掌上劲力往旁边一转。只听一声闷响，卓王孙的右掌已生生洞穿姬云裳的左肩。

若不是他刚才将内力撤开，这一掌只怕要穿心而过。

姬云裳咳嗽了几声，依旧没有动弹。卓王孙注视着对手，脸上没有半点喜色，缓缓道："你不是姬云裳。"

卓王孙突然撤手，手掌从她身体里掣出。她轻轻哼了一声，肩上伤口顿时血流如注。

卓王孙一手揭开了她的面具。

面具下是一张熟悉而苍白的脸。

众人悚然动容道："曼陀罗？"

曼陀罗轻轻笑道："想不到这么快就再见面了。"声音有些干涩，却绝不是刚才的声音。

卓王孙冷冷道："姬云裳呢？"

曼陀罗碧绿的眸子因痛苦而剧烈地收缩着："阴魔大人不在这殿中。"

卓王孙冷笑道："她必定就在不远处。你只是坐在这里装装样子，传送茶盏的内力、和我对答的声音却都不是你可以代劳的。"

曼陀罗苍白的脸上露出讥诮的笑意："我只说她不在殿内，却没有说她不在地宫之中……阴魔大人已经足足一年没有离开过梵天地宫了。"她轻轻合上眼，"这座神殿只不过是掩人耳目，真正的梵天神殿在地下——整座曼荼罗山都是！"

相思惊道："地下？那杨盟主是不是正在里边？"

曼陀罗冷冷笑道："是。不过你们是进不去了，因为你们脚下的岩石，最薄的也有一丈厚……"她忍不住爆发出一阵猛烈的咳嗽，良久才低声道，"卓王孙，平心而论，阴魔大人能够透过岩石传音入密、操纵石桌上的茶盏而让你们这样的高手也毫无知觉，这力量可否称得上一句天下无双呢？"

卓王孙淡淡道："是。"

曼陀罗道："然而这座地宫，除了轩辕宝镜的入口之外，连阴魔大人也不能打开。所以说天下已没有人能打开。"

众人心中都是一沉。

曼陀罗面色如纸，抬起头看着卓王孙，冷笑道："阴魔大人旨在处置曼荼罗教弃徒，杨逸之想要活着出来已经不可能了，而你们现在离开这里还来得及。"

卓王孙冷冷看着她，没有说话。

曼陀罗轻轻叹息一声，缓缓道："你们不想走，我可不陪了。"

她话一说完，身形就动了。令人想不到的是，她重伤至此，还能动得如此之快。就在这一瞬间，殿顶突然泻下一道刺目的金光，让人忍不住合眼——这本是人的本能。然而卓王孙非但没有合眼，眼中的神光反而更加凌厉。与此同时，他的身形也动了，而且比曼陀罗还要快。

两人身形在半空中瞬时交错，然后一蓬血花宛如暮雪一般洋洋洒洒而下。

卓王孙轻轻落回原处，一拂袖将眼前血花荡开。曼陀罗的身形却箭一般直坠下来，砰的一声跌回石座上。她的身体紧靠在椅背上，神色极为痛苦，却始终一声不吭。

她的右臂上赫然多了一枚金色的龙牙。

而石座靠背上的七对龙牙，有一枚已被人折断。曼陀罗竟然被卓王孙用这枚龙牙生生钉在了座椅上！

曼陀罗妖媚的面孔都已扭曲，额头上冷汗涔涔。她似乎极力想挣脱出来，但轻轻一动就痛彻骨髓，身体另一侧的创口也受了牵动，鲜血宛如大朵大朵的花，开谢不止。

瞬时间，她身上的黑袍已经完全被鲜血浸透。

卓王孙冷冷看着她。她的嘴唇似乎失去了最后一点血色，眼神也迷茫起来。相思忍不住上前几步，想为她封住穴道，却又迟疑了片刻。曼陀罗微微侧了侧头，乌黑的秀发垂散开来，铺了一地。她似乎已经陷入了昏迷。

相思叹息一声，再也不忍看下去，出手向她肩头天突穴点去。

曼陀罗醒转过来，猛地伸出尚能活动的左臂，将相思的手挡在半空中。她看了相思一会儿，轻轻笑道："你知道他为什么不拦住你吗？因为你帮我治伤，我就能死得慢点，于是他就可以逼问我打开地宫的方法了。"

她的突然苏醒把相思吓了一跳。曼陀罗缓缓握住她的手，相思一时心软，也不忍挣开，疑惑地道："可是……这个地宫不是没有别的入口吗？"

曼陀罗苦笑道："他难道会相信我的话？"

卓王孙冷冷道："你明白就好，地宫的入口在哪里？"

曼陀罗轻轻笑道："你逼我也没用，反正我马上就要死了。"

卓王孙淡淡道："死，有时候并不是一件容易的事情。"

曼陀罗咳嗽了几声，将目光转向相思，低声道："你猜他会怎样折磨我？"

相思不忍地道："你还是快点讲出来吧……再这样下去，你的血会流光的。"

曼陀罗一笑，又是一阵猛烈的咳嗽，鲜血又不可遏制地喷涌出来。她注视着相思，摇头笑道："你好像比我还害怕……"

卓王孙打断她："地宫入口在哪里？"

曼陀罗看了他一眼，轻叹道："我一生最不喜欢自己鲜血淋漓的样子，告诉了你，我是不是可以死得好看点？"

卓王孙并不答话，似在默认。

曼陀罗悠悠望着殿顶轩辕宝镜，道："入口就在宝镜后边。"

她此话一出，众人都忍不住往殿顶看去。

就在这一瞬间，曼陀罗身上突然迸出一片血幕，她的身体宛如融入海波的月光一般，缓缓消失。而那条钉在椅背上的右臂竟然被它的主人从肩部生生撕断、遗弃！

滴血分身血遁大法！

这是天地间最强的遁法。传说修习遁法者一旦被迫使出血遁之术，他的灵魂也就彻底交给了妖魔。从此他就算活着，也要永受痛苦的煎熬。

步小鸾惊呼一声，扑到卓王孙怀中，害怕地道："相思姐姐她……"

众人这才发现，同时消失的还有曼陀罗手上的相思。空气中，曼陀罗嘶哑的声音在大殿里回荡不绝："卓王孙，这个女人我带走了。以滴血分身大法施出的血遁无迹可寻，你永远也找不到我们。若不是为了带她走，本不至于受你羞辱，不过好在我终于在自己的血流干之前引动了她的一丝怜悯之心。

"其实我真的很想知道，你心中到底有没有爱别离之苦……"

卓王孙抱起步小鸾，静静站在原地，似乎根本没有听她说什么。

突然，他跃身而起，如迅雷一般向殿门而去。他虽然看不见，但已感知到了曼陀罗退走的方向，而他决不能容曼陀罗活在世上。

身后的一切已与他无关。

小晏正要随之追去，却又犹豫了片刻。正在此时，紫石在他身后唤了一声："少主人。"

小晏默然片刻，终于转过身来。紫石注视着他，道："少主人，你不去吗？"

小晏摇头道："他要找的人一定能找到。而若他找不到的，我去了也毫无用处。"

紫石望着他，忍不住露出微笑："那我们现在怎么办？"

小晏道："当然是留下来等杨盟主出来。"

紫石蹙眉道："他……他真的还能出来吗？"在无风无月的地下秘宫中，独自对决武功深不可测的敌手，杨逸之岂非连一成的胜算都没有？

小晏却微微一笑，道："一定。"

第二十三章

✦ 破壁十年生死处 ✦

妖异的红色纠缠扭动，缓缓凝聚成一个人形，突然拉近，从墨黑的宝镜中直扑出来。

"兰茝？"杨逸之心中一惊，正要看清，身体已不可遏止地向下坠落！

杨逸之觉得自己的身体宛如一瞬间失去了重量一般，轻轻飘落在某处。

四周是宛如深海一般的黑暗。他的剑气借助风月之力而发，要想立于不败之地，对风与光的感觉自然要比别人敏锐些。就算身处地下，只要有一个微小的孔隙，他都能感知到风月之力，并将之凝聚为无坚不摧的剑气。

然而这里连最微弱的光与风都没有。

绝对没有。

杨逸之试着闭上眼睛，只凭感觉去判断方位。然而过了良久，他依然一无所获。身边的一切都完全隐蔽于绝对的黑暗之中。或许周围布满了机关暗器；或许他正好站在一块窄窄的巨石上，而周围就是万丈悬崖；或许最强的对手就伫立于眼前，只等他一动，就发出致命一击。

然而，他不能再等下去。因为他已感到自己全身的力量宛如潮水退去一般，正在缓缓消失。他必须去寻找光源。哪怕这几乎是用生命在作赌注，但只要赌，就总有赢的机会。

缓缓地，他向前迈了一步。

就在他的脚要落下的时候，他心中突然有一种说不出的感觉。这种感觉毫无征兆，仅仅只是直觉。

于是，他向一旁微微侧了侧身。

就在这一瞬间，一道凌厉的剑气从他耳边擦过。他虽然没有受伤，但束发已被打散。散发在那一瞬间披拂而下，挡住了他的脸。杨逸之几乎是本能性地一抬头，第二剑又已向他咽喉横扫而至！几乎就在剑芒沾上他肌肤的刹那，杨逸之突然贴地退出丈余远。那剑气猛地一盛，化为一道密不透风的气壁，向着杨逸之退避的方向直逼过去。

地宫里没有剑光，没有风声，只有无所不在的剑气和杀意。

就在杨逸之退无可退的时候，第三剑已悄无声息地从背后袭来。正面的剑气虽盛，却只是诱饵，而这身后之剑才是真正的杀机所在。

杨逸之所有退路几乎都已被这一剑封死。

然而偏偏就在此刻，一道漠漠微光照亮了四周。他的身形冲天而起，那道微漠的光华在他掌中化为一柄淡青色的光剑，劈空斩下！

只听锵的一声轻响，袭向他身后的那柄长剑被远远抛向空中，而后和这道微光一起跌入无边无尽的黑暗。

四周又变成一片浓黑的死寂。

过了一会儿，空气中传来水滴落地的声音，在空寂的地宫中显得极为清晰。一个人突然朗声长笑道："杨逸之，你虽然打落了我的剑，但是你终于还是受伤了。"

杨逸之默然不答。

在平时，他或许能够避开这一剑，然而在无风无月的地宫中，他只能强行凝气成光，再出剑，终于还是慢了那么一点点，被这道无比凌厉的剑气所伤。

更要命的是，为出这一招他已经耗去了大半的力量。杨逸之尽力让自己的呼吸能如往常一样均匀，他绝不能让对手看出他的伤势。他虽然封住了伤口周围的穴道，但是伤痕太深，那滴血之声不止，宛如一盏催命的更漏。

那人悠悠道："你不用再撑了，依你现在的伤势，根本撑不过半个时辰。"

杨逸之冷冷道："是吗？那你何不坐下来等我倒下？"

那人阴阴一笑道："我不必。莫非你忘了，我还有一柄剑？"

杨逸之的心顿时沉了下去。

普天之下，双手使剑的人并不多，而高手则只有一个，就是曼荼罗教内镇守梵天地宫南面的毗琉璃。

五年前，杨逸之刚刚来到曼荼罗教的时候，此人已是姬云裳手下四天王之一。传说剑无论从他哪一只手中使出，都可以让鬼神夜哭。而他的双手已到了可以左右互搏的境界，若一起出手，威力便能平添一倍，宛如两个顶尖高手左右夹击。

这样的对手，就算杨逸之全盛之时，再把战场换到光风霁月的夜晚，也未必有完胜的把握。

杨逸之缓缓道："毗琉璃？"

毗琉璃笑道："难为你还记得。只可惜我却不记得还有你这样一个师弟。"

杨逸之没有回答。他现在每一分精力都很宝贵。因为多一分力量，就多一分活下去的希望。而那些可答可不答的话，只会让对方找出他的弱点所在。

毗琉璃也沉默下来，两人的身影被包裹在浓浓夜色之中，却谁也看不到对方的眼睛。

良久，毗琉璃道："《梵天宝卷》真的在你手中？"

杨逸之道："是。"

毗琉璃冷冷道："我本不相信天下有武功秘籍这回事。因为剑术之道，重在变通。战场上任何一个微小的变化都可能让胜负易位。一个平庸之人就算得到天下所有的武学宝典，也不可能成为剑术大家。想变强的唯一办法就是不停地战斗。当你打败了所有的对手，你就是当之无愧的天下第一剑客。"他突然冷笑了一声，"然而阴魔大人的话我不得不信，因为她是我一生中唯一打败了我的人。所以二十年来我一直很想知道，《梵天宝卷》里到底写着什么。"

杨逸之淡淡道："那你何不打败我，然后逼问宝卷的内容？"

毗琉璃道："不必。因为我已知道自己无法修炼宝卷上的武功。虽然我并不知道原因，但是我相信阴魔大人绝不是骗我。"他顿了顿，又道，"于是，我便很想看看，《梵天宝卷》上的武功在别人手上到底能有多强。"

杨逸之道："你刚才已经看过了。"

毗琉璃冷笑道："的确看了，但看得还不够。"

突然，黑暗中升腾起一点火光。虽然微弱，但是已足够杨逸之看清身边三丈以内的一切。

毗琉璃右手提剑，左手却拿着一个火折子。火焰笔直升腾，照着毗琉璃那张铁青色的面孔，显得极为狰狞。

毗琉璃缓缓将手中剑举起，道："出剑。"

他手中那柄剑看上去极为普通，剑身透明，剑尖椭圆，宛如韭叶，却仿佛是无刃的。然而这柄无刃之剑一旦握在主人手中，却顿时有了某种秘魔般的光泽。

——大美不言，重剑无锋。

浓重的杀意渐渐弥漫在两人之间。两人遥遥对峙，宛如过了亿万年的时间。

毗琉璃道："你为什么还不拔剑？"

杨逸之道："我本没有剑。"

毗琉璃道："那你以何御敌？"

杨逸之道："光、风。"

毗琉璃注视着他，缓缓点头道："据说你平生御敌，从不出第二招？"

杨逸之道："是。"

毗琉璃冷笑几声，道："这次呢？"

杨逸之道："还是。"

他最后这个是字一出口，毗琉璃手中的火光似乎突然跃动了一下。周围的光线一暗，杨逸之的身形已冲天而起！

他手一抬，那满天微弱的光华似乎都被聚在掌心，挥洒间化为无数剑芒，在半空中织成一道无所不在的光幕，如惊涛骇浪一般向毗琉璃席卷而至。

毗琉璃的瞳孔猛地一缩，脸上的青色似乎变得更深。他待那道剑光之幕逼到胸前时，突然自下而上，将手中的无刃之剑往前一扬。他的招式再简单不过，甚至说不上美，然而杨逸之挥出的那道光幕竟然被他劈裂为两半。就在杨逸之身形落地的一瞬间，毗琉璃的身形动了。他连人带剑，突然在空中抛起了一道弧，以不可思议的速度向杨逸之头顶刺去。

这一剑来势实在太快，剑光一绞，杨逸之全身要害都在他的劲力笼罩之中。这种速度可以说为杨逸之平生仅见。天下以快制胜的剑客并不在少数，有些人一生中反复练的就是出招那一瞬。因为若你的招式、后劲不如别人，却能在对方出手之前将之置于死地，那么其他的一切也就不重要了。

因此道而享有盛名的人武林中至少有十个，其中传说最快的是华音阁的快剑洪十三、游走南疆的血刀客、据说已成地仙的餐霞上人。

然而这些人若来到此处，绝没有人能在毗琉璃攻出十招的时间之内出三招以上。

卓王孙也不能。

或许姬云裳也不能。

这样的速度下，天下只怕已没有人能从剑气中躲开。而杨逸之站在原地，也丝毫没有躲避的意思。满天剑气瞬时当面扫至。正是因为他太快，杨逸之甚至连方才那一招都还没有使完，右手还凌虚放在空中。

就在这雷霆一般的剑气里，杨逸之的手腕似乎微微动了动。

一道淡白的微光从毗琉璃的剑气最盛之处冲天而起。

天地间仿佛顿时寂静下来。一朵暗红的血花默默盛开在光柱的尽头，瞬时凋零为漫天碎雨。杨逸之猛地往后退了几步，再也无法支撑，跌倒在地上。而在他对面，毗琉璃的身子似乎摇了摇，他突然大笑道："还是一招……我终究还是没能逼你出第二招……"他双手猛地将剑插入脚下的岩石，然后整个身子一软，倚了上去。他的胸膛急剧起伏着，身体也颤抖不止，似乎正在承受着极重的伤痛。

然而，他仍没有放手，只因他决不能在敌人的面前倒下。

火折子落在一旁，依旧缓缓燃烧着。杨逸之倚壁而坐，等待着自己能站起来。

他轻轻叹息道："你本不该点这个火折子的。"

毗琉璃摇了摇头，并没有回答。他脸上的青色正在急剧散去，神色反而显得安详起来，看上去竟然宛如一个普通的读书人。

世上很多人为自己加上重重的装饰，到最后反而连自己也不知道自己原本的面目了。

也不知过了多久，杨逸之缓缓起身，从毗琉璃身旁拾起那个火折子，然后转身向前方走去，再也没有回头。

杨逸之手上的火光已经越来越暗，而地宫的隧道却仿佛无穷无尽。他甚至一直在想，是不是应该把火折子暂时熄灭，留下那最后一点，用在最需要的时候。

然而他不能，因为他已感到周围沉沉的杀机。杨逸之知道，就在这微微光芒可见的范围之外，一个人正如狼一样尾随着他。只待他手中火光一灭，就发出致命一击。

杨逸之甚至能感到那双森寒的眸子就牢牢钉在自己的脖颈之上，然而当他猛一回头，这双眸子又完全淹没在黑暗之中了。

这枚小小的火折子总会有燃尽的一刻。那人似乎就在不远处阴阴冷笑，等着杨逸之一步一步走入死亡之地。

火光微微地颤抖了两下，终于还是熄灭了。

与此同时，敌人那凌厉无比的杀招出手了！

然而那人攻击的竟然不是他的要害，而是他的右手。杨逸之皱了皱眉，侧身让开。

令人惊讶的是，那人的劲力明明已经错过杨逸之的身体，却偏偏能从空中无声无息地折返回来，再次向他猛扑而来。

杨逸之已经让了七次，似乎每一次都避开了，又似乎每一次都没有。那人的劲力出奇柔韧，而出手的方式也诡异至极，宛如来自地狱的恶灵，一旦认准目标，就附骨难去，至死方休。

若只守不攻，迟早会有被他缠住的一刻。

杨逸之手腕一沉，突然向那人劲力最盛处探了过去。因为他已感到这所谓最盛之处，也是其空洞所在。

就在他的手要触到对方阴冷的劲气之时，却突然顿在了空中。

因为他心中不知为何涌起了一种奇怪的想法：这是一个圈套。

而就在他犹豫的一刹那，对方的劲气已猛地反噬而来。杨逸之只觉得手腕上一阵冰凉，宛如被一条毒蛇猛地缠住，然后越收越紧。

杨逸之突然想起一个人。

同为四天王之一的毗留博叉。身白色，穿甲胄，手执红索，镇守梵天地宫之西。

这种套索由特异的材料制成，一旦被套住，几乎没有用内力挣断的可能。对于杨逸之来讲，右手被套住的结果，就是认输等死。

那一瞬间，杨逸之根本来不及多想，猛地一弹，指间那枚已灭的火折子向毗留博叉破空袭去。

火折子来势甚猛，毗留博叉也不敢硬接，侧身让开。而就在这一瞬间，杨逸之已从套索中脱身出来。

杨逸之的心却沉了下去。

在无边暗夜中，失去了火折子，也就失去了光。失去了光，也就失去了胜利的希望。

毗留博叉冷笑道："能从本座的套索中脱身，也算有几分本事。只可惜太故作聪明了。你以为提前熄灭火折子，诱敌出手，本座真的不知道吗？"

杨逸之没有回答。

毗留博叉狠狠地道："本座平生最恨自作聪明之人！"他顿了顿，又道，"只因为本座少年之时，曾被一女贼所骗。更不幸的是，她居然和你一样，也姓杨。嘿嘿，你可知道她后来是何等下场？"

杨逸之没有回答。

毗留博叉干笑两声，森然道："我解开她的头发，将她活活勒毙，而后悬挂在房梁上七日七夜！她以为我是傻瓜，没想到聪明人往往却被聪明所误。你看她最后被自己的头发勒死，可不正如蚕虫，作茧自缚吗？"

他又是一阵阴笑，声音更加沙哑："如今你岂非一样？小小把戏还想骗过我的眼睛？而今火折子已失，看你风月之剑从何而来。"他言罢猛一招手，那套索在空中一转，又向杨逸之袭去。

短短瞬间，那人手上又已攻出了十余招。比起毗琉璃而言，他出手的速度也并非特别快，然而杨逸之始终无法看透他攻击的方向。因为他每一招几乎都能陡然生出十种以上的变化，而每一种都诡异至极，宛如毒蛇一般阴险诡变，不可测度。

杨逸之几乎无法还手，只是一步步后退，他的心也一点点沉了下去。失血、疲惫、力量的消散，让他每一次闪避都力不从心。虽然他还能勉强躲开套索的追击，但是他知道，自己的身法在毗留博叉眼中已无处不是破绽。

如果毗留博叉这个时候向他挥出最后一击，那他不死的可能性真是微乎其微。

然而毗留博叉偏偏要等。

只因为他心中恨意极重，杀人之前都要惨加折磨。他知道在这种时候，每拖延一分钟，杨逸之全身所受的痛苦就会多一分，而他心中的快意也就增加一分。若不玩赏到心满意足，他的致命杀着绝不会出手。

又已经过了二十招，杨逸之的衣服都已被鲜血和冷汗浸透，连后退的步伐都凌乱起来。

毗留博叉冷笑道："被毗琉璃的剑气所伤，伤口会越来越深，痛彻骨髓，到时候，只怕你的手便不是用来拿剑了，而是在胸前乱抓，生生抠出自己的心脏来！"

杨逸之只退不语。毗留博叉有些不耐烦，喝道："你若再不还手，就永远没有机会了。"

杨逸之当然知道他说的是真的，其实就算自己现在出手，仍然没有机会。转眼之间，毗留博叉手中的套索宛如妖蛇盘动，又已舞出了七种变化。杨逸之又向后退了七步。而就在第七步的时候，他足下突然传来一声脆响。然后是碎石噗噗滚落的声音。

——他竟已被逼到了悬崖边上。

杨逸之的身体不由得晃了一晃，毗留博叉森然一笑，致命一击已经出手！

那条套索在黑暗中猛地一抖，宛如一条龇着森森毒牙的赤蛇，带着妖异的寒气向杨逸之当头罩下。毗留博叉忍不住笑了起来，他似乎已经听到对手的颈骨在套索的紧勒下碎裂的声音。

突然，他的笑容凝固在了脸上。

就在他的套索逼近杨逸之面门的时候，他眼前竟然出现了一道火光。

火光虽然微弱，但是拿在杨逸之手中，就宛如有了无所不能的力量。毗留博叉此刻的表情，就仿佛被自己的套索锁住了咽喉一样，他手上的动作也不由得稍稍一滞。

杨逸之的风月之剑已当面扫至。

暗夜之中，一声爆裂般的碎响直震得整个地宫都在微微颤动，一线微弱的火光也在震颤中缓缓变暗。

毗留博叉第一次也是最后一次看到了对手的面容。

杨逸之一头散发尽皆濡血，脸上一抹暗红的血迹从额头直到唇边。他没有抬手去拭，也已无力去拭。

毗留博叉倒在崖边的一块巨石上，胸膛不住起伏，喃喃道："不可能……"

杨逸之慢慢让自己的呼吸平静下来，而后将手中燃尽的火折子扔开。毗留博叉嘶哑的声音里尽是惊骇之意："你从哪里来的第二枚火折子？"

杨逸之淡淡道："本来就只有一枚。"

毗留博叉愕然道："那刚才……"

杨逸之道："刚才我扔出去的，不过是一枚从地上捡起来的石子。"

毗留博叉顿时说不出话来。在那一片黑暗之中，他又如何能想到，杨逸之在生死关头从手中扔出去的乃是一块石子。更无法想到的是，这个身负重伤的年轻人的心思竟然细密到如此程度。自己一生最痛恨的就是为人所骗，没想到最后仍是被人用小小把戏骗了性命！

杨逸之叹息一声："本来刚才那一招，我不过勉强出手，依你的实力，只用使出六成的功力，我就必然败落……然而，我的剑意未满，你的心却乱了。"

杨逸之方才其实已经到了强弩之末，毗留博叉随意一击都能让他倒地。而那一纵即逝的微弱火光绝不可能让他瞬时恢复内力——就算将整个地宫顶盖揭开，让最强烈的朝阳全部照下来也不够！

然而，这一线之光已足够扰乱毗留博叉的心智。

在这样的对决中，谁的心乱了，谁就已经败了。

毗留博叉默然片刻，长长呼出了一口气，轻轻道："我本该早点出手的……"他若能放开胸中那些恨意，早一点痛下杀手，杨逸之也许就等不到这个机会了。

只可惜毗留博叉最后虽然明白了这个道理，却再也没有了改正的机会。

第二十四章

✿ 清宵孤月照灵台 ✿

杨逸之本来极不愿意再看到这具尸体。然而为了活下去，他不得不仔细搜索毗留博叉身上每一件对他有用的东西。

然而他的手刚一碰到毗留博叉的衣服，心就陡然沉了下去。

衣料触手极为寒冷，显然为特殊的材料制成。杨逸之曾经在曼荼罗教中待过，非常清楚这种产自曼荼罗山脚下的材质，唯一的特殊之处就是不能燃烧。他心中还存着一丝侥幸，又仔细向尸身上搜去。

毗留博叉全身上下根本没有一件可以燃烧之物，不要说火折子，就连头发都已根根剃去。

显然，姬云裳在派出毗留博叉之时，就已断绝了杨逸之每一丝获取光明的可能。

然而姬云裳既然计算到了这个程度，本不该让毗琉璃身上带着火折子的。也就是说，杨逸之在第一战的时候早就应该死了。

而现在他的确还活着，唯一的理由就是，姬云裳还不想让他死得这么快。那么，又有什么在后边等待着他？既然他的一切都已被姬云裳控于指掌间，那么姬云裳的下一步棋子又会落向何方？或许，他的每一场胜利不过是一次更危险的陷阱的引子，他就算能看破其中九百九十九个，却也还是逃不出一死。

杨逸之只觉得额上冷汗涔涔而下。四顾周围，一切又已被无边无际的黑暗吞没。他甚至根本不知自己从何而来，又应该去向何方。既然都是死，或许坐在这里反而安

221

稳一些。

然而杨逸之决定站起来，向前方走去。

道路渐渐变得崎岖狭窄，又在某些时候突然开阔，就宛如在一个接着一个的漫长隧道中穿行。杨逸之一手扶着石壁，缓缓前行，这样至少他能沿着一个方向走下去，不至于来回打转。也不知过了多长时间，杨逸之渐渐觉得嘴唇发干，头也开始眩晕。他不知道自己从刚才到现在已经流了多少血。毗琉璃的无刃之剑上似乎带着某种秘魔的诅咒，一旦被它所伤，伤口就永不会愈合。他现在只想在这阴冷潮湿的岩石上躺下来，好好睡上一觉。然而他知道，自己这一躺下，可能就再也没有起来的力气了。

杨逸之扶着石壁一步步前进。就在他准备放弃的一刻，却突然摸到了隧道的尽头。

隧道的尽头是一扇门，一扇虚掩着的石门。

杨逸之的手扶在石门上，犹豫着是否要推开。

姬云裳既然已经将他所能想到、见到的一切都纳入计算之中，这道门当然也不例外。门后边到底是什么？是铺天盖地而来的凌厉暗器，还是连钢铁都能碾碎的巨大机关？或者是剧毒的烟瘴、早已埋伏在门内的数十位高手？

更或者就是姬云裳本人？

而杨逸之唯一可以肯定的是，无论遇到哪一种，自己都绝无逃生的可能。

他的手保持着刚才的姿势，似乎有千万年那么久。一袭白衣已然湿透，也不知是血还是汗。终于，他还是轻轻一推，门无声无息地开了。

眼前还是一片空寂的黑暗。

隧道的尽头是门，可是门的后边还是隧道。

难道这只是姬云裳对他开的一个玩笑？

从绝望中给你一个莫大的希望，让你有了拼命的勇气。然而当你把生命都当作赌注押了下去之后，猛然发现那个希望实际上不过是个敌人故意设下的泡影，你的勇气也就成了自作多情。

这是一种莫大的嘲弄，也是对人的意志的莫大摧残。

杨逸之合上眼睛，他似乎能想象得到姬云裳就在不远处讥诮地望着他。

然而他并没有停下来，而是继续向前迈了三步。身后传来极其轻微的响动，杨逸之心中一凛。他猛地转身，一伸手，却发现刚才的门竟然已经合上了。

他猝然回头，对面的隧道也在这一瞬间消失。

他用手在四壁、门缝、头顶、脚下迅速摸索了一遍，然后默然站在原地。

他所在之处，竟然是一座一丈见方的密室！

这座密室八面竟然有七面由精钢铸成，每一面都足有三尺厚。只有那道石门是用整块金刚岩雕成。刚才他迈出的三步，正好是门的阳面到阴面的距离。更为可怕的是，密室的八面都严密吻合，连一条缝隙都没有，不要说一个人，就连一丝空气也出不去。

同样，也就没有空气能进来。

所以，杨逸之或许不用等到饿死、渴死，或者失血过多，单单是窒息就足以致命。

杨逸之知道这座密室他已不可能打开，天下也没有人能打开。就算姬云裳本人被困其中，也只有坐以待毙。

于是杨逸之干脆盘膝坐了下来。

他决定等。

等死对于一个人来说也许是天下最漫长且痛苦的事，但对于想看他死的对手也是一样。他知道对方必定会忍不住打开石门来看一看他究竟死了没有。而他只要能比他的对手更有耐性，就能看到石门重启的一天。

他估测，若不吃不动，屏息凝气，这里的空气还足够他七日之需。

事情的唯一变数就是，他的对手到底能等几天。

这已不是他能改变的。

杨逸之静静地坐在密室里，将呼吸调节到最微弱的频率，仅仅能维系身体存活的需要。一开始他用自己的脉搏来计算时间。大概过了两个时辰之后，他开始想起很多事。

　　幼年的时候，他根本不记得自己有过游戏玩耍的日子。每天从五更到深夜，他需要做的就是跟着先生读书、练字，直到傍晚才能见到父亲下朝回来。而父亲总是板着脸，询问他今日所学，然后再留下一道经国济世类的题目作为晚课，稍不如意就会家法加身。到后来连先生都忍不住为他隐瞒，于是他的先生也就换得很快。

　　他的母亲早就去世了，因此，他童年时候唯一可以称为快乐的记忆，就是和妹妹在一起的那段时光。

　　他十三岁的时候才第一次见到自己的亲妹妹杨静，十四岁那一年他就被父亲赶出家门，流浪江湖。他本来想带着杨静一起走的，但终究没有。

　　数月前，他得知了她的死讯。

　　他在蛮荒瘴疠之地度过了大半少年时光。嘲笑、冷眼，还有身上的累累伤痕几乎让他心中的每一寸都僵硬了。他之所以还能活下来，原因只有一个：自己是兵部尚书杨继盛唯一的儿子，绝不能死在无人知道的地方。

　　一年后，他终于从充满瘴气的曼荼罗阵中逃了出来。踏足江湖不过一年，他就莫名其妙地坐上了武林中万人觊觎的最高位置，然后便置身于最纷繁芜杂的关系网罗之中，再也脱身不出。

　　实际上，他绝不是一个头脑简单的人。他深知自己出任武林盟主其实是个阴谋，背后牵扯到武林各派极其复杂的利益纠葛。他并非看不透，而是不愿意去理，因为他知道自己有更为重要的事情要做，而要做成这件事，自己必须具备足够的实力。所以无论最初各大派元老们的意愿是怎样的，这个年轻人还是一步一步地将局势控制在了自己手中。

　　或许他的风头远不如华音阁阁主卓王孙那样盛，但点滴做来，也足以封住那帮元老的口。

　　仅此而言，在近几十年的江湖中，他也算得上是传奇中的人物了。

　　白衣如雪，名士风仪，这是江湖中人对他的评价；武林盟主，少年得志，对敌只出一招的不败战绩，更是让武林中每一个年轻人艳羡不已。

谁又能想到这个传说中的人物如今就被囚禁于丈余见方的密室里，眼睁睁地等着死亡降临？

早知如此，或许还不如在大威天朝号上与卓王孙提前决战于海上。热血染尽碧波，也比在这里缓缓流干要好。

到了第二天，这种懊恼和沮丧几乎化为了愤怒。在一片毫无希望的黑暗中默默数着自己的脉搏来计算死亡来临的时间，未尝不是一种奇耻大辱。杨逸之有几次都忍不住想跳起来和这间密室拼个鱼死网破，或者干脆一剑洞穿自己的心脏，但是他始终一动也没有动过。

他知道，忍耐已是他如今唯一的武器。

第四天，杨逸之想起了一段刻意要忘怀的往事——那在塞外和她共度的日子，心中不禁泛起一阵彻骨之痛。生死许诺，执手相望。她已经完全忘记，他又何须再记得？不堪想起，却偏偏无法忘却。杨逸之强行将思绪压下，却觉得全身宛如虚脱，无法支撑，每一处神经都在急剧衰竭。死亡的恐惧已化为实体，沉沉压在眉睫之间。他几乎怀疑自己是不是在前一刻就已经死去了，那微弱的脉搏只不过是自己的错觉或者是生前的回响。

然而他还是没动。因为在失去一切倚仗的时候，他应该做的，就是彻底抛弃这些，更倚重自己本身。

第五天，痛苦竟然渐渐退去，一种虚幻的喜悦涌上心头。他开始幻想对手打开石门的一瞬间。他足足想了七百多种可能、三千多种变化，以及在这些变化中，自己如何能够一击而中，冲出密室。在这过程中，他似乎能听到自己衰竭的心脏突然变得异常兴奋，似乎就要从胸腔内跃出。他不得不强迫自己冷静下来。因为这种激动导致的结果就是，他可能撑不到第七天。而如今，每一分的时间都是无比宝贵。

第六天，他的身体起了一种微妙的变化。他可以在完全的黑暗中看到，或者说感到一些东西。一开始极为模糊，后来就慢慢清晰了。密室的高度、宽度，石门的颜色、花纹，甚至自己此刻的坐姿、神态他都能清楚感知。他一开始因此而惊喜，但后来又慢慢恢复了常态，将之当作自己早已具备的力量，只是以前被遗忘了。

因他失之又因他而得之，何喜之有？

第七天他什么也不想了。一切眼耳鼻舌心身之感、喜怒哀乐之念都宛如潮汐一般退去，来既无觉，去亦无知，只留下一片最为空灵的月色。一切潜神内照，反诸空虚。同时他也清楚地知道，自己的生命已到了尽头。

就在这个时候，门终于开了。

杨逸之能感到毗沙门缓缓推门、迈步、抬脚，然后一只脚猛然停在了离地三寸之处，连他脚下那一层青色的灰土都纤毫毕现。杨逸之甚至能感到毗沙门的脑海中正飞旋着无数念头——发现对手还活着时的惊讶、诧异，瞬时又已冷静，以最快的速度思索一招击毙对手的办法。

虽然这些不过是一瞬间的事，但在杨逸之心中已可解为层层分明的片断。

杨逸之的心念也在飞速运转，那些早已思索过千余次的逃生方案猛地同时涌上脑海。

然而他始终一动也没有动过。

就在这一刹那，毗沙门右腕一抖，手上已绽开一团巨大的阴影，簌簌旋转。凌厉的劲风将周围的空气都撕开了一个旋涡。

那是一柄乌金打制的降魔伞。

这伞一旦打开，就会在主人内力的催动下飞速旋转。伞的边缘比刀刃还要锋利，传说连魔王头顶的犄角都能切开。

而这还不是最可怕的。

更可怕的是当伞转到最快的时候，伞骨中暗藏的血影神针就会蓬然射出，犹如天女散花，无处不在。没有人知道它算不算天下最强的暗器，只知道一个关于它的离奇传说——那暗器发出的瞬间，眼前会爆出一蓬霓虹般妖艳夺目的光泽。仅仅这光泽就足以让任何人放弃反抗，心甘情愿地死在这炫目华光的拥抱之中。

然而，时间已经过去，黑暗中还是没有光，也没有声音。毗沙门的手还紧紧握着伞柄，指间的关节都已苍白。降魔伞已停止了旋转，森然张开在半空中。无比强横的霸气，还有那道传说中的神异之光，也被同时凝固在那一瞬间。

杨逸之的手已轻轻点在毗沙门的咽喉上。

毗沙门似乎仍然无法相信，杨逸之出手居然会这么快、这么准。或者说并不是太快，他已经看清了杨逸之的手势，但依旧无法躲开。

毗沙门惊惧地看着杨逸之毫无血色的脸，一字一字道："不可能……"

杨逸之淡淡道："七天前的确不可能。"

毗沙门喃喃道："难道这七天……"

杨逸之叹道："如果你能如我一样，七天内不吃不动，一无所有，所有的回忆、情绪都从脑中经过，必定也能想明白很多事。"

毗沙门默然了片刻，又道："我如果多等三天呢？"

杨逸之摇头道："不必，再一天，我就死。"

再等三天，就算杨逸之在室内如何洞照空明，返本归虚，也还是逃不脱一死。对于一堆密室中的朽骨而言，无论他生前领悟了什么、是不是天下第一的高手，都再无用处。

这个道理实际上再简单不过，然而毗沙门偏偏不懂。或许就算懂了，也还是忍不住要去开这道门。

毗沙门注视着他，眼神渐渐冷淡下来，道："我的确该死……"他说完这句话的时候整个人就仿佛已经死了，碧绿的眸子暗淡无光，宛如蒙上了一层死灰。

他顿了良久，轻轻叹息了一声道："你动手吧。"

杨逸之撤回手，淡淡道："我不必。"言罢，转身走了出去。

因为他相信眼前这个人已经死了。

心已死的人，就算身体还活着，也已毫无用处。何况，七天来，他实在厌倦了全身的血腥——无论是自己的，还是敌人的。

然而这一次，他想错了。他刚刚跨出密室的门，毗沙门手中的降魔伞就已然张开，血影神针从他身后铺天盖地而来！

杨逸之根本没想到毗沙门居然会在这个时候向他出手。

然而，幸好他是背对着毗沙门的。所以他没有机会看到传说中那道最美丽的光泽，也就有了躲避的可能。也幸好他已经到了门口，只需要往旁边一掠，那道丈余厚的石门就能帮他挡住绝大部分的血影神针。

但他极度衰弱的身体已完全不听指挥，刚刚脱离了血影神针的笼罩，就重重跌倒在地。这一躲可谓躲得狼狈至极，从他出道以来，这是前所未有的事。他一生虽坎坷多磨，但始终君子自重，卓卓清举，一如魏晋名士，却少了几分颓放，多了几分侠义。武林盟主，白衣如雪，仗剑风月，一招不中，绝不复击，这至今是多少人心目中的传说。

然而如今，他躺在地上，衣衫褴褛，披发浴血，不住喘息着，冷汗几乎将全身湿透。

这恰恰是他第一次领悟到虚无之剑的时候。

天下的事情，本来传说和现实就远不一样。你把现实告诉世人，大家却不相信。这在传说中的人自己看来，未免不是一种讽刺。想到这里，杨逸之简直想笑，但又实在笑不出来。那些血影神针仍有十三枚刺到了他身上，虽侥幸都不是要害，但锥心刺骨之痛还是让他连呼吸都困难。

如果这个时候，毗沙门追出来，不用说展开降魔伞，就是随手补给他一掌，他也就彻底死了。

然而毗沙门没有。

过了良久，密室中传来一声人体倒地的声音。

毗沙门终于还是自尽了。

　　杨逸之根本没有去看他，只静静地躺在地上，一直等到自己能勉强坐起，再一根根将身上的血影神针拔出来。

　　他实在不想再往前走了。然而他知道姬云裳还给他安排了最后一个对手，东方持国天王，多罗吒。

　　只有打败了他，才能见到姬云裳。

　　而见到姬云裳之后又会怎样呢，杨逸之已经不再去想。

第二十五章

⟨ 烛影依稀旧时妆 ⟩

这一次，杨逸之没有走多远。

隧道的远端竟然跃动着一团火光。火光虽然微弱，却让杨逸之心中一震。那种熟悉的力量正丝丝缕缕地从光源处向他体内回归。虽然他正在渐渐摆脱对这种力量的依赖，但是，一个人对某种东西依赖太久的情况下，心中就会形成一种习惯。哪怕身体已经能渐渐摆脱，心理上却依旧不能。尤其是在极度疲惫之时，这种习惯就更显得不可抗拒。

杨逸之简直希望自己可以什么也不去想了，就按照这光线的指引走过去。

只是在这种地方，又怎么会有光呢？

杨逸之也可以选择视而不见，而向另一条岔路继续前行。或许，他更应该趁着光线还未灭的时候，尽快赶过去。毕竟那里也可能会是姬云裳百密一疏、漏设的唯一缺口。

光的源头既然可能是希望所在，也就可能是最致命的陷阱。

杨逸之最终向着有光的方向走去，既没有加快也没有减慢自己的步伐。隧道里的石块变得十分粗糙，凌乱地堆积着，让人有在一座废弃已久的古墓中前行之感。而那一点火光也在不知何处透来的寒风中摇曳不定，宛如鬼火。

杨逸之停了下来。

他发现自己已经来到了隧道的尽头。眼前是一个略小的石宫，火光就在石宫的正中处沉浮不定。而火光的背后，隐约坐着一个人。这个人应该就是四天王中最后一

230

位——多罗吒。

风止。

火光静静燃烧，眼前的一切也更加清晰。

杨逸之猝然合眼。他害怕自己忍不住去看那火光。而一旦看下去，他的身体就会重新把这微弱的光线当作唯一的依赖。就如同一个练习书法不久的孩子，在没有外力打扰的情况下，或许也能写出像样的字迹，然而一旦让他快速抄录，他的字又会不知不觉地恢复成原来的样子。时间一长，他甚至会把刚学会的书法忘到九霄云外。

杨逸之闭目静气，尽力排除火光的干扰，用感觉去查看前方的一切。

多罗吒似乎站起了身，怀中抱着一张白色的琵琶，正慢慢抬头向他看过来。而那妖艳的火光渐渐展开一道光晕，将多罗吒包裹其中。

杨逸之心中突然涌起一个念头：这一次应该抢先出手。因为再拖下去，他不知道自己还能在这火光的诱惑下抵抗多久。

杨逸之手指轻扣，一道微青的光华瞬时在他掌心爆开。四周的空气猛地一顿，宛如被一种无法抗拒的力量控制，聚为一道巨浪，向多罗吒席卷而去。

杨逸之既然号称无论面对何等对手都只出一招，这一招自然是骇人听闻。至今为止，他也只在与卓王孙的对决中失手过一次。

然而多罗吒一动都没有动。

就在杨逸之以为此击必中的时候，多罗吒轻轻叹息了一声，一抬手，火光升起，在耳边展开一道光晕，照亮了他半张脸庞。

杨逸之骇然动容！

他竟顾不得武学大忌，在间不容发之中将自己全力击出的一招生生收回。巨大的反噬之力顿时迎面扑来，杨逸之全身血脉宛如瞬时凝滞，每一处骨节都发出碎裂一般的轻响。

若是此时多罗吒趁势一击，杨逸之就算不死也必定重伤，然而多罗吒只轻轻笑了一声。

笑语清脆，宛如豆蔻少女。

杨逸之向后退了三步，顾不得完全立定身形就愕然抬头向多罗吒看去，惊道："静儿！"

多罗吒并不回答，缓缓坐回石椅上，随意将手中的油灯一放，伸手在琵琶上抚了几下。

琴音铮铮，不成曲调，却也没有潜藏伤人的内力。杨逸之紧紧握住双拳，身体不由得微微颤抖。有一瞬间他几乎忍不住冲上去，拿起油灯，仔细看清这个人的脸。

他恨不得眼前这个人真的就是杨静。哪怕杨静就是持国天王，哪怕杨静会立刻亲手杀了他，只要她是！

杨逸之全身的热血终于渐渐冷却，因为他知道杨静已经死了，死在自己不在她身边的时候。如今，她的笑、她的声音、她的血肉都已化为灰土。但是六年来刻骨铭心的思念与自责，让他还是忍不住向多罗吒再看一眼。

这时他突然发现，这间石室里的一切，看上去竟然都那么熟悉。暗淡的光线中，唯一看得清楚的是她身边的一扇窗。油灯就放在窗台上，窗外是黑暗，几许漠漠的尘土在空气里悠然沉浮着。时光仿佛一瞬间倒流了六年，他唯一的妹妹、在窗前守候了十三年的女孩，静静地凝望着窗外，仿佛能从无边无尽的黑暗中看到她的一生。

杨逸之迟疑了良久，终于还是又唤了一声："静儿？"

多罗吒转过头，幽幽地望着他。那张苍白的脸上带着一丝凄怆的笑意，眼波却如海水一样深沉。

这一刻，杨逸之的眼眶都有些发热。

她凝视着杨逸之，轻轻道："杨静已经死了。"

杨逸之一恸，暗中却也有几分释然。他长长叹息了一声，道："她的确死了……那你是谁？"

多罗咤纤细的手指在弦上下意识地拨弄了几下，一字一字道："我是她的鬼魂。"

杨逸之深深吸了口气。他心中最后的理智在不住地告诫自己，眼前这个少女一派谎言，她不可能是杨静，更不可能是杨静的魂魄，但是心中还是忍不住一阵刺痛——比毗沙门射出的血影神针全数刺在身上还要痛上百倍。

杨逸之迟疑了良久，终于拿出最后的勇气，转身离开。身后琵琶弦音不绝，似乎能将人的心撕成碎片，凌乱地撒了一地。

杨逸之忍不住停下了脚步。

"你为什么不敢看我？"身后，那个声音轻轻道，"当年你这样转身离开，为什么不肯带上唯一的妹妹，而让她继续在窗内看了一辈子的太阳？你可知道她有多么寂寞？"

杨逸之猝然合眼，轻声道："是静儿自己要留下的。"

那个声音冷冷一笑："可是她在等你回来。等她的哥哥，等她心目中唯一的英雄某天回来带她浪迹天涯，看外面的太阳、外面的传奇。"

杨逸之默然无语。

那个声音凄凄道："可惜她没有等到你，却等来了一生中的魔障。"她沉默了一刻，凄然笑道，"那个毁了她一生的男人是你的朋友、你的敌人，而你却始终没办法杀了他。纵然你练成了《梵天宝卷》、成了武林盟主，又有什么用呢？"[①]

杨逸之还是没有说话。

那声音叹了口气道："你不肯为亲生妹妹报仇，除了不够强以外，恐怕还因为你很羡慕你的仇人吧？"

---

① 详见《华音流韶·蜀道闻铃》。(《蜀道闻铃》为华音系列外传，附录于《华音流韶·海之妖》正文后。

杨逸之默然无语。

那声音冷笑道："你承不承认都好，你一生中最为敬重的人是你父亲，最为羡慕的人却是卓王孙。说起你父亲，你既怕他，又极度敬仰他，总想能像他一样驰骋沙场，杀敌报国。只可惜他却一点也不看重你这个儿子，将你赶出家门。虽然如此，你却无时无刻不在希望他有朝一日能重新承认你，让你回到杨家。所以，这个武林盟主你虽做得极其痛苦，却依然坚持着，无非是想用另一条道路证明自己，只可惜却引得你父亲更加厌恶你……

"其实何苦呢，你本来就不适合做一个拼战沙场的武将，而你父亲那些愚忠愚孝的思想，你虽然极力想接受，但就真的不从心底怀疑吗？"

杨逸之低声道："你住口。"

那声音冷冷一笑，继而道："说你羡慕卓王孙，是因为他恰恰和你父亲相反——行事全凭自己喜好，只相信力强者胜。至于道义公理，从不在他心上。你虽然觉得他离经叛道，种下诸多恶因，却也暗中羡慕他过得纯粹。这两种生活方式，你若任取其一，都能少一分痛苦，只可惜两者你都做不到。"

她叹息一声，虽然看不见杨逸之的表情，却肯定自己的话攫住了他的心。此刻，他的心已变得脆弱无比，只待她轻轻一击，就会碎成满地琉璃。

那声音又道："你一生摇摆于两者之间，就连自己到底想要什么都不明白，枉你自负甚高，自诩君子，却连自己所思所欲都不敢面对，这何尝不是一种可悲？"

杨逸之断然截口道："我当然明白！"

那声音冷笑一声，突然提高声音，一字一字道："噢？若真是如此，那么你为什么不杀了卓王孙，将相思抢到手中？"

杨逸之怒道："住口！"这一句话撕破了他埋藏已久的伤口，带出鲜红的血迹。他清明如月的眸子瞬间被怒意侵占。

那声音轻声笑道："你真的没有想过吗？那你为什么如此愤怒？"

杨逸之沉声道："我愤怒是因为枉你长着一张和静儿一样的脸，却说出这样的话！你若要问，杨某不妨告诉你，这种念头我的确一日都没有起过！"

"那是因为你不敢。"那声音淡淡打断他，道，"你总以为自己是个君子。其实你盗书叛教、辜负兰茝，这早就不是君子所为。你一直坚持的那些东西，其实根本就是一堆自欺欺人的谎言。"

杨逸之虽然没有回答，但多罗咤已能清楚感到他的身体都在微微颤抖。她轻拢慢捻着手上的琴弦，突然轻轻一笑，道："你真的不喜欢相思，啊？"

杨逸之默然。

那声音变得温和无比，道："回答我，哥哥。"

杨逸之的心中突然涌起一种难言的感情，往事纷至沓来，让他的全身一阵颤抖。良久，他轻轻叹息了一声，几乎是在自言自语："相见恨晚，何况……"

他摇了摇头，再也说不下去。

那声音顿时又凌厉起来："仅仅因为她是朋友之妻，你怕天下人耻笑吗？"

杨逸之喃喃道："朋友之妻？"似乎还在思考这四个字的意思。

那声音突然爆出一阵讥诮的大笑："卓王孙真的是你的朋友吗？"

杨逸之猛地一震。

那声音道："他对你的亲妹妹始乱终弃，导致她郁郁而终。那时候她还不满二十岁，这短短一生之中，她快乐过吗？卓王孙本是薄情寡幸之人，他对相思如何，你亲眼所见。你若爱她，就应该让她幸福，而不是眼睁睁看着她被一个曾欺骗过你妹妹的人玩弄！"

杨逸之猛然喝道："你住口！"

那声音悠然道："我住不住口，都改变不了你是个懦夫的事实。"

她的每一句话都戳在杨逸之心中最痛之处。杨逸之脸上最后一丝血色都已失去，他双拳紧握，指节都在咯咯作响。只听他一字一顿道："你若再说，我就出剑杀了你。"

"出剑？"多罗咤突然站起身，厉声喝道，"你手中有剑，既不能为亲人复仇，

235

也不能保护所爱的人不受欺辱，要剑何用？"

杨逸之猛地转身，散发飞扬，白衣皆被鲜血染透，在摇摆不定的火光下看来极为可怕。

黑暗中那点微弱的火光也被他全身的戾气撼摇不止，欲燃欲熄。

多罗吒一面缓缓抚动琴弦，一面逼视着他的眼睛，缓缓道："逆子、叛徒、懦夫、欺世盗名的君子、属下阳奉阴违的傀儡、天下人眼中的笑柄，你苟活世上，还有什么意义？"

杨逸之的雷霆之怒竟然生生被她妖异的目光封印在体内，心中反而涌起一种莫可名状的颓然，他喃喃道："意义？"

多罗吒突然当胸一划，四弦同鸣，声如裂帛，整个石室都在微微动荡。只听她厉声道："既然剑已无用，生又无益，那你为何不用手中的剑洞穿自己的心？"

杨逸之如蒙棒喝，愕然抬头。两人目光相接，杨逸之心中突然感到一阵迷惘。多罗吒凝视着他的眼睛，似乎在等待什么。

突然，多罗吒挥手促动琴弦，五指轮拨，杀伐之声动地而起。若崇山耸峙，若江河奔流，鸾凤鸣于九皋，哀猿啼于幽谷，征夫闻笛于塞外，逐臣泣国于异乡，让人闻之忍不住唏嘘扼腕，拉英雄之泪。

以乐音包含内力，乱敌心智、伤人无形的武林人士并不多，但也不少。这一届中原武林虽然没有耸动天下的顶尖高手，但华音阁新月妃琴言的一套天风七叠，据说也有了当年九韶琴魔七成的火候。

然而，多罗吒若能来到中原，琴言只怕完全没有成名的余地。

恍然间，多罗吒似乎多出了数十只手指，飞速轮拨。弦音急促，竟有千里平阔、浩渺森然之象。突然一音高起，直入云霄，杨逸之只觉一股大到不可思议的劲力凌空压下！

而他还是站在原地，漠然望着虚空某处，似乎心意已完全为多罗吒所控，连躲避都忘记了。

这个时候，杨逸之仿佛听到了一声极轻的叹息，就宛如时空的某处，一道门突然开启。

多罗吒琴音中的魅惑之力猛然一轻，他的心重又空明起来，顿时发现了自己的处境是多么险恶。杨逸之无暇多想，以掌为剑，向对方劲力最盛之处迎了过去！

狭窄的石室中，一道光幕如宝轮般旋转张开，瞬时扩大到四方黑暗中，连周围的石壁也被瞬时侵入，猛烈一颤。光幕旋即消失于无形，只有四壁还在一种怪异的频率下震颤不已。

多罗吒怀抱琵琶，愕然地向后退了三步。琵琶四弦皆断，她的纤纤十指也已被鲜血染红。她那张清秀的脸似乎瞬间苍老了许多，神色更是凶戾无比，宛如随时要冲过来将杨逸之撕成碎片。

多罗吒一步步逼近，清冷的眸子寒光四射。她嘶声道："不可能，绝没有人可以从《弥尘伏魔曲》中清醒过来！"

杨逸之犹豫了片刻，道："或许你不该亲自向我出手，应该等着我自己将头颅割下来送到你手上。"

多罗吒咬着牙，缓缓摇头道："不是，绝不是这个原因！"

杨逸之叹了口气，道："现在我只想问，你和我妹妹到底是什么关系？"

多罗吒脸上阴晴摇摆，皮肤渐渐变得苍白，几欲透明，连容貌也渐渐扭曲，似乎竟瞬间换了一个人。

这时，黑暗中传来一个冷冷的声音："还在执迷不悟。持国天王成名都已二十年，又怎会是你妹妹。"

一道虚无的影子出现在黑暗中，若浮若沉，如在如不在。

杨逸之不禁骇然变色。

多罗吒的神情就宛如猛然被人淋了一盆冰水，脸上的怨怒顿时无影无踪。她喃喃道："阴魔大人……"

那人淡淡道："这个人你不必管了。"

多罗吒肃然起身，垂首道："是……属下告退。"刚才不可一世的持国天王，此刻竟然谦卑得如被人呼来唤去的婢女。

她刚要退开，姬云裳冷冷道："慢。"

多罗吒惶然抬头道："大人……"

姬云裳道："你似乎忘了走之前说过什么。"

多罗吒一愕，犹疑了片刻，惶然道："属下曾说，若不能以摄心之术取他性命，就提头来见。"

姬云裳道："那现在呢？"

多罗吒原本苍白的脸上顿时毫无血色，道："大人，刚才……"

姬云裳冷冷打断道："我只问你现在该怎么做。"

多罗吒望着姬云裳，仿佛已没了辩解的勇气，低声道："属下知罪，只希望大人……"

姬云裳悠然道："你若没有十成把握，就不要夸下海口，自大轻敌。话既然说了，就要做到。"

多罗吒咬了咬牙，再也说不出话来。她知道，无论自己现在说什么，姬云裳都不会放过她了。

然而她还不想死。

第二十六章

袖底青锋日重光

多罗吒的身体突然一颤，就宛如一团浮于夜空中的鬼火，无声无息地飘了起来。

与此同时，一道凌厉至极的劲气从她手中劈空而下，那张断弦琵琶竟被她当作暗器，直掷过来！

姬云裳看也不看，衣袖轻轻一拂，琵琶远远弹了出去。

突然，琵琶下闪出一道森森青光，如雷霆暴怒，裹挟着一团硕大的气云，向姬云裳恶扑而来。

原来琵琶中还暗藏利剑。

剑光如蛟龙出匣，已在九天之上。而剑风却如山岳崩摧，困兽哀鸣。

这一剑虽然算不上惊天动地，但也已去之不远。仅仅那宛如星云流转一般的剑光就足以让人瞠目结舌，意乱神摇。

这一剑想必是她的必杀之技，就算姬云裳，也一定没有见过。

谁又能想到，以弦音成名的持国天王居然还会用剑，而且她的剑法竟比毗琉璃还要高？

黑暗中，姬云裳轻轻冷笑了一声，这冷笑中竟也带上了几分嘉许。

然而姬云裳的动作没有丝毫改变，仍然是像刚才那样轻一拂袖，没有多用一分力，也没有少用一分。

龙吟秋水，嗡嗡不绝。漫天剑光在黑夜中蓬然爆散，化为万亿尘埃，纷扬落地。

多罗吒根本没有来得及出声，身子便如断箭一般从半空中跌落下来。她手中还紧紧握着一柄青色长剑，胸口却已没有了起伏。

而她全身居然看不到一点伤痕。

杨逸之的心更沉。

多罗吒这一招若取向自己，他未必能接下来——而姬云裳只不过轻轻挥了挥衣袖！

他虽早料到姬云裳的武功已高到匪夷所思的地步，但亲眼看到这一幕，仍忍不住悚然动容。

姬云裳从杨逸之身边缓缓穿过，她冰冷的衣角在石地上发出窸窸窣窣的轻响，身上的黑色大氅几乎与夜色毫无分别。她在多罗吒的尸体旁止住脚步，轻轻摇头道："我并没有说一定要杀你，你为何总是这般沉不住气呢？"

她叹息一声，俯身扣住多罗吒的手腕。多罗吒僵硬的手一松，姬云裳已将剑拾了起来，缓缓回头。火光沉浮，姬云裳全身笼罩在夜色之下，脸上却是一张铁青色的面具，上面没有任何雕饰。

虽然看不见她的脸，但她的眼波仿佛能穿透那层青铁，落到杨逸之身上。那种感觉说不上魅惑也说不上恐怖，却让人觉得在这眼波的凝注下，世上任何事物都变得不值一顾。如果说蜉蝣女王紫凝之的眼波如幽谷深海、往圣先哲，已洞悉了世间的生老病死、荣辱哀乐，那么这双眼睛不但洞悉了一切，还将一切掌握于自己手中。

任何人在这样一双眼睛面前都只能感到无能为力——你爱她也好，恨她也好。

杨逸之轻轻叹了口气，心中涌起淡淡的悲哀。他自落入地宫以来，每一战都在生死边缘，而在死亡的磨砺之下，他获得的进益比这数年所积还要多。就在见到姬云裳前的那一刻他还坚信，自己虽然不一定能胜，却至少有和她一战的资格。

然而到了如今，他只剩下深深的无能为力。

姬云裳似乎明白他心中所想，微微一笑道："你不必难过，十年来，你是第一个让我执剑之人。"

杨逸之默默看着她手中的长剑，道："你用她的剑？"

姬云裳淡淡道："什么剑都一样。何况十年前，我的剑就已赠人。"

杨逸之摇头道："你早就知道多罗吒不忠于你，暗自藏剑于琵琶，你也早已算好要借我的手引她出来，然后再一招毙之？"

姬云裳摇头道："那也未必。强者为尊，天下只有胜与不胜，没有忠与不忠。"

杨逸之道："强者为尊……然而刚才我已经败了。我为多罗吒的伏魔弦音所惑，只是突然听到一声叹息，才惊觉还手。在下只想知道，这声叹息是否是前辈发出的？"

姬云裳冷冷一笑，却不回答。

杨逸之默然片刻，道："我只想知道前辈这样做的目的何在？"

姬云裳淡淡道："理由你已经听过。"

杨逸之讶然抬头。

姬云裳道："毗琉璃已经告诉过你。"

杨逸之皱眉道："莫非前辈也执意要看《梵天宝卷》中的武功？"

姬云裳淡然一瞥他，道："你错了，里边的武功我都已知晓，只是要看在你手中能发挥几成。"

杨逸之沉默，良久道："为什么是我？"

姬云裳注视着手中的长剑，缓缓道："这部奇书在我手中数年，我虽不能修炼，却无时无刻不在想破解之法，只希望某日能有一位绝顶高手，用上面记载的武功与我一战。若尹痕波在世，我必约她决战雪峰，一试这所谓天神之卷，比姬某十年心血如何！"她的声音倨傲至极，震得石室回响不绝。

姬云裳的目光久久凝注于剑上，眼波似也盈盈而动，良久才平息下来。她长叹一声，道："只可惜旷代奇才，不世而出。尹痕波既不可复生，我只能退而求其次。好在世上还有一种人，就宛如这柄剑一样，本质并非绝佳，却偏偏能愈炼愈粹——你恰好就是这种人。"

杨逸之皱眉道:"难道这四天王的性命,仅仅是用来磨砺在下的吗?"

姬云裳道:"若他们胜了,就是磨砺他们;若你胜了,则是在磨砺你。"

杨逸之摇头道:"但前辈心中希望的胜出者是我。"

姬云裳笑而不语。

杨逸之道:"否则,你只要不出声警示,我必已死在多罗吒手上。"

姬云裳淡然道:"你的表现虽未能尽如我意,但也还勉强值得起那四条人命。"

杨逸之默然。

姬云裳一翻手腕,将横放胸前的长剑卓然立起,目光却依然没有离开刃锋,缓缓道:"梵天为创世之神、造物之主,其力量在生而不在杀。所以,得其力量者,必须心存包容——既能包容善,也能包容恶。因为如果只有善而没有恶,世界已失其衡,不可能被创生,反之亦然。一阴一阳谓之道,万物负阴而抱阳,冲气以为和。这个和,就是平衡。

"你生平坎坷,性格优柔,进退两难,却反而更能领悟'平衡'之意。因此,在这点上,你比卓王孙或者晏馨明更适宜修习这部宝卷。然而,这并不是主要的。"

杨逸之低头无语,似乎正在思考她所说的话。

姬云裳继而道:"金木水火土皆为构成这个世界的基础,但基础本非本源。万物本源,唯风与光,你可知道这是为什么?"

杨逸之摇头。

姬云裳道:"因为五行之物,从本质上讲,皆是凝止、不变、永存的,唯风与光流动不息,化生千万,而创生之力正在于变化无定。佛家言'如在如不在,如来如不来'、老子所谓'道生一,一生二,二生三,三生万物'也正是这个意思。"

杨逸之注目远处,若有所思。

"多年前,我曾对你讲过,世人皆以为毁灭之力是刹那间磅礴而来,不可抗拒,而创生之力却是缓慢滋生的过程，因此创生不如毁灭，实则是对'生'之误解。'生'之一刹那前，不可谓之生，只是生的准备；而刹那之后，则已是生的结果。所以灭为刹那，生亦在于刹那。只是生的刹那并不在于撼天动地，而要在无尽变化之中把握，所以更加艰难，也更具韧性。生而化之，永无终止。无尽的刹那变化不息，绵绵相继，就是永恒，可惜你至今仍未能完全领悟。"

杨逸之听着她的话，心有所忆，已渐渐忘记了身在危险之中。恍惚之中，姬云裳仿佛是持天练而舞的佛女，将十万繁华尽显于他面前。

姬云裳顿了顿，看了他一眼，悠然笑道："你平生御敌，只在一招，不胜则死。这并非托大，而是你对这生之'刹那'有所感悟。《梵天宝卷》为上古神物，其中所录之语全为古梵文，极为生涩难懂。你没有看过注解，能独自领悟到这一步，已属难能可贵。"姬云裳轻轻叩剑，"然而，你心中诸孽皆重，而致无法精进。借风月而发力，并非倚于风月；心中有情，亦并非溺于情缘。枉你自负甚高，却连这些基本的道理也无法勘破。"

姬云裳摇头叹息一声，继而道："毗琉璃一战，我本意是试你在倚仗已失的情况下还能做些什么，然而你执迷不悟，只求光源，而不求诸己身。仅就实战而言，你出手之时毫无自信，剑上犹疑不定，否则一击必中，何至于受如此重伤。只可惜毗琉璃的执念竟然比你更重。所以你早已该死，之所以活下来，只不过因为你的对手比你更该死。"

杨逸之犹豫片刻，道："毗琉璃以身殉其道，也算得其所哉。"

姬云裳冷笑道："力不能胜，何可言其道？尹痕波才旷天下，独立雪峰，代天地而立言，继往圣之绝学，此可谓之'殉道'。至于毗琉璃这样的人，妄言武'道'，不过徒作笑谈耳。"

杨逸之摇了摇头，却也想不出辩驳之语。隐隐之中，觉得姬云裳此言虽然对毗琉璃颇为残酷，但也不无道理。

姬云裳又道："至于毗留博叉一战，你本在劣势，却急中生智，用一块石子将对手引入圈套。此举你一定暗中引为得意。然而，你只发现我在地上布下的石子，却没有想到那种石子本是可碰出火花的火石！"

杨逸之一怔。那石子入手的感觉光滑而沉重，与周围粗巨的岩石绝不相同，根本不像散落的碎石。他当时心中也的确有一丝疑惑，但情急之下没来得及细想。

姬云裳淡淡道："本来，物为我用，无非为了结果，你既然胜了，怎样使用都无所谓。只是你本可以省下一点火折子，然后找到可燃之物，支撑到下一关。"

杨逸之道："我已经找过，毗留博叉全身绝没有一缕可燃的材质。"

姬云裳冷笑道："他身上没有，你自己呢？"

杨逸之愕然动容。

姬云裳缓缓道："我计算过你当时所处到那间密室的距离，若你肯脱下身上的衣服制成火把，正好能支撑到门口。这样，你至少能看清门内是什么，而不必贸然走进去。"

杨逸之沉思片刻，最终还是摇了摇头。

姬云裳冷冷道："也许你此刻仍觉得不可接受。然而，为了所谓羞耻之心，放弃生存的希望，无疑是一种愚蠢。"

杨逸之道："我想知道，若换作前辈你，真的会这么做吗？"

姬云裳断然道："当然。我之所以不会落于这个境地，是因为我有维护尊严的实力。当你无法保护自己不受羞辱的时候，要么甘愿死去，要么就得忍辱活下来，直到自己变强。"

杨逸之没有答话。

姬云裳又道："我安排你在石室静思七日，本是想让你明白一些东西，结果你虽有所悟，但在对毗沙门一战中犯了一个致命的错误，"她注视着杨逸之，一字一字道，"你本该立刻杀了他。"

杨逸之道："可是……"

姬云裳打断道："然而你自信已经看穿了他的心，以为他一败之下心如死灰，必不会向你出手，是吗？"

杨逸之无言。

姬云裳冷笑道："你要始终记住，世界上有一种人，生来就是杀人的机器，绝不能用自身的情感去揣测他们的想法，否则就是自寻死路。"

杨逸之心中一动，猛然抬头道："既然他是杀人的机器，又怎会不趁机追杀，反而内疚自尽？难道……难道毗沙门并非自杀，而是死在你的手上？"

姬云裳冷冷道："你不必知道。"

杨逸之叹了口气。

姬云裳又道："我本以为，经过了这七天，你能看开很多事，然而多罗吒仍然轻而易举地引动你的爱别离之苦。看来让你抛开对风月的依赖容易，抛开心中魔障还要很长的时间。这曼荼罗之阵对你的历练之功，并非如我所愿。"

杨逸之似乎突然想起了什么，道："曼荼罗之阵？"

姬云裳道："八苦谛。生老病死，你们都已在阵中四国里勘破。而后四种——求不得、怨憎会、爱别离、五蕴盛，你却刚刚经历。"

杨逸之一怔，道："这么说，曼陀罗在山脚下引发的求不得、爱别离之苦并非是真的了？"

姬云裳冷冷道："只要你心有所执，这就是苦，无所谓真假。只是卓王孙等人经历的后四苦和你所经历的并不相同。只因为，这曼荼罗大阵本是为你一人而开，其他人不过是陪衬。"

杨逸之道："就是说，我刚才通过的四宫才是曼荼罗阵后四苦的真正含义？"

姬云裳叹息道："你总算明白了。只不过这四种苦谛随缘而生，并不一定应在你或四天王身上。胜负的关键，就是能否勘破此苦。能破，则胜；不破，则死。所以，毗琉璃求而不得，毗留博又怨嗔难解，都死在了你的剑下。而多罗吒诱发的爱别离之苦却是你不曾勘破的。"

杨逸之喃喃道："求不得，怨憎会，爱别离。那毗沙门……"

姬云裳道："你被囚于石室中七日七夜，心魔来侵，万念俱起。而此时，毗沙门正在门外和你同时历受五蕴盛之苦。只可惜，最终等不及的人是他……你能突破五蕴盛之苦，我本以为这柄剑是淬成了，却没想到，最后面对多罗吒诱发的爱别离之苦，你竟彻底败了！

"能破五蕴盛，却败于爱别离。看来，情之一关才是你最大的障碍。"

杨逸之心中一凛。

姬云裳缓缓注视着他，道："你要记住，杨静和相思是你一生的魔劫。这两段孽缘勘破之日，也就是你彻底觉悟之时。"她说到这里，轻轻拂剑，叹息了一声，"只可惜，你此生都没有这个机会了。"

她这轻轻一拂，那柄青色长剑就宛如得了甘霖的滋润，顿时焕发出一道夺目的光泽。她横剑而立，剑的华光映着她深不可测的眼波，宛如暗夜中的星河。

她轻轻道："我说的这些，你可听懂了？"

杨逸之注视着姬云裳，道："非但听懂，而且句句可谓至理之言。"

姬云裳笑而不语。

杨逸之一字一字地道："然而，你本不该向我讲这些，只是你已经说了，而我也已经听到了。"

姬云裳摇头道："我只觉得自己说得还不够。"

杨逸之皱眉道："不够？"

姬云裳道："多说一点，你必然多长进一点，只是如今……"她轻轻叹息了一声，脸色突然一沉，"作为我的弟子，你已经是座下第一；而作为我的敌人，我很怀疑你是否能接住我三招。"

杨逸之的神情陡然坚毅起来，缓缓道："既然怀疑，何妨一试？"

姬云裳微微一笑，轻轻将手中长剑往前一推。杨逸之往后退了一步，右手五指轻拢。

姬云裳摇头笑道："你不必紧张，我只是让你看这柄剑——此剑你已经见过。"

杨逸之点头。

姬云裳道："而我即将使用的春水剑法，想必你也见过多次。"

杨逸之一怔。

到了姬云裳这种地步，可谓天下武学无不精通，具体用什么招式，其实已经无关紧要。然而他仍想不到，姬云裳最后竟然选择了春水剑法。

华音阁十二招春水剑法天下流传，几乎每一个江湖中人都曾听说过，也至少学过一种以上的破法。这些破法代代相传，看上去也很有道理。江湖上当然也有一些人将春水剑法学得不成样子，败在这些破法之下。

然而这十二剑一旦到了每一代华音阁阁主手中，就宛如突然有了秘魔般的力量。能破解华音阁阁主施展出的春水剑法的人，从古到今，也不过几人。

姬云裳曾是华音阁仲君，她以春水剑法御敌，这并不奇怪。奇怪的是，她叛出华音阁，最后却选择以它对决《梵天宝卷》。

杨逸之忍不住道："难道前辈所谓花费十年心血研究出的破解《梵天宝卷》的剑法，仍是春水剑法？"

姬云裳淡淡一笑，道："正是。只是招式虽一样，出自我手，则未必如卓王孙手中的春水剑法。何况，你应该记得这三剑的……"

她缓缓道："你初入我门下，我便用三剑对你，开启了你的灵心。现在，我将用那同样的三剑。"

杨逸之沉默着，似乎想起了很多事情。多年前，密林之中、青坟之前，姬云裳对他出了三剑，既引导他成为第一流的高手，也改变了他一生的命运。而如今，她手中光华流转的剑锋带来的又是什么？

是一如既往的授业之恩，还是冰冷无情的杀意？

　　杨逸之眼中神光动荡，深吸一口气，点头道："如此，请赐教。"

　　姬云裳并不急于出手，缓缓四顾周围，道："我本在这间屋子里为你准备了四十九支火炬，不过现在看来，你已用不着了。"

　　她一瞥窗台上的油灯，轻轻抬起衣袖，道："这最后一盏灯欲熄欲燃，悉听尊便。"

　　杨逸之摇了摇头，道："不必。"

　　姬云裳悠然一笑道："好。"

　　突然，她手中长剑发出一声龙吟，一朵光晕流转的七宝莲花在她手中缓缓盛开，绽放出绝代风华。

第二十七章

风月三生知何在

剑为重逢，剑法亦是旧知。

而剑上传来的感觉，却是杨逸之从未经历过的。

黑裳如云，人亦如云。姬云裳所取的姿势极为随意，仿佛并不是在御敌，而是在
拈花微笑。剑刃微颤，就仿佛承受了夜之雨露的粉蕊，悄然绽放，但一发之间，便形
成了花之海洋。碧潮赤浪怒卷，浩瀚而起，姬云裳却如一朵遮天之云，顺流鼓舞，凌
驾于这仿佛恣肆于一切之上的怒流，轰然冲了下来。

锦浪千重，瞬间席卷了整个世界，随着这一剑的搅动漫漫然浸过空无而荒凉的大
地，向着杨逸之侵蚀而来。杨逸之凝注着剑尖上氤氲流转的光华，如龙游其中，啸腾
九垓。杨逸之竟觉得自己宛如置身苍茫溟海之中，在不可抗拒的波动之下，渐渐沉没
其间。

他忍不住将目光挪开。那剑光却随之陡然一盛，碧荧荧的寒光犹如波涛一般漫过
整个地宫，然后如洪波倒泻、天河倾流一般，向着杨逸之暴溅而下！

几年过去了，重临这一剑的威严，杨逸之仍不由自主地感受到剑势上的无上天威。
刚刚一抬手，巨力便铺天盖地而来，休说抵抗，就连多承受一刻也是万万不能。他只
觉得自己全身骨骼似乎都在颤抖，血液如沸水般汩汩奔涌，整个人似乎立刻就要碎为
尘芥！

时空宛如在瞬间被撕为无数碎块，杨逸之突地暴喝一声，双手交叉胸前，用尽全

249

身力气往下一压。一道青白之光从他腕底升腾而起，还未成形就已被打碎，如流星一般散了一地，而他所能做的仅仅是勉强将脸侧开。

一瞥间，他看到了窗台上那盏微弱的油灯。石室内的每一分空气似乎都已被抽空，沉沉的压力让巨石垒成的四壁都止不住悉数爆裂，震颤不止。而那盏油灯就在窗台上静静燃烧，似乎那扇窗就是这种力道的分野。

窗外是一片寂静的黑暗，不可知其所往，亦不可知其所来。

杨逸之突然撤手，那道巨力顿时恶扑而至。他的身体就宛如狂风中的一片落叶，轻扬而起，向窗外飘落过去。

就算窗外是悬崖深谷，杨逸之也不得不跳！

姬云裳猛一收剑，那宛如诸天末劫般的力量瞬时消失，仿佛从不曾存在过。

杨逸之的身形究竟快了一步，已到石窗之外。

窗外真的是一处低谷，幸好并不太深。杨逸之落地之后，身体的每一处关节都宛如碎裂般剧痛，但他终究还是勉强站了起来。

四周寂寂无声，沉沦在完全的黑暗中。

杨逸之扶着石壁，胸口剧烈起伏着，伤口处的每一条血管似乎都被震破，半边身子都已染红。然而他已来不及想这些，他必须在最短的时间内抛开一切杂念，返照空明，重新体悟虚无之剑的奥义。

只是他心中已不再虚无，又怎能运起这虚无之剑？

姬云裳默默站在窗前，她的身形在谷底投下一个巨大的阴影，她却似乎并不急着追击。

良久，一直等到杨逸之的喘息已平，姬云裳才缓缓举剑，道："第二剑。"她话音一落，只见那道阴影宛如一只黑色巨蝶，展开无边无际的双翼，向杨逸之缓缓扑了过来。

这一次，暗夜中根本没有一丝剑光。然而杨逸之知道，这不是无剑，而是长剑已和她的身体融二为一，进而又融入这黑夜中去了。剑势无声无息，绝不同于第一招那样带着天地改易之威。但它的力量越来越沉，也越来越缓慢，就如夜幕一般，沉沉降临；如日月运行、四时变化，隐隐然竟带着种永恒之意，直贯入宇宙的根本。

杨逸之静气凝神，只觉得她每一举、每一动都无比清楚，似乎能被拆分为无数片断。每一段看上去都平淡无奇，连起来却如行云流水，自然到无法抗拒。剑气宛如温柔而又强大的夜色，将一切沉沉包裹。万物在这种包裹下，唯一可做的，就是静静安眠。

那一瞬，时空仿佛都为这一剑颠倒，回归于远古洪荒般的宁静。

然而杨逸之还不能沉睡！

他能清晰地感受到那沉到极静处的压力。那是一种碾碎所有希冀的重压，宛如巨蟒一般匍匐而来，将杨逸之紧紧捆住。

这巨蟒仿佛吞噬天地的狂龙，他已无从挣脱。

杨逸之没有挣扎，他只是深深吸了口气，静静地看着那夜色般的剑光袭来。这剑光所取之处仿佛并不是他，这个狼狈到不堪的人也仿佛不是他。他只是天地间的过客，漠然注视着宇宙间偶尔飘落的一颗尘埃。

他已注视了千万年，也将继续注视下去。

剑气瞬时已至眼前。

杨逸之猛然睁眼，他的目中暴射出一道悍然精光，逆迎着姬云裳的双眸！

无边的杀气从他的瞳仁中怒放而出，宛如太阳轰然炸开，刹那间形成一股狂放的力量，倏然全然贯入了姬云裳的眼睛中！

风月之剑本是借助光的力量，但姬云裳绝想不到，杨逸之借的不是烛光、星光，而是眼中的神光。

瞳中之华，宛如日月！

这目光，悲怆而又傲岸，驯雅而又狂放，正是最真实的杨逸之，也是最不真实的杨逸之。他所受的所有压抑、他不能对任何人诉说的痛楚、他那刻骨铭心的相思，全都在这目光中淋漓尽致地宣泄了出来。

或许，这正是他最强悍的力量。

以姬云裳之能也忍不住心神微乱，剑光沉了一沉。而在此时，杨逸之的手动了。

一动如剑，剑气如虹，虹飞惊天，天裂！

好强一剑！

这一剑，也许，杨逸之击向的不是姬云裳，而是自己，是那个躲在心灵的最暗处、不敢先天下的自己。一击出手，他的心中忽然有了种快意，风月之剑也随之怒发激啸，剑气一强再强。尖锐的风声暴呼而出，整个梵天地宫仿佛被这堪称世上最强的两道剑光震动，闷哑地轰鸣了起来。

姬云裳目光一错，瞬间便恢复了冰冷，她的剑也冰冷宛如天上的星辰，丝毫不受人间感情的影响。

她本就是天上之人，非人力可败！

两剑交击，宛如天霜鸣于秋柱，长吟不绝。杨逸之的身体依旧保持着刚才的姿势，却被姬云裳的这一剑横击，溅血飞退。他脚下的碎石噼啪作响，火光乱溅，照射出他那袭被鲜血浸透的褴褛白衣以及地上两道长长的血印。而他的生命之火就在这至柔至韧的劲力消磨下，渐渐暗淡。

突然，他身体一震，止住了后退之势。

山崖上一块巨石斜出，将他的身体挡住。杨逸之双手撑住巨石，微一鼓息，那道追随而来的劲力就宛如潮水一般，悄然透体而过。杨逸之只感到一阵微寒，仿佛晨风拂过，刹那间已了无踪迹。

他静静地靠在巨石上，一动不动。

他深知自己的五脏六腑、全身经脉都没有受到一点伤害，然而每一寸肌肉、骨骼，甚至神经都仿佛粉碎了一般，再无法凝聚分毫力量，甚至连痛觉都已失去。

他依旧没能招架住这一剑。

人间风月又如何胜得过天上魔神？

下一剑，无论姬云裳如何施展，他都已无法躲避。而他自己的那一剑，却是永远都没有机会使出了。

他的心中突然涌起一阵怆然。姬云裳说得果然不错，无论如何，自己都不可能在她手上走过第三招。而如果当时他真的与卓王孙、小晏联手呢？他当时自负五成胜算，其实，他们或许根本没有胜算。

这时候，他听到姬云裳冰冷的声音从黑暗中传来："第三剑。"

无论这第三剑是如何妙绝天下，杨逸之都不想再看了。

剑气袭来，他用尽平生所学以及仅存的力量，也不过是微微侧了侧头。龙吟之声冲天而起，姬云裳这一剑已深深刺入了他脸侧的巨石之中。

杨逸之双目微合，已无力再躲。

但他的心中忽然掠过以前的种种时光。那时他一剑在手，天下英雄折腰，他的萧然出尘之姿也不知让多少江湖儿女热血沸腾。

现在回想起来，却只余下可笑！

铿然声响中，姬云裳也不拔剑，径直拉动着已没入石中的长剑，向杨逸之脸上斜劈而去。

金石碰撞，擦出无数乱溅的火花。杨逸之只觉脸上一阵刺痛。刃锋虽在一寸开外，但灼热的剑气已划伤了他的脸，而流出的鲜血竟似乎也是滚烫的。热血流过他的眉头，他下意识地眨了眨眼。恰好就在此刻，一粒微小的火花宛如从某个不可知的地方飘摇而来，轻轻落在他的眉睫之上。光华只微微一点，稍纵即逝，但就在那飘落的一瞬间，似乎猛地一亮，仿佛它就是这个世界唯一的光源，烛照着万物众生、有情世间。

杨逸之讶然发现，自己身子所倚处不是一块巨石，而是一尊巨大的石像。

石像宏伟庄严，跏趺而坐，四面四臂，一手结印，另外三手各持宝剑、拂尘、念珠，正是大梵天的法相。

梵天殿内并无神像，神像本在地宫之中，而他现在所处赫然竟是这座地宫的核心。

梵天四面之中，有一面微微垂首，似在替世人思索一切烦恼，又似在怜顾一切有情。杨逸之这一抬头，正对着神明那双和蔼的眼睛。

杨逸之一怔。他愕然发现，梵天的眸子竟然是外黑内白的。于是，他忍不住又看了一眼，这一看，竟忍不住痴了。就连姬云裳的长剑裂石而来，他也浑然无觉。

那双眸子本来并无光泽，这时却从眸子的深处化开一道光圈。这圆圈看上去虽然不大，但中间光影错乱，越是看得久了，就越觉其无边无际，浩瀚深沉。一点点微茫的白光从中透出，渐渐光点闪烁，占满了整个光圈。这光看上去竟然是极暗的，就宛如被天孙裁下的一道星河，虽然有光，却还是夜。

旁边的黑暗却显得无比耀眼，仿佛其中正有无尽的大光明就要破之而出。

光明本就孕育于黑暗中，而新的黑暗亦诞生于光明。

无际的光与暗在梵天的双眸中交错不定，如在如不在，如来如不来。最终生出天地元一，然后一生二，二生三，芸芸众生，恒河沙数，生生不息。

这就是梵天的力量。

更让杨逸之骇然的是，这光明与黑暗发自梵天神像的眸子中，彼此纠结缠绕，化为有形无质的实体，在地宫中不断延伸，最后竟宛如绽开了一对半黑半白的虚无之翼，徐徐张护在姬云裳身旁，随着她的举动而起伏、震颤。

那光暗之翼在空中飘摇飞舞着，点点或白或黑的微光落下，充斥在姬云裳的剑光中，于是这剑光就有了干霄裂云的大气势，连苍天都可以斩落。

但这气势中又有种莫名的诡异，躲在这光与暗的背后。这本是杨逸之从来未曾发现的，甚至姬云裳本人也浑然无觉。

杨逸之的眉头皱起，他整个人仿佛都被深深的忧虑占据，然而他忧虑的不是自己身处的险境，而是姬云裳身后这一对怪异的光暗之羽翼。

光与暗，出自梵天神像，却笼罩在姬云裳身后，似乎渗透在姬云裳的一举一动中，给了她无敌的力量。但它已渗得太透，也在一寸寸悄然蚕食她的灵魂。

它们到底是什么？

炽热的剑锋已贴上杨逸之的脸，邃密的剑气在他的躯体上震响着，寻逐着每一分罅隙，要将他分裂成碎片。杨逸之却浑然不觉，他的心神全都锁定在这对光翼上，探询着这曼荼罗阵中终极的秘密。

光翼的源头便是梵天那巨大的眼眸，黑白轮转交替，仿佛明月与黑夜的深眸。

光与暗……生与死。

霍然之间，他的迷茫仿佛被硬生生地撕裂开，进而灌注入无穷无尽的意念。他的心中突然一动，有什么东西破茧而出，将阴霾一扫而光，巨大的惊喜灌满了他的全身！

杨逸之不知不觉中一笑。

他的笑容在暗淡的光线中显得恍惚而迷离，仿佛见到最后的天国光辉的殉道者。但这笑容中又有种坚定无比的力量，使它穿透万千锋芒，湛然绽放在姬云裳的面前。姬云裳忍不住心神一动，她久已不起波澜的心竟然莫名地烦躁起来。心神激荡之下，手中宝剑也嗡嗡震响，倏然停在杨逸之面前。

姬云裳猝然住手，冷笑道："你笑什么？"

杨逸之注目远方，似乎从浓浓的黑暗中看出了宇宙化生般的变化。

他淡淡道："师父，你败了。"

姬云裳一掣手，剑已回到袖中。她冷笑道："哦？"

杨逸之道："我叫你这声师父，不仅是感激你多年授艺之恩，而是谢你助我领会了《梵天宝卷》的真正奥义。"

姬云裳微哂道："这么说来，你已练成《梵天宝卷》了？那为何不施展出来？"

杨逸之轻轻摇头："我虽然领悟了《梵天宝卷》的奥义，但是以我现在的身体还施展不出来。"

姬云裳冷笑道："那又有什么值得欣喜的？"

杨逸之看着她，眼中流露出难以言说的感情，一字一字道："我为领悟了《梵天宝卷》而欣喜，非是在乎是否获得了无限的力量，而是因为领悟《梵天宝卷》后的我能看明白一件你未曾明白的事。"

姬云裳脸色一沉。曼荼罗阵中之事无不在她的掌握中，难道还有什么是连她也未曾发现的吗？

她傲然仰起头："什么事？"

杨逸之注目着姬云裳，缓缓道："明白了如何救你。"

姬云裳不禁失笑："救我？"

杨逸之的眼中透出一股悲悯之情，这让他看上去竟和那尊庞大无匹的石像有种冥冥的相似："师父，你或许还不知道，你已经化身作曼荼罗八苦中的最后一苦：五蕴盛，陷入阵中了。"

姬云裳冷笑："我是曼荼罗阵的主人，怎么可能反被它陷住！"

杨逸之摇头道："毗沙门与毗琉璃等人差相仿佛，而五蕴盛却为万苦集合，岂是他能胜任？我当时既然未能勘透爱别离之苦，又何能勘透五蕴盛？这最后的万苦之和，除了亲自操弄曼荼罗阵的你，还有谁能担当？"

姬云裳微微冷笑，并不回答。

他叹息道："曼荼罗阵杀气太重，侵蚀主人，最终人阵合一，万劫不复。而本是绝无方法可破之阵，又终因你太执着于强力，自身也堕于苦谛之中，因而就有了必败的缺点。"

姬云裳冷冷问道："是什么？"她心中不知为何，觉得烦恶无比。

她也从未听说过曼荼罗阵尚有缺点！

杨逸之的目光缓缓抬起："就是这创世之主——梵天。"

他注目处，巨大石像的眼中依旧光暗相生，却没有丝毫为自己辩解之意。

"曼荼罗阵守护的梵天，也正是毁灭此阵的机缘。这正暗示了一件事——凡主持此阵运转之人，最终必当为此阵吞没，他体内所有力量都将成为维持曼荼罗阵下一次启动的源泉。"

姬云裳缓缓变色。

杨逸之勉强抬手，指了指她身后那对虚无之翼："这对光暗之翼从梵天眼中流出，最终垂照在你的身上，这就是你和曼荼罗阵无法割断的联系。曼荼罗大阵是上古神术，万世流传，表面上会增强阵主的力量，让你当今天下再无匹敌，其实却也在不断攫取你的心血，维持它的运转。你如今已化身为八苦谛之最后一谛，若再不醒悟，将和其他芸芸众生一样，永堕幻境，再无解脱。"

姬云裳不再说话。她看不到那双羽翼，却忍不住开始相信杨逸之的话，因为她的心意从未如此烦乱过。一时间，数十年往事一幕幕从她脑海中飞旋而过，其间所历生、老、病、死、怨憎会、求不得、爱别离之念纷至沓来，让她本来严如冰山的心神也撼动不止。

作为阵主，她当然知道此时唯一的方法就是毁掉整个曼荼罗阵。但她绝不允许自己这样做，因为这些年来，曼荼罗阵已成为她的身体、她的生命！

姬云裳一声清啸，满天流光之中，她的剑再度破空而出。这一剑，已灌注了她全部的修为，才一出手，便如流星下坠，光华满室。

就算杨逸之真的练成了《梵天宝卷》，姬云裳也有足够的信心瞬时将他击杀！

她这一剑取的是杨逸之的心脏，她并不想让他死得太痛苦。

剑若惊鸿，一瞥即至！

杨逸之却没躲闪，连脸上淡淡的笑容也未减退。他的笑容中浸渍着些许伤感和通达后的洞明，然后便是浓到化不开的悲悯。

神祇有情。

佛有情，故微笑；菩萨有情，故白衣；梵天有情，故创世。

佛有情，故魔王顿首；菩萨有情，故狮象来归；梵天有情，故万物诞生。

创生的力量，岂非正是"有情"二字？

这便是他对《梵天宝卷》的领悟。

这一瞬间，他手中的有情风月也化为一道无坚不摧的剑芒，脱手而出！

第二十八章

弹铗归去暮色长

　　光暗明灭，变化无定。

　　姬云裳的长剑挟着开天辟地殷的力量，扫空一切阻碍，瞬息触上了杨逸之血迹斑驳的衣衫。

　　然而，她骇然发觉，杨逸之劈出的那一剑，针对的并不是她，而是自己身后那尊巨大的梵天神像！

　　姬云裳心中一惊，欲要收剑，然而，这全力而出的一击已浑然不是人间的力量，强如她也无法收放自如。她尽力回撤，也不过让这冰冷的剑锋稍微偏开数寸。

　　乱血横空，长剑从杨逸之肋下透体而过！

　　而杨逸之手中的有情剑气也已洞穿了身后的梵天石像。

　　大地震颤，万籁和鸣。

　　这参透了天地奥义的风月剑气，带着催生万物的磅礴生机，带着天神创世的无尽慈悲，是如此美丽、慈柔，却又不可抗拒。没有谁能阻挡这一剑绽放，就连梵天法像也不例外。

　　轰然一声巨响，石像裂开无数细纹，却没有坍塌而下，而是仿如一堆碎屑凝聚成的虚像，在寂静无风的地宫中勉强保持着原来的姿态。

　　杨逸之最后的力量仿佛被这一剑消耗殆尽，他面色苍白如纸，身子摇晃了几下，向尘埃中深深跪了下去。

259

姬云裳不由自主地抛开手中的长剑，将他扶住。青郁而狰狞的面具后，她止水一般的眼波也兴起了点点涟漪："你……"

杨逸之没有抬头，反手缓缓将肋下的长剑拔出。剑锋刮削着骨骼，发出极为森寒的钝响，他的身体也因剧烈的痛楚而颤抖。然而他的眼中看不见一丝痛苦，有的只是淡淡的欣然："师父，多年前，你在青坟前传我三剑，为我开启了一个全新的剑道之境；之后，曼荼罗地宫数度磨炼，让我抛开对风月的依赖；如今这三剑，逼我领悟了《梵天宝卷》最后的奥义。

"授业之恩，弟子从来没有忘怀过……"他胸前起伏，一时说不下去。姬云裳只是默默看着他，并不说话。

他喘息了良久，才继续道："然而，师父生杀予夺，无所不能，我本以为永远不会有报恩的机会……"他半面浴血的脸上透出笑意，"而今，能为师父斩断这曼荼罗阵的羁绊，报答再造之恩，也算解开了我多年的心结。曼荼罗阵羁绊已去，师父当如天外之人，俗世再无能望项背者。"他说着，终于将长剑从体内拔出，和着满手鲜血轻轻递到姬云裳面前。他的声音突然一哽，再也说不下去。

姬云裳没有去接那柄沾满鲜血的长剑，寂静的黑暗中，她的气息第一次有了波动，片刻才平复下来。她冷冷道："我是为了杀你罢了，你不必感激我。"面具下，她徐徐浮起一个凄凉的笑意，"我没有弟子，一个也没有。"

多年前，曾有两个中原少年来到曼荼罗密林，向她求艺。她给杨逸之重重磨炼，却对另一人多方照顾，悉心教授。杨逸之后来盗《梵天宝卷》叛教逃走，而另一个人，对她最亲的人做出了不可原谅的错事。

从此之后，她再也不相信世间有师徒的情分。她宁愿索居在丛林密莽中，隔绝天日，在地底神殿中陪伴这座巍峨的石像。与神佛同在的是她横绝一世的力量，也是她无人可知的寂寞。

如若不是这寂寞，她又怎会被曼荼罗法阵羁绊？

杨逸之望着她，似乎明白她的心思，低声道："师父本是神仙中人，又何苦久久挂怀于前尘？"他犹豫了片刻，还是道，"何况世宁他……"

"住口！"姬云裳厉声喝道，整个大殿似乎都为她这一喝而瑟瑟颤抖。

姬云裳的目光又已变得冰冷，她一字一字道："再提他的名字，我立刻杀了你！"

杨逸之看着她，目光中没有恐惧，没有愤怒，有的只是深深的悲悯。

原来，情缘真是每个人都无法勘破的苦，就连师父这样超卓一世的人也一样。

四下寂然，尘埃飞扬，一切奔涌冲突之力都已凝滞，空旷的大殿中，只有师徒两人隔着一道狰狞的面具默默相对。突然，一块白色的碎石仿佛受了她这一喝的震动，轻轻跌落下来。两人周围的时空宛如平静的湖面被击起一道细小的涟漪，却瞬间蔓延开去，无处不在。

杨逸之还在诧异，姬云裳已皱眉道："不好。"她霍然抬头，向杨逸之身后的石像看去。

石像身上的裂纹窸窣颤抖，缓缓延伸开去，蔓延到整个地宫。梵天石像、地宫穹顶、四壁石柱都开始摇摇欲坠，仿佛随时会轰然坍塌。姬云裳望着四周不住震颤的岩石，对杨逸之冷冷道："你斩断了我与曼荼罗阵的因缘，也导致曼荼罗法阵运转的紊乱。整个曼荼罗阵马上就要崩塌，方圆数里，尽归尘土。"

杨逸之一怔。

姬云裳眼波更冷，突然抄起那柄浴血的长剑，向那尊欲塌未塌的神像迎了过去。

杨逸之忽然明白，她是要以一己之力对抗整个曼荼罗大阵的反噬！

他不禁伸出手去，想要拉住她，但他才一动，已被姬云裳一掌击在肩头，整个人腾空飞起，跌到地宫一角的帷幔中。杨逸之挣扎着想要爬起来，全身的筋脉却宛如断裂一般，完全不能聚力。山峦崩裂的巨响隆隆不绝，碎石乱飞，光明与黑暗的纽带仿佛被完全斩断，破碎地交织在一起，发出惨烈的嘶吼，一切都仿佛沦入创世前的混沌中去。

只有姬云裳身上仿佛散发着丝丝的光芒。

她站立在这扭曲的光暗之前，天地之威在她面前肆虐着，她深深知道，这一切绝非人力可抗衡，但她了无畏惧。

我已卓出尘外，天地之威又若何？

她的身形宛如一片墨云一般飞起，长剑挽出万朵剑花，如祥云璎珞般环绕在她身旁。墨黑的云裳绽放如花，只听她朗声徐吟道："日月虚藏，天撄地成，住！"

贯彻天地的剑光与纷飞的玄裳合而为一，向那正在坍塌的石像上撞去。轰然一声巨响，一道极亮的光柱洞穿黑暗，仿佛要将这亘古已然的黑夜完全驱散。

杨逸之不禁闭上了双眼。

耳畔嘶啸之声连绵不绝，整个大地都在不住颤动。世界仿佛在这一刻灭绝了又重生，再灭绝，再重生……

也不知过了多久，聚集的力量开始消解，万物众生都臣服在这光芒的威严中，缓缓消散，如春潭冰释。

光线洞悉着四周，大殿的穹顶竟已被穿开一个大洞。夺目的阳光投照而下，这座地宫大殿竟然比曼荼罗山上的神殿还要恢宏壮丽。每一面石壁上都精心雕刻着梵天本生故事和梵文典籍，在阳光下返照出华丽而神圣的光芒。

只是那座十丈高的梵天神像已灰飞烟灭。

姬云裳静静地站在倒塌的石像碎屑中，手中的长剑深深刺入脚下残缺的莲花石座，人和剑都被一道夺目的光柱笼罩，让人分不清那到底是透入地宫的阳光还是她剑上的光华。

光柱直透穹顶，宛如定海神针，支撑起即将坍塌的大殿。她隔着那道光柱默默注视着杨逸之，眼神中竟然有一种清空微漠的笑意。良久，她轻轻呼出一口气，叹息道："曼荼罗阵……曼荼罗阵……终究还是破了。"这叹息有些悲伤，也有些欣然。然后，她再也站立不住，倒了下去。

尘土飞扬，她的双手支撑着地面，一低头，那铁青面具从中间裂开，锵然落地。

阳光洋洋洒洒，落了她满身。

杨逸之投向她的目光不由得一怔。他曾听卓王孙提起过，姬云裳的美貌曾名动江湖，据说任何人一见之下都会终身难忘。杨逸之当时没有认真去想这句话的意思，然而现在，他亲眼见到了她，却还是无法想象这句话的意思。

美丽、端庄、妖艳、绝代风华，这些本为形容女子美貌的终焉之词，放到眼前这个人身上，都显得苍白而矫情。

她的容貌的确不应该用这些俗语来形容。也许，在世人的印象中，没有女人可以真正完美地和坚韧、强大、决断这样的词结合，如果有，那这个女人也必定是个和男人一样的女人。然而当你看到姬云裳的时候，就会知道自己错了。这些词语，本来就是属于女子的，虽然不只属于她们。

她的脸色极度冷清，然而并不苍白，而是透着一种特殊的力量。这种力量柔韧而不激烈，威严而不肃杀，并不让你瞬时感到慑服般的压力，却分明有一种天上地下唯我独尊的傲气。

她之所以不让你恐惧，是因为这天下的万物本来就是她的，已不需要证明，不需要压服；之所以不嗜杀，是因为生杀予夺，已在她手中定为规则，平稳运转不休。

就算如今，她那令天地震慑的力量已经耗尽，这种感觉也没有丝毫减弱。

杨逸之隔着夺目的光华，默默凝望着她，心中涌起深深的愧疚。

自从落入梵天地宫以来，是姬云裳一步步几乎残忍的磨炼让他最终领悟了《梵天宝卷》，得以看出姬云裳和曼荼罗阵的纽带。他本以为，这是自己唯一报答恩师授业之恩的机会，没想到，纽带的斩断竟然引起了整个曼荼罗阵的坍塌，一发不可收拾。而那一刻，姬云裳独自面对疯狂反噬的曼荼罗阵，用自己横绝一世的力量支撑住了整个地宫，却将他一掌击开，令他脱离大殿力量的核心。

她虽然一直不肯承认自己是她的弟子，却一次次救了自己，一次次给自己磨炼，传自己最上乘的剑意，还有……

还有，作为绝顶高手的风仪、傲骨、责任、担当。

"你的本质本非绝佳，却偏偏能越炼越粹。"

五年，六剑。

淬炼出一个参透了《梵天宝卷》的绝顶高手。虽然他们真正相处的时间，加起来不过数月，但他这一生的师缘都被淬炼在这六剑之中！

杨逸之心中一恸，忍不住要冲上去接过那柄沾染了两人鲜血的长剑，替她分担这万钧之重，然而姬云裳瞥了他一眼，摇了摇头。

这时，殿顶的空洞里沙沙乱响，一些碎屑纷扬而下。

上面竟传来轻轻的脚步声。

"杨盟主！"

杨逸之猛一抬头，看到的竟然是小晏和紫石。

他们在地宫外，等了他七天七夜。

杨逸之还没来得及说话，姬云裳却缓缓道："过来。"

虽然，她此刻已经连站都站不起来了，然而她的话还是一如以往带着不可抗拒的力量。

这话竟然是对小晏说的。

紫石犹豫道："少主人……"

小晏轻轻摇了摇头，衣带缓招，已到了地宫之中。

姬云裳又道："到我面前来。"

小晏走了过去。

姬云裳缓缓抬头。如今她的任何一个细微的动作都似乎极为艰难，当她抬头时，额边碎发已被冷汗沾湿。

小晏轻轻伸手扶住她，试图用内力帮她缓解痛苦。姬云裳一拂袖，将他推开。小晏并没有运气抵抗，但这个微小的动作已足以消耗掉她所有的力量，令每一处经脉痛入骨髓。只是，她的神情仍没有丝毫变化。

姬云裳轻轻咳嗽了两声，抬头凝视着小晏良久，轻轻摇头叹道："你长得并不像你的母亲。"

这一声轻叹，竟带着前尘旧梦、杳不可追之感。

小晏一怔，道："前辈曾见过我母亲？曼陀罗当日那一招，是否为前辈所传？"

姬云裳微微笑道："那一年，我在曼荼罗山初见清湄的时候，她手中正握着一枝水莲，在湖边冥思这一招的变化。当时我从树林中走出来，指出她此招中十三处纰漏，她不信，于是我们以莲为剑，在湖面上对决了两千七百多招，最后两人都筋疲力尽，落入水中。可笑的是，她居然不会水……当我跌跌撞撞地将她拖到岸边的时候，她猛地坐起来，挥剑斩落了我的一束头发，然后也割发为誓，约定此后的每一年，我二人都要在湖上比试一次，直到两人白发苍苍、握不住剑为止。"

姬云裳的双眸中竟然注满了盈盈的笑意，似乎还和当年一样。

清湄，想必就是小晏母亲的闺名。

小晏怔了片刻，道："如此说来，前辈是我母亲的至交？"

姬云裳将目光投向远天，微笑道："本来我以为，我们可以找一处幽静之处，对月习剑，展卷燃香，终此一生，没想到有一天她却不告而别。"

小晏道："那又是为了什么？"

姬云裳看了他一眼，叹道："为了你。"

小晏道："我？"

姬云裳脸上的笑意渐渐冷却，道："传说中，转轮圣王降世有三十二种预兆，只有一切吻合，他才会诞于世间。而普天之下，能完整预言这三十二种预兆的人，只有三个。"

小晏似乎明白了什么，道："你是说……"

姬云裳点头道："这三个人，就是传说中西王母的三只青鸟：日曤、月阙、星涟。只有她们才拥有洞悉未来的秘魔之力。这三只青鸟所居住的地方都是常人无法靠近的绝境，那第一只日曤，是曼荼罗教四大护法魔尊之一。"姬云裳顿了顿，笑容有些寂寥，"其实你母亲当年来曼荼罗山的目的，正是日曤。"

"难道……"小晏摇了摇头，再也不敢想下去，因为他实在无法接受姬云裳至今仍无比怀念的那个邂逅，竟是母亲故意安排的。

姬云裳看了他一眼，微笑道："有很多事情是你不明白的。你母亲最初的确是为了利用我帮她找到日曤，最后却不是了。所以，我从来没有责怪过她，你当然也不必。"她顿了顿，又叹息道，"只可惜我却告诉她，日曤如今盘踞在岗仁波吉峰顶，潜身于乐胜伦宫旁的四大圣泉源头处，常人万难接近。"

听到"四大圣泉"这几个字，小晏不禁面露惊讶。

岗仁波吉峰为三教共同供奉的神山。山上有四道圣泉，分别为狮泉、象泉、马泉、孔雀泉，每一道都流入一个佛法之国，成为灌溉十方、抚育万众的河流。其中流入印度的为恒河；流入中原的，则为长江。

姬云裳点头道："曼荼罗教秘典中，的确有关于乐胜伦宫方位的记载，但也仅是虚无缥缈的传说而已。何况，岗仁波吉峰上危险重重，绝非人力能够抗拒。所以，我力阻她不要前去。"姬云裳说到这里，脸上闪过一丝苦涩的微笑，"或许我当初不应该如此理智，而是陪她登上雪山之顶寻找这四道圣泉……永生永世都无法找到又如何？"

她自嘲地一笑，又摇头叹道："只可惜我当年太年轻，太年轻！

"于是，她就只剩下两个选择，一是去寻找伊式神宫内，寄居在八咫神镜中的恶灵月阙；二是潜入华音阁，盗取青鸟岛上的人鱼星涟。我终究不肯将华音阁守护阵法的破法给她，于是她选择了第一个，离我而去……"

小晏的脸色渐渐沉重："你是说我母亲嫁给父皇的唯一目的，就是能够接近恶月阙？"

姬云裳道："本来伊式神宫是日本皇室重地，除了天皇本人，任何人不能进入。但是这一个规矩，对于清湄而言实在构不成什么障碍。"

小晏摇了摇头。在他心目中，母亲是他平生所见的最温柔、善良、美丽的人，虽然也曾伤害无辜，搜集人类的鲜血，那不过是因为太过爱他，不忍看他痛苦。而母亲的身世似乎又是如此悲伤——流落异国，嫁入宫廷，却遭众妃嫔嫉妒；为了生下自己，受尽艰辛……虽然他也曾疑惑过为什么母亲会是幽冥岛岛主，而那几可冠绝天下的武功又从何而来，但是他一直都没有，或者说不敢、不忍怀疑母亲的身份以及这种种经历的真实性。

然而姬云裳口中的那个清湄，竟然与自己的母亲判若两人。

他忍不住看了姬云裳一眼，姬云裳此刻也在看他。她对他淡淡一笑："清湄终于来到八咫镜前，见到了月阙。月阙答应用自己的生命向上天交换这个关于转轮圣王的预言，但是提出了一个条件——转轮圣王，也就是她唯一的儿子出生后，就在他身上种上血咒。这个血咒存在一天，这个婴儿就必须靠饮食人类的鲜血来维续生命，直到他找到另外两只青鸟，并将那两人心中之血饮尽。这既是解除血咒的唯一方法，也是召唤出西王母的唯一方法……

"其实，由于青鸟散落人间太久，她们的力量已经极弱，只能寄身在神泉、宝镜、血池等极为特殊之处，可以说再也没有了重逢的可能。她们必须趁自己的力量完全消失之前，寻找到两个使者，把自己的血带到第三处。这样，三种魔血才有汇聚的可能，而西王母也才能重新凝形出世。

"你，正是这两个使者之一。"

小晏猝然合目，他虽然努力控制着自己，但身体已止不住颤抖："这不是真的！母亲绝不会为了这个目的，宁愿让她唯一的儿子种上如此残忍的血咒，一生都要过着这种不人不鬼的生活！"

姬云裳微微苦笑道："我真的宁愿是骗你的，就如西王母的出世，或许也不过是三只青鸟编造的传说……其实，你不应该怨恨自己的母亲。你可知道，她得知转轮圣王降世的三十二种预兆之后，又花了多少心血才让这三十二种预兆一一应现在自己身上？让你，也就是这一世的转轮圣王终于成了她的儿子？"

她望着小晏，叹息道："你母亲看上去柔弱，实际上是一个比我更加坚强的人。而我，枉自以为天下万物莫不在掌握，却无法帮她完成这唯一的心愿……"

"够了！"小晏止水不兴的眼中竟然也有了愤怒，他一字一顿地道，"难道母亲要的只是转轮圣王，而不是我？只要转轮圣王是她的儿子，无论这儿子是怎样一个人、是否和魔鬼一样噬血为生，她都不在乎？"

姬云裳沉声道："也许你会难过，但事实就是如此。但你必须记住，无论怎样，她都是你的母亲。"

小晏长叹了一声，紧握的双拳渐渐松开，双眸中光芒闪耀，却再也说不出话来。

姬云裳道："我有一件旧物，还望你交给清媚。"她低头从衣袖中拿出一个黑色的锦囊，锦囊面上没有一点装饰，看上去极为普通，里边微微鼓起，不知道装的是什么。

小晏接了过来，发现锦囊下边还垫着一张小笺。

姬云裳道："纸上是解除喜舍尸毒的药方。这些药虽不常见，但川贵一带饲蛊人家甚多，重金索求，应当也不是难事。"她脸上有几分倦意，轻轻挥手道，"我要说的都已经说了，你们可以走了。"

杨逸之皱眉道："师父……"

姬云裳挥手打断他的话，冷冷道："你既然已经破了我的春水剑法，那么岗仁波吉峰上，卓王孙的春水剑法必定也挡你不住。以你今日修为，言一句'天下第一高手'可谓当之无愧……"杨逸之还要说什么，已被她打断，"你不必感激我，启迪你悟出

《梵天宝卷》最后关隘的，不是我，而是地宫中的梵天神像。但你亦不必感激神。记住一句话，不是梵天赋予了你力量，而是你选择了觉悟成为梵天，这是你的宿命。不过，你也不要轻敌，我这位故人之子，由于得了月阙血咒之力，其暗中进益的速度实在你们两人之上。更加上其有转轮圣王之资，一个月后该当怎样，我也不能臆测。甚至卓王孙这一去，会不会遇到别的机缘，从而百尺竿头，更进一步，也还是个未知之数。所以一个月之后的决战，你仍要好自为之……"

她长叹道："言尽于此，梵天神像被击碎，曼荼罗阵失去了枢纽，我倾尽所有力量，也不过暂时维持地宫的平衡。然而，曼荼罗阵逆转已不可遏制，若不摧毁，灾难势必蔓延，波及整个苗疆……摧毁曼荼罗阵之时，整座曼荼罗山都将沦于地下，山上草木鸟兽都将随之陷落，你们若再不走，只怕也就走不出去了。"

小晏道："那前辈你？"

姬云裳淡然笑道："我是曼荼罗阵之主，曼荼罗阵在此，我还要去哪里？"

杨逸之嘶声道："师父……"喉头一哽，后边的话却再也说不出来。

姬云裳看着他，淡淡道："你最后一剑的实力，实已超出了我的传授。你可以战胜我，却不必同情我，你虽叫我一声师父，却不意味着你盗书叛教之罪就一笔勾销了。你们若执意不走，那么我发动此阵灭法，玉石俱焚，则休怪我没有提醒你们。"她微微一笑，将目光转开。她的话语虽然依旧冷漠无情，但美丽的双眸中，已泛起一丝难以察觉的柔情。

这却是两人再也无法看见的。

小晏默然注视着手中的锦囊，似乎还想问什么。

杨逸之毅然道："若师父不走，弟子也不走。"

姬云裳微微苦笑，再也不看他们，抬起右手，斜斜往地上一划。一道寒光倏地遁入地底，宛如水波一般在地心深处迅速扩展开去。而远处，隆隆回应之声由小到大，四面回响，此起彼伏。而脚下的大地，也开始微微动荡。

杨逸之不相信，几乎经脉尽碎的她居然还能施展出这样强大的力量。

小晏来不及多想，喝道："走！"他一把拖起还在迟疑的杨逸之，纵身而起，两人几乎同时跃到地宫之上。

紫石脸色苍白，紧紧抱住一根石柱，似乎已无法抗拒这震荡之力。她耳边尖锐的轰鸣回响不已，脑海中一片空白。就在这个时候，她听到小晏沉声道："抓住。"而后只觉得一道紫光轻轻将她带住，瞬时以一种不可思议的速度向殿外飞去。

也不知过了多久，她才看到芳草萋萋的大地。小晏轻轻将她放下，她愕然回头，只见那座巍峨的峰峦竟然在隆隆巨响中缓缓下沉。尘埃遮天蔽日，整个丛林似乎都被一双巨大的羽翼笼罩。闪电一般的阴影瞬时呼啸掠过，而后又恢复常态。阳光、森林、树木、河流，仿佛完全没有改变过，又仿佛已经完全改变。就如末劫后的世界，终会长满草木、鸟兽、人群，谁也不会记得它曾在万亿年前就已毁灭过了。

只有一抹劫灰，寂寞地沉于昆明池底。

杨逸之向着曼荼罗地宫的方向，深深跪了下去。他的眼泪忍不住涌出。强大绝伦的曼荼罗阵终于被他亲手打破，但自己一生的师缘竟也已到此而尽。

飞花如雪，从此程门一立，竟成永远！

她的强大，她的寂寞，她那凌驾天下的威严，那离群索居的傲慢，那令天地变色的剑法，那青郁面具后的师道尊严、那墨色大氅下的慈柔之心，都已随风散去，宛如梦寐。

小晏握着那个锦囊，默默面向东方而立，似乎也陷入了一场沉痛的梦中。

天下、血咒、转轮圣王、芸芸众生、母亲……到底哪一个才是真实的？

然而，无论如何，对于他们而言，纵然诸劫历尽，也不过恍然一梦。

而岗仁波吉峰顶之雪，已千年寂寞，如今无尽华光重现峰顶，也不过是为了等候这三位天选者的沉沉脚步。

昨日种种已顿开，风花雪月不带来。

劫生每看空成土，性命何妨疑转猜。

青鸟频传染血碧，红狐暗首掩城灰。

繁华瞬息指弹后，细数苍凉暮色哀。

❀ 尾声 ❀

岗仁波吉峰深处，乐胜伦宫。

梵唱声惊破曙色，宫门次第洞开，一座恢宏的大殿显露出来。大殿里已聚集上了上百人。这些人高鼻深目，看上去不似中土人氏，目中精光闪烁，神采内敛，都已到了一流高手的境界。

他们中的任何一位，若肯踏足中原武林，都会引起一场不小的风波。若有一个门派能将其中半数招至麾下，可瞬间改变整个武林的格局，不说横扫天下，至少也能称霸一方。

但他们的名字，中原武林都从未听说过。

因为他们都是藏边曼荼罗教的教众，生于雪原，长于雪原，穷其一生也未离开过。

教众们面向大殿正中的王座，虔诚侍立。他们的右手紧紧捂在胸前，宣示着敬畏与忠诚。

王座设在数十级白玉阶梯之上，让人必须仰望。各色帷幔从宫殿穹顶垂落下来，遮住了人们大部分目光。只能隐约看到一个人影斜靠在王座上，一手支颐，隔着帷幕俯瞰众人。他的仪态中有说不出的随意与慵懒，虽然如此，但众人看向他的目光依旧无比敬畏，仿佛那不是一个人，而是神明本身。

一位教众出列道："恭喜圣主成为神之化身。"

王座上的人似乎并不在意，只抬起自己的右手，在眼前轻轻转侧。手指修长、无瑕，宛如名匠雕成。一道淡淡的蓝色光华在他指间流转萦绕，时而熄灭，时而点燃。

"可惜，并无毁灭之力。"声音悦耳，带着一丝漫不经心。

台阶下的教众怔了怔，但很快又笑道："即便不取回毁灭之力，圣主也已是天下无敌。这一点，整个藏边无人不知。"

这句话得到了在场所有人的赞同。他们忍不住颂赞起圣主统一藏边的功绩。从他们眼中的喜悦与骄傲看，这一切并非溢美之词，而是真心拜服。

圣主把玩着掌心的蓝色光点，似乎在听，又似乎没有。终于，他有些不耐烦，站起身来。

光点砰然散开，在他身边化为流尘。随着他的这个动作，殿中教众立即停止了讨论，齐齐跪了下去，再不敢抬头。圣主并不看他们，而是沿着高高的台阶走下，穿过众人，直走到宫殿的那一头。

在他面前，是一道由巨大雕花廊柱撑起的弧形阳台，亦被各色帷幔遮掩。

他轻轻打了个响指。帷幔自动升起，夺目的阳光照入，让幽深的大殿顿时晶莹剔透，泛起琉璃般的彩光。圣主站在帷幔前，背对众人，纵目远眺。乐胜伦宫本就借山势而建，居高临下，透过廊柱，可以鸟瞰整个雪原。

"看，这才是无敌天下的力量。"

这句话似乎是一种许可，殿中教徒们都抬起头，随他所指看过去。

一道白色光柱从遥远的地平线腾起，直冲云霄，与湿婆神像上的蓝光一南一北，交相辉映。白光之盛，比蓝光犹有过之。

殿中教众面面相觑："这是……"

"这就是梵天创生之力的象征，来自曼荼罗阵中。"

教众大惊："可曼荼罗阵离此有千里之遥。无论多强的光，也不可能传到此地。"

圣主没有回头，淡然道："这道光本不是来自人间。它的出现意味着梵天已在阵中悟道，并取回了完整的力量。"

教众怔了怔，又说："即便如此，圣主需要的是毁灭之力，与梵天的创生之力并无关系。"

圣主淡淡道："你错了。岗仁波吉峰之所以存在，就是因为千万年前，湿婆与梵天两位神主在峰顶用创生之力与毁灭之力对决，击穿天脉地肺。而今，两位神主还将在此地再战，这是千万年前已定下的赌约，无人能改变。"

这番话有些玄秘微妙，却没有任何人敢质疑。圣主获得神的记忆后知晓的天地秘辛，自然不是凡人能想象的。

圣主遥望着空中对峙的两道光柱，语气有一丝戏谑与自嘲："如今，梵天已找到了他在人间的化身，而我却还未能取回真正的力量，又如何能履行千年前的约定呢？"

教众们相视片刻，跪了下去："我等愿为圣主分忧。"

圣主淡淡一笑，再度打了个响指，帷幕缓缓垂下。他的语气依旧漫不经心："并没有什么可忧，这不过是早晚的事。你们要做的，是尽快找到一个人。"

众人齐声道："请圣主明示。"

圣主沉吟片刻，展颜微笑："帕凡提女神。"

帷幕在他身前垂落，挡住了众人的目光。没有人看到，湿婆巨像上的天眼竟在某个瞬间合上，又再度睁开。冲天而起的蓝色光柱也有了片刻的暗淡。这一瞬，正是卓王孙追踪曼陀罗，踏上了这片雪原圣地之时。

（《华音流韶·曼荼罗》终，后事请见《华音流韶·天剑伦》）

图书在版编目（CIP）数据

曼荼罗：典藏版 / 步非烟著. —— 青岛：青岛出版
社，2018.1
ISBN 978-7-5552-4401-1

Ⅰ. ①曼… Ⅱ. ①步… Ⅲ. ①长篇小说－中国－当代
 Ⅳ. ①I247.5

中国版本图书馆CIP数据核字(2016)第186034号

书　　名	曼荼罗：典藏版
著　　者	步非烟
出版发行	青岛出版社
社　　址	青岛市海尔路182号（266061）
本社网址	http://www.qdpub.com
邮购电话	010-85787680-8015　13335059110
	0532-85814750（传真）　0532-68068026
责任编辑	郭林祥
责任校对	耿道川
特约编辑	崔　悦　吴梦婷
装帧设计	苏　涛
印　　刷	三河市南阳印刷有限公司
出版日期	2018年1月第1版　2018年1月第1次印刷
开　　本	16开（700mm×980mm）
印　　张	17.5
字　　数	217千
书　　号	ISBN 978-7-5552-4401-1
定　　价	39.80元

编校印装质量、盗版监督服务电话　4006532017　0532-68068638
建议陈列类别：畅销·古代言情